《福爾摩沙傳奇》

護主

翊青 著

一、台中

臺灣80年起，經濟起飛，國外訂單不斷，大家的生活過得越來越好，賺得多，花得多，一片繁華。

　　就在這一片大好的環境下，就是有人做生意會賠，很奇怪！做什麼賠什麼，賠到南部老家只剩一塊祖地捨不得再賣，才決定不再做生意。

　　老媽也覺得很奇怪，拿兒子的八字去給全國最有名的算命仙看，算命仙居然說：「不可能啊！我重新幫你算一次。」仔細地將八字又重新排了兩次後說：「沒道理啊！應該是不錯啊！怎麼會做生意賠了好幾年？」皺上眉頭，想了了好一陣，說：「這樣吧！找個時間帶我去看看妳夫家的祖墳。」

　　三天後，老媽帶著算命仙上山，到了夫家又大又氣派的墓地。算命仙拿著羅盤到處看，掐指算了再算，「不會呀！」再爬上山頂朝墓地俯視，花了將近兩個小時，自言自語：「周圍沒有煞氣，方位也很好。」。下山回到墓地又仔細看了祖墳四周，仔細繞兩圈後說：「所有的漆都是舊的，沒有被人破壞過的跡象啊！」

　　算命仙很無奈說：「歐巴桑，真失禮！我沒見過這種事，我這輩子排八字、看風水、看相超過兩萬多人，包括和尚和尼姑，沒有不準的！請問妳兒子的八字確定沒錯嗎？他以前有沒有吃齋過一段時間又突然吃肉？」

　　「孩子是我親生的，八字絕對沒錯。他喝酒應酬是有，吃齋念佛倒是沒見過。」

算命仙：「歐巴桑，這一趟的錢我不收了，請您另找高明吧！真是失禮。」

老媽搖搖頭，心裏也不知道該怎麼辦！

老媽的獨生子阿樹，和一班朋友在卡拉OK的包房裏，身穿花襯衫，嘴含檳榔，一副苦臉像是含了黃蓮。陪唱的辣妹每一個身材都超好，穿著公司的迷你裙，隨著音樂節奏不停地搖擺，可是阿樹的眼裏只有苦澀與鬱悶，沒有辣妹。

好兄弟阿支見到阿樹如此鬱卒，放開摟在身邊的辣妹，靠到阿樹這邊來，「阿樹，你既然決定不做生意了，就好好計劃接下來要做什麼，不要再愁眉苦臉，事情過了就過了，起碼你也做過董事長，對外說出去也很有面子啊，對不對？」

阿樹的眼淚幾乎要流下來，難過地說：「四年賠了7億，怎麼會這樣？你、我和阿標一起到臺中，大家一起做生意，你們都賺，只有我賠，幹！」

阿標也靠過來，「阿樹，我看你做得也很努力，還是做不成，應該是時運沒到，每個人都有好運壞運，你現在停一下也是對的，等過一陣子，好運來了再做就可以做成了。這幾年你也拼了這麼久，好好休息一下當作充電，至少你也有了商場經驗不算白做，對不對？」

阿樹一口氣把酒杯中的XO喝光，再把杯子用力丟到地上砸個粉碎，「幹你娘咧！」流下了眼淚。

音樂馬上停了下來，所有陪唱的辣妹都嚇了一跳，站到

一旁不敢出聲。

　　阿支大聲說：「沒事！沒事！叫人進來掃一下，把音樂再打開，大家繼續玩！」

　　阿標：「不然我們去海邊吹吹風啦！買單！」

　　阿支：「你瘋了！現在海邊的風這麼大，你不怕冷死？」

　　阿標：「不然去哪裏？」

　　「去開房啦！」阿樹叫了出來。

　　阿標：「好，你心情好最重要！」拿出手機訂了間總統套房。」

　　阿支對辣妹們說：「要去開房的一起來，趕快去拿包包，別老是讓我們等！」

　　早上七點多，阿樹在總統套房裏醒來，看到身邊躺了三個赤裸的辣妹，自己要怎麼玩都行，床頭邊還有上好的洋酒，可是內心卻一片空虛。

　　阿樹穿上衣服走出房門，看到另一間房裏的大床上睡著阿支、阿標和幾個辣妹。接著走出總統套房，到酒店一樓的西餐廳點了早餐，吃到一半覺得無味，喝了一口咖啡便到酒店門口，讓代客泊車把他的賓士開過來。坐上車卻木訥了半天，然後踩上油門也不知道要去哪裏，無意間越開離城市越遠，很快進入四周圍都是田地的小路，越開小路越窄。

　　這時候正面迎來一輛摩托車，雙方停了下來，開摩托車的阿伯叫著：「路太小，我不能調頭，你後退啦！」

「幹！」阿樹只好倒退開，一直退到田間一個小小的十字路口，讓摩托車走另一條路過去。

接下來他四處張望了一下，不知道該往那邊走才能走出這片田地，四下也沒人可以問，「幹！剛才應該問那個阿伯，現在連個人影都看不到！」

阿樹只好隨便選一條路走，等看到人再問吧！

又開了一個多小時，還是看不到人，「太離譜了吧！臺灣有這麼大嗎？」

這時候看到遠處一個人騎著腳踏車，阿樹趕快踩上油門追過去，追了沒多久，看到前面有一間小廟，那個騎腳踏車的人騎進了廟裏，「好了，這下有人可以問了！」

阿樹把車停在廟口，下車走過去，看到廟裏拜的是土地公，突然間一個女孩靜悄悄地從旁邊走出來，嚇了阿樹一跳！

定了神，仔細一看，這女孩穿著非常樸素的農村衣服，長得非常清秀，令阿樹不禁多看了兩眼。

「請問去大馬路怎麼走？」

女孩子對阿樹說了幾句話，臉型馬上變樣，嘴形扭曲，口齒不清，原來是個智障！

阿樹：「這裏還有別人嗎？」

女孩的手指來指去，說的話阿樹一點都聽不懂。

阿樹走到廟裡廟外前後面看了一下，根本沒人，只見一輛腳踏車停靠一旁，應該是這女孩子剛剛騎過來的。

這下好了，跟這種人要怎麼溝通？

阿樹把腳踏車牽到這女孩面前，希望她能騎上腳踏車，

帶他到有人的地方去,可是女孩子把腳踏車推回廟後面。

兩個人就這樣把腳踏車推來推去搞了好久,阿樹氣得差點用頭去撞牆。最後只好坐回車子裏,等女孩子要騎的時候再跟上她。

阿樹在車子裏看這女孩一下子掃地,一下子自言自語,跟自己玩得蠻開心的,不自主地說:「無憂無慮,多好!」

過了一個小時,這個女孩終於騎上了腳踏車,阿樹開著賓士緊跟著她,來到田裏一戶農家,一棟紅磚蓋的四合院。

阿樹一下車,四合院裏馬上出來幾隻鵝啄了阿樹好幾下,「幹!」想閃也閃不掉,今天有夠衰!

見女孩進到屋子裏,阿樹快步跟到門口,用力敲上敲開的大門,「有人在嗎?」

叫了幾聲沒人回應,走進去四處看了一下,真的沒人在家!

女孩衝出來,拿了一把扇子又上了腳踏車,阿樹馬上再坐上車發動,緊跟著她。

跟了沒多久,竟然又回到剛才的土地公廟,氣得阿樹下車猛踢自己的車胎,「幹你娘的!我人衰到被一個瘋子戲弄!」

氣了好久,終於冷靜下來,蹲到車子一旁抽煙,遠遠看到一個婦人騎著腳踏車過來,阿樹趕緊站起來,伸手想要攔住她問路,婦人在他面前下車進了土地公廟,先對土地公上香,然後回到腳踏車上拿了一個竹籃,喊出:「阿永!阿

永！」

女孩開心地跑過來，婦人從竹籃裏拿出一個便當和湯匙給她。

阿樹走過來，「不好意思！去大馬路要怎麼走？」

婦人對阿樹說：「#######……」

阿樹傻了！是客家話，他聽不懂客家話。

「妳可以說國語嗎？我聽不懂聽客家話。」

「########……」

「完了！真的完了！」

阿樹突然靈機一動，到車子裏拿了紙和筆，寫了『大馬路』三個字給婦人看。

婦人不好意思地笑著，雙手對阿樹不停地搖，表示不識字，看不懂。

阿樹沒表情地看著天空，輕嘆道：「天哪！折磨得我還不夠嗎？」說完低下頭快哭了出來。

婦人拿了一個甜薯給阿樹。

反正肚子也餓了，就吃吧！接過手，「多謝！多謝！」憨厚地點頭。

女孩吃完飯，婦人把便當盒放回籃子裏，騎上腳踏車離開。

阿樹立刻上車跟著婦人。

跟上一會，婦人竟然騎著腳踏車回到剛才的四合院，阿樹差點二度暈眩。

「唉！下去看看吧，說不定能等到其他人回來！」下了

車,又被鵝啄了一次,趕緊跑進屋子裏。

婦人倒一杯水給他喝,親切得請他坐下。

阿樹看一下錶,下午快五點了,被這個阿永折騰了一天。看來這個婦人是先回來做飯,給等一下田裏回來的人吃。唉!只好等吧!

等得真無聊,四周看了一下,竟然沒有報紙或是雜誌。阿樹擔心起來,這家人都不識字嗎?如果等一下田裏的人回來,還是雞同鴨講怎麼辦?

天色漸暗。

終於,三個男人騎著腳踏車回來,進門時手上拿著鋤頭和鐮刀。

阿樹站起來,很禮貌憨厚得對他們鞠躬說:「不好意思!我迷路了,請問到大馬路怎麼走?」

其中一個比較年輕的男子,對身邊另外兩個人用客家話說了幾句,好像是在翻譯。

他們互相說了一下,接著年輕男子用濃厚客家口音的台灣話說:「到大馬路要一個半鐘頭,等一下一起吃飯!吃完飯帶你去。」

終於有人聽懂我的話,阿樹說:「不用了!現在帶我去好嗎?」

「我們剛剛從田裏回來,都餓死了!等吃完飯再去。」

阿樹沒轍,只好再等。

其中一個男的洗了臉,又騎上腳踏車出去,沒多久便把

叫阿永的女孩帶回來。

連同阿樹一起六個人圍在飯桌吃飯,「不要客氣啊!」還幫阿樹倒了酒,除了阿永,每個人都喝上。

阿樹扒了幾口飯菜以後,心頭一亮,這鄉間菜真是別有風味!

年紀最大的男子敬阿樹,阿樹喝了一口,這酒真是好喝!

「這什麼酒?」

會說台語的年輕人:「這是我們自己釀的客家酒。」

「賣一點給我好嗎?」

「不用了啦!你喜歡就帶兩瓶回去,我們還有很多!」

耗了一天能吃上這頓好飯,還不算太壞!

和大家聊了幾句,原來這女孩子叫「阿香」,之前婦人在土地公廟的時候叫她「阿永」是客家話。

阿樹大口吃大口喝,大家看他吃得這麼開心,又多敬了他幾杯,可想不到這酒的後勁好強,眼前的人、桌上的菜開始左右飄動。

「我看你今天不要回去了,在這裏睡一晚吧!你喝醉了,等一下把車子開到田裏去怎麼辦?」

「不會的,我沒醉,我沒事的⋯⋯」

早上醒來，頭疼的不得了，眼前的桌椅還會晃動。原來自己睡在客廳的藤椅上，「幹！昨晚真的喝醉了。」一看手錶，已經十點多。

　　阿樹扶著牆走到處看，找不到人，「天哪！難道都下田去了！」

　　坐回藤椅上，拿出手機看一眼，完全沒有信號，頭疼得要命！又躺下睡上一會。

　　不知道什麼時候，覺得鼻子好癢，用手撥也撥不掉，眼睛打開一看，是阿香拿著稻草在搔他鼻子逗他玩。

　　「阿香，妳在幹嘛，自己去玩啦！」

　　阿香拉上他的手，想帶他出去。

　　「阿香，我頭疼，妳自己去玩好不好？」

　　搞不過阿香，只好讓她拉著手走出門。

　　被阿香拉到腳踏車旁，阿香要阿樹騎腳踏車，阿樹頭疼得要命，哪有心情跟妳玩這個！於是轉身走回屋子裏，馬上被阿香又吵又鬧地拉到屋外，搞得阿樹更頭疼。

　　「好，好，好，只玩一下下哦！」

　　阿樹騎上車，阿香馬上坐到後面，還用手指著前方，要阿樹照著她的方向走。

　　騎了好一陣子，過了幾個小山丘，居然看到另一間破廟，這間破廟還真不小，有一個米倉這麼大。

　　兩人下了腳踏車，阿香帶阿樹往裏面走，阿樹看這廟的木門，上面的雕刻還真不錯，還有大門環，「這不會是清朝

的吧？把這門拆下來，說不定能賣不少錢！」

繼續往裏面走，兩旁的牆壁雖然很髒，可是壁畫的風格很強烈，阿樹站在壁畫前面看了好久。

阿香過來抓他的手再往前走，看見四條麻繩從屋樑上垂下來，每個麻繩的末端都綁成了一個圓形，明顯是用來上吊的，其中一條麻繩的圓形上還有暗紅色的血跡，這暗紅色幾近黑紅的程度，可見這血跡乾了有好多年，阿樹心中感到驚悚，這裏究竟發生過什麼事？

這四條麻繩可能牽扯過四條人命，阿樹一時忍不住打了個寒顫！

被阿香拉著再往前走，走到神壇前，神壇上的神明已經不在，八成有點年份的東西早被人偷光了。

阿香拉阿樹走進神壇旁邊一個小門，裏面到處是蜘蛛絲，兩人一邊走一邊撥開眼前的蜘蛛絲，越走越窄，進入一個小房間，阿香手指著上面，通過層層的蜘蛛網向上看，樑上綁著紅布，紅布裏面酷似包著一條長型的東西。看來是被層層的蜘蛛絲和灰塵遮蓋才沒被人發現，否則也早被人偷走了！

「阿香，妳不笨嘛！這都能讓妳看到。」

可是這麼高怎麼拿呢？

到處看到處找，到外面搬了一個破舊的木椅進來墊腳，兩人搞了一身灰，終於把紅布解下來。小心翼翼地放在地上解開，打開一看，一把古劍！

好重呀！花了好大的力氣才把古劍從劍鞘抽出。

「真漂亮啊！」阿樹忍不住說。

寶劍上刻有一條青蛇，整支劍身沒有一點生銹，劍身還會發亮。

阿樹有感而發，這不是一般的劍吶！

阿樹帶上寶劍，再騎上腳踏車載著阿香，又被阿香帶到破廟後面一個樹林，樹林中有一個大湖，阿香看到湖馬上下了腳踏車，跳到湖裏去玩水。

阿樹坐在湖邊草地上，仔細琢磨著這把劍，在太陽光下看得更清楚，劍身上的青蛇夾帶一股詭媚，蛇身鑲有七顆細小的綠寶石，在陽光的反射下，隨著蛇身的曲線折射出一股妖氣。

哇！就憑這隻蛇的雕琢，肯定價值不菲！這把劍如果賣不到30萬，我寧可自己留下來當傳家寶。

阿樹的眼神從手上的古劍挪向前方，阿香全身濕透從湖裡走上岸，朝他走來，透過阿香上身薄薄的一層衣服，阿樹清楚看到她胸前兩粒秀小的乳房和一身透明的身線。

阿樹愣了好一陣，她不說話的時候還真美！阿樹一輩子沒見過阿香這般清秀的面孔。

阿香一步步來到他面前，竟然把全身的衣服全部脫光，用手擰乾後再穿上，整個過程把阿樹看傻了，可是阿香的純真，令阿樹沒有一絲的雜念。

阿香走到腳踏車旁，要阿樹再載她，這次把阿樹帶到樹林的西邊，滿地盡是一片鮮紫的天竺葵，阿香跳下車摘了好

幾朵握在手裏。

　　阿樹也下了腳踏車，看遠處一片平地有二丘拱起，好奇心下不自主地走上前去，見這接連兩個拱丘前各倒著一塊石碑，石碑背面朝上。

　　「難道這是兩座墳？會是誰的墳？不把它翻過來看怎麼知道，但是這種東西碰了不吉利吧！」

　　「我已經夠衰了，還能更衰嗎！」，自言自語想了沒多久還是走了上前，費了不少勁把兩塊石碑翻過來。

　　果然是墓碑！！

　　兩個墓碑上的字分別是：

　　愛妾　胡沛　永樂二年三月巳卯

　　愛妾　張奕泰　永樂二年三月丁卯

　　兩個愛妾的墓碑，雖然時間不同，但是字跡相同，可見這兩人屬同一人的二奶，但怎麼名字都這麼男性化！……依石碑上刻的時間看來……應該是民國前哪個時代吧！

　　阿香摘了滿手的紫花，走到腳踏車旁，叫阿樹過來載她，兩個人再騎上腳踏車回阿香家。

　　到了阿香家門口，阿香跳下車直接跑進屋裡。阿樹四周張望了一下，沒人，把劍放進自己車子的後車廂再走進屋。

　　到了中午，婦人和年輕人回來，婦人回來做午飯要帶回

田裏給男人家吃,年輕人專門回來要帶阿樹去大馬路。

年輕人還記得拿上兩瓶自製的客家酒給阿樹。

阿樹拿出一千塊,「給阿香買糖吃。」

「不用了啦!」兩個人推來推去,年輕人堅持不收。

四個人很簡單地吃了一些麵條,年輕人戴上斗笠,騎上腳踏車,阿樹開著車跟在他後面。

臨走時,阿樹按下車窗,「阿香,再見!一個人不要到處亂跑,小心啊!」

阿香和婦人不停地向阿樹揮手。

一個多小時後,到了大馬路。

「多謝你的酒啊!多謝你!」

「有空再來玩,再見!再見!」年輕人親切地對阿樹揮手。

阿樹拿著古劍到臺中歷史最悠久的古董店『古亭軒』給老闆估價。

老闆正和一個滿頭白髮戴著圓框眼鏡的朋友在泡茶。

阿樹：「老闆，請你幫我看看值多少錢？」

老闆把劍抽出來一看，和身旁的朋友立刻眼睛一亮。

老闆走到櫃臺後面的一排書架前，抽出一本書打開看，參考了好一會，再用布尺量了一下劍身，接著放到秤上，看了劍刃，拿出一張A4的複印紙，朝紙中央輕輕劃下，銳利的劍刃隨即將紙劃分為二，嚴肅得說：「保存得很好！應該是明朝的沒錯，你看看。」把劍拿給身旁白髮眼鏡的朋友。

朋友接過手，拿放大鏡仔細瞧了 5 分鐘，然後向老闆點頭。

老闆：「你賣不賣？」

阿樹：「目前不想賣。」

「你要是想賣的話，我幫你賣，抽兩成半就好！」

「你看它值多少錢？」阿樹說。

「從它的尺寸、重量、手工、風格斷定，應該是明朝的沒錯，狀況也很好，六百萬跑不掉。」

阿樹聽了嚇一跳！但還是故作鎮定。

白髮朋友說：「可不可以告訴我這把劍的來歷？」

「長輩留下來的，我也不是很清楚。」

白髮朋友：「相傳鄭和第二次下西洋前，皇上下旨令他在福州造船，這段期間他和手下兩個最得寵的小太監曾經到過臺灣，在臺灣的時候，其中一個小太監染上瘧疾而死，

幾天後第二個小太監也發現被感染而去，當時鄭和身邊沒有大夫隨行，眼看著自己兩個愛奴死在面前，鄭和傷心欲絕，據說第一個太監以夜明珠陪葬，第二個太監以他隨身佩戴的青蛇劍陪葬，可想不到就在鄭和準備打道回福州離開這個傷心地之前，發現隨從中有四人盜墓，鄭和一怒之下逼這四個盜墓隨從上吊陪葬，憤恨之極，也不理他們把夜明珠和青蛇劍藏在哪裏，就心痛地回了福州，全身投入造船作業。一趟本是恩愛的斷袖之旅，卻成了鄭和心中永遠的傷痛。這是大明朝見不得人的一段小插曲，只記在野史中，可信度很難保證。」

阿樹震驚得說：「這兩個死在臺灣的小太監叫什麼名？」

「這個我也記不得了，你要是想知道，我查一下再Email給你。」

阿樹留下自己的Email給這位白髮的先生，又問：「鄭和身邊恩愛的太監應該不止兩個吧？」

「當然，古代有錢有勢的人身邊養幾個愛妾讓自己開心是很平常的風氣，就像你有錢多養幾部車來玩讓自己開心的道理是一樣的。」

「那鄭和身邊所愛的小太監，會以妻妾相稱嗎？」

「會，這和一般人一樣，誰是大房，誰是二房，分得可清楚了！分清楚了相互間的矛盾就比較少，當家的管起來也比較容易。」

又聊了一會，大家交換名片，阿樹一看，原來老板的朋友是臺中大學歷史系教授。

老板看著阿樹的名片，口中暗自念出「天成鰻魚場董事長　吳天樹」。

「原來是吳董，這麼年輕，年少有為呀！」

阿樹搖搖頭，「唉！生意不好。」

阿樹拿著寶劍走出古董店。

歷史教授對古董店老板說：「他那一把如果真的是青蛇劍，那是可以進故宮了，價值絕對不下一億。」

老板：「慢慢來，我早晚要弄到手，照你看到底是不是鄭和那把青蛇劍？」

「如果你能說服他讓你寄賣，我就立刻帶到大學的實驗室裏化驗，要真的是明朝文物的話，一定要查出它的來歷，畢竟青蛇劍最後是在臺灣失蹤的，它的可能性太大了！」

「你覺得它的可能性有幾成？」

「九成。」

阿樹剛從古董店出來，上了自己的車，手機就響起來。

「吳董，吉野家要跟我們訂鰻魚，你要不要回來跟他們談一下？」

「吉野家？」阿樹說，「他們什麼時候要進貨？」

「兩個月後，他們要的量很大，所以我沒跟他們說我們要關門。吳董，接不接？」

「叫他們等我30分，我馬上就回去！」

阿樹心想：難道轉運了？

把青蛇劍往旁邊座位一放，看著劍說：「難道是這支劍讓我轉運的？」

阿樹回到養鰻場不到一個小時，就和吉野家簽下兩千萬的合同。

半個月後，十八家連鎖的日本料理店找上門，又簽下七百多萬的合同。

阿樹把青蛇劍供奉在自己家客廳裏，每天早上親自拿絨布擦拭，放回臺桌上後還合上雙掌膜拜。

一早，阿樹進了辦公室打開Email，看到臺中大學歷史教授的來信：

吳董：

您好！

抱歉，來信得晚！我花了一點時間才找到您要的資料。

據野史記載，鄭和兩名在臺灣身亡的小太監，分別是張奕泰和胡沛。我有一位朋友對古劍特別有研究，他對您的青蛇劍可做更詳細的鑒定。我們何時可以再聚？

臺中大學歷史系教授　趙可卓

阿樹看完Email，像木頭一樣動彈不得，腦子裏思緒一片飛亂。

過了好久定下神來，緩緩地自言自語：「那顆夜明珠一定還在那間破廟裏！」

「古董店老板說這把劍值六百萬，六百萬對我來說是不少錢，可是它帶來給我的好運，遠遠超過六百萬。我的生意，我的自信，全都回來了，就算六千萬我也不賣！

明天就回去找夜明珠！」阿樹內心的聲音越來越大聲。

當晚，阿樹和死黨阿支、阿標在夜市的海鮮攤吃晚飯，喝了不少酒。

吃完飯後，三個人在夜市經過一個算命攤子，算命仙看到阿樹立刻把自己臉上的墨鏡拿下來直盯著阿樹，然後對阿樹叫到：「先生，過來看一下！你有七星相聚，吉星加持，我沒看過有人氣色這麼好的，你最近是不是好運不斷？」

阿樹腳步停了下來，阿支推著阿樹說：「走啦！別理他。」

阿樹還是朝算命仙走過去，阿標在後面說：「阿樹，走啦！你在幹嘛？」

阿樹在算命仙的攤子坐下來。

算命仙：「先生，你最近是不是有奇遇？」

阿樹：「沒有啊！」

「你這種氣色是少數大企業家上了50歲才有的，你這

麼年輕就有這種氣色，要不是有奇遇，不然就是祖上大大積德，或是有寶物加持，你最近有買到什麼名貴的水晶之類的東西嗎？」

「沒有啊！」

「那就奇怪了！我幫你批個八字吧！不準不收錢。」

阿標走過來，丟了一百塊在攤子上把阿樹拉走，「江湖術士，十賣九騙，你最近不順就不要再隨便算命了，老人家都說命是會越算越薄的！」

三個好兄弟搭著肩膀，醉醺醺得繼續往前走去。

清早。

阿樹帶上兩瓶人頭馬和一隻雞往阿香家開去。

開進一片農田之後，花了整整三個小時找路，就是找不到阿香家，也找不到那間土地公廟。

天空開始下起毛毛雨，一陣大霧慢慢升起，阿樹把車子的遠光燈打開，把車子開得更慢，「幹！根本看不清楚，這要怎麼走？」

一個小時後，雨漸漸停下，一陣寒風把霧氣吹散，阿樹在田路上開了不到3分鐘，遠遠地看到了那間土地公廟，開心得朝土地公廟開過去，再憑著記憶，從土地公廟開到阿香家。

「終於到了！」阿樹看了一下手錶，「幹！開了四個多鐘頭！」

提著兩瓶人頭馬和一隻雞下車，走進四合院大喊：「阿香！阿香！」把酒和雞放在客廳桌上，再往裏面走去，「有人在嗎？」，進了後院，看見阿香在水龍頭旁邊玩水，阿樹趕快走過去，把水龍頭關上，「阿香，你怎麼這麼喜歡玩水！現在秋天了，不要感冒！」

阿香看到阿樹高興得在原地跳個不停。

阿樹拉阿香進屋子裏，想要找塊布給她擦。阿香整個臉、頭髮、上半身都是濕的。阿樹在椅子上看到一塊布，一轉身拿過來要給阿香，看到阿香要脫衣服，馬上跑過去把她的衣服拉下來，「等一下！妳要幹什麼？」

阿樹用手上的布幫她擦臉和頭髮，一邊說：「你不是伴

唱妹，不要在男人面前做這種事！」，看著阿香，「你不說話的時候還真美，到城裏一定迷死不少盤子！」把布放到阿香手上，「衣服妳自己擦一下就好了，讓它自己乾，不要再脫了！」

阿樹走到門口，點上一根煙，看天上的烏雲散開，光照上車身，這強烈的反光讓自己都睜不開眼，舉起手臂擋在面前，「幹！一下壞天，一下好天，三小天氣！」

婦人這時騎著腳踏車回來，看到阿樹也很開心，說了一大堆客家話，阿樹還是聽不懂！

和上次一樣，婦人倒了一杯水給阿樹，看到桌上的兩瓶洋酒和一隻雞，笑得又開心又不好意思，露出了一排齙牙，上前推了阿樹好幾下。

太陽西下時，另外三個男人又拿著鋤頭和鐮刀滿身汗臭回來。

會說台語的年輕人微笑說：「人來就好了，還帶這麼多東西來！」

婦人做飯的手腳很快，沒多久大家就上桌吃飯。

阿樹吃了幾口飯說：「你們的米真香！跟城裡的味道完全不一樣。」

「因為我們的米不是用機器磨的。」

阿樹心裏想：有差嗎？

「當然有差啦！」

咦！他怎麼知道我在想什麼？

除了阿香，大家開心得把兩瓶人頭馬喝光，又喝了一些

客家酒。

阿樹:「阿香小時候生過病是嗎?還是先天的?」

「六歲的時候發燒,本來以為她燒已經退了,就把她放在家裏,大家都下田去。等黃昏的時候回來才發現她又燒起來了,可能是燒一天了,再帶去給醫生看已經晚了。」

「原來是這樣,真可憐!」

年輕人嘆了一口氣,「這樣也好啦!不用下田,不必像我們這麼命苦。」

「你也不要這麼想,其實我在都市裏生活,在都市裏賺錢,心裏的壓力是你想不到的,有好幾次真的想一切都放棄,都不想理了!」

「唉!做人永遠都不簡單。」

「其實你們如果不想種田,憑你阿母的手藝,在外面開個小餐廳,絕對不是問題,你們沒想過到都市去生活嗎?」

「祖先留下來的這塊田,讓我們拖磨了一代又一代,怎麼可能說走就走,我們客家人是很念舊的!」

早上,阿樹又在客廳的藤椅上醒來。

伸出手一看錶,十點多,到後院洗了臉,到處找不到阿香。

開車到土地公廟,看見阿香的腳踏車停在那裏,「阿香!阿香!」

阿香從土地公廟後面跑出來。

「阿香,妳在這邊幹什麼?我要去那間破廟,妳要去

嗎？」阿香騎著腳踏車跟在阿樹車後面。

　　阿樹把車開到另一個破廟門口，從後車廂拿出一個登山背包，一把鑿子，和一捆麻繩，和阿香走進破廟。

　　阿樹又見到樑上垂下來的四條吊繩，再次一股寒意上背，深深倒吸一口氣，又吐了一口長氣。

　　轉向阿香，「阿香，妳在這裡有沒有看過一粒圓形的珠子？」阿樹用手做了一個小圓球的形狀。

　　阿香張嘴，講了幾句話，流出口水。

　　阿樹搖搖頭，「雞同鴨講！」

　　四處看了一下，既然青蛇劍是藏在廟裏頭，就從廟裏面開始找吧！

　　阿樹把能翻的地方都翻遍，連屋頂都爬上去看過，就是沒有。

　　全身搞得灰頭土臉和一臉的蜘蛛絲，滿頭大汗沮喪地坐在地上喘氣。

　　看一下錶，12點多了！「阿香，過來！」對阿香招手。

　　阿香跑過來，阿樹從登山包裏拿出昨天準備的飯團，撥開一個給阿香，阿香吃得笑了出來，阿樹看了也笑出來。再撥一個給阿香吃，也拿出一瓶礦泉水給阿香。

　　阿樹一邊吃著飯團一邊想：廟裏面沒有，難道已經被盜佛像的人找到拿走了？不會，盜佛像的人只盜走佛像，表示根本不知道青蛇劍和夜明珠的事，否則真的要找的話不會漏掉青蛇劍。

廟裏面沒有，難道在外面？

走出廟口大門，仔細得看了一圈，連雜草茂盛的地方都不放過，還是沒什麼發現，是不是還在廟裏面，只是我沒找到？

又回到廟裏頭搜了一次，終於放棄！

無奈得說：「阿香，如果有夜明珠的話，妳一定會告訴我的，對不對？」

阿香看著阿樹。

阿樹看向自己一身，「唉！滿身臭汗。走，我們去湖裏遊泳。」

兩人到了湖邊，阿樹把衣服和褲子脫了，只剩一件內褲。

阿香看阿樹脫衣服，也跟著把全身衣服都脫了。

阿樹見了大喊：「阿香，妳幹什麼！把衣服穿上，妳是女生，怎麼可以脫衣服，上次就跟妳說過了妳還來！」

阿樹過來把阿香脫在地上的衣服撿起來，要給她穿上，阿香已經光著屁股跑進湖裏。

「幹！還好這裏沒人，不然連我都不用做人！」四處看了一下，再次確定周圍沒人，自己才走入湖中。

「啊－唷！」阿樹叫了出來，馬上把腳縮回岸上，「水這麼冰，阿香，妳怎麼不怕冷啊！」

湖裏的水實在太冷了，阿樹無法在湖裏待太久，很快就上岸。

阿樹打了一個寒顫，趕緊穿上衣服，對阿香叫著：「水太冷了，快點上來！不然會感冒，快上來！」

阿樹叫了好一陣子，阿香才又跑又跳地上了岸。

阿樹看著阿香兩粒晃動的小乳房，整個人朝他跑過來。

　　「好了！快去把衣服穿起來，別搞得我七想八想的！」。

　　阿香站著沒再動，兩眼盯著阿樹。阿樹把地上阿香的衣服拿給她，改用柔和的口氣說：「乖！把衣服穿上，我們去摘花好不好？」

　　阿香這次好像聽得懂，接過衣服，慢慢地把衣服穿上。

　　回到滿地一片紫竺葵的樹林，阿香開心得到處去摘花，阿樹靠著一棵大樹坐下，

　　看著前方鄭和兩個愛妾的墓……，照那個歷史教授說的，鄭和在打道回福州前，四個手下盜墓挖出了青蛇劍和夜明珠，但是他們不帶在身上反而藏了起來，必定是怕事跡敗露了才這麼做。照現在看來，兩件東西分開藏不是不可能，不過要藏的話也不可能藏得太遠。廟裏廟外都沒有，那一定還在附近某一個地方。周圍都是樹林，過了這麼多年了，一顆小小的夜明珠要怎麼找？

　　這附近三個地點，破廟，小湖，和這片紫竺葵的樹林，既然破廟沒有，就把目標放在小湖和這片樹林吧！

　　阿樹一直看著眼前這片鮮紫的樹林地，除了滿地的紫竺葵和兩個墳墓，還有什麼特別的地方？

　　唉！我又不是神探李昌鈺，真是……

　　「夜明珠啊！夜明珠！夜……明……，夜明就是晚上會明亮，為了謹慎，那一定得埋起來才妥當，那埋在哪裏呢？

　　劍掛樑上，珠埋地下，對！挖地。這四個人盜墓匆匆，

一定埋得不深！」

　　抬手看一下錶，「三點了！」不能繼續留在這邊，要是再回破廟裏去挖，天黑一迷路就麻煩！「阿香，我要回去了，妳要不要走？」

　　阿香看阿樹往回走，雙手抓滿了紫竹葵跟上來。

　　兩個人走回土地公廟，「阿香，我過兩天再回來，再見！」

　　阿香開心地對阿樹揮手。

　　阿樹照上次阿香哥哥帶自己回大馬路的印象，車子轉了好幾個彎後也搞不清楚要怎麼走，但記得只要朝太陽反方向走就對了。

　　一個小時後，阿樹開上了大馬路。

臺中大學歷史系教授打電話給阿樹，請阿樹再到『古亭軒』要介紹一位專門研究古劍的朋友給他認識。阿樹帶上青蛇劍再次回到古亭軒。

歷史系教授那位懂古劍的朋友，硬說阿樹這把劍出自民初時期代，並非鄭和時期的那把青蛇劍。

古亭軒老闆費盡大半天時間試圖說服阿樹讓他轉賣青蛇劍，老闆一直說到拍胸脯保證，可以幫他賣到一千四百萬，阿樹還是不肯。

青蛇劍讓阿樹改變了命運！讓阿樹走路有風了！阿樹身家曾經過億，怎麼會把一千四百萬放在眼裏！「這把劍對我有特殊的意義，我是絕不會賣的！」阿樹把話說得更清楚，更肯定。

阿樹走出古亭軒。

老闆：「看來他不缺錢，再怎麼加錢，他也不看在眼裏！」

教授：「難道就這麼算了？」

老闆：「這把劍如果讓我拿到維也納的拍賣場，起碼可以從兩億台幣開始喊價，我怎麼可能算了！」

教授：「他又不想賣，還有辦法嗎？」

老闆露出兇狠的眼光，「辦法不是沒有。」

天一亮，阿樹就開著車回土地公廟，這次開了兩個小時就找到，「幹！有進步。」

再從土地公廟憑記憶開到破廟口，手中握住一把十字鎬

走進了破廟。

　　先到原先找到青蛇劍的那個小房開始挖，把小房間內整片地都挖開了，沒有！

　　滿頭汗水站在原地，想了好一會，再到佛壇下面全挖遍了，也沒有！

　　阿樹揪緊眉心又想了好一會，狠下心用力一次又一次把十字鎬撬入地面，一個鐘頭過後，破廟一半以上的地都被阿樹撬開就差播種了。阿樹滿頭大汗喘著氣，汗水濕透全身，「難道不夠深？不可能呀！他們只藏一顆珠子，沒多久就要拿走，不須要埋得深啊！」阿樹握著十字鎬疑惑了大半天，汗水不停地滴到地面，怎麼想就是想不透。「好！把你全挖了，免得將來後悔！」狠下心，把破廟裏一片地全部撬開，喘得像頭牛一樣，汗流浹背，連條毛都沒見到！

　　阿樹累得倒在破廟門口，全身攤成一個「大」字，看著天上飄過的白雲，一個人靜靜地想。

　　這時阿香從土地公廟的方向走過來，看到阿樹開心得又叫又跳。

　　阿樹坐起來從登山包裏拿出一條巧克力給阿香，阿香連紙都沒撕開就放進嘴裏咬，阿樹看了馬上把巧克力搶過來，幫她把包裝紙剝開再給她吃。

　　「好不好吃？」阿樹問。

　　阿香吃得一片口水滴在衣服上，阿樹看了笑一下，拿起十字鎬往湖邊走，阿香跟上來。

　　一路上，阿樹仔細地到處看，看看還有什麼地方可能藏

著夜明珠。

到了湖邊，用湖水洗臉，要把剛才滿臉的汗水洗掉，「哇！好冰啊！」

阿香往湖裏走去，想要下水去玩，阿樹立刻從後面把她拉住，「妳瘋了！早上的湖水這麼冰，妳想感冒啊！」

阿香朝樹林另一個方向走去，阿樹看她越走越遠，「阿香，等我一下！」立刻追了過去。

追著阿香走進樹林，沒多久，竟然看不到阿香的人影。

阿樹大喊：「阿香，妳在哪裏？」，目光原地轉了一圈，還是看不到阿香，更找不到回湖邊的方向。

只好朝一個固定方向一直走，走出了樹林，看見地上都是石頭，「都是石頭，正好可以埋……不會是……？說不定喔！」阿樹一個人自言自語起來。

阿樹舉起十字鎬又挖了起來，一邊挖一邊說：「既然都來了……看看吧！」

挖不到十分鐘，聽到鏟子碰到不一樣的聲音，阿樹挖得更起勁。

沒多久竟然挖出一具白骨，阿樹嚇得兩腿發軟坐到地上，一臉蒼白，「幹……你……！怎麼……會這樣……？」，全身無力，用爬的慢慢轉身想要趕快就離開，爬了沒幾下就爬不動，用顫抖的手點上一根菸。

過了幾分鐘，稍微鎮定了一點，「會不會是…鄭和那……四個盜墓的手下？」

用力深呼吸了好幾下，為了價值連城的夜明珠，幹了！

爬回去繼續挖。

一邊挖一邊起雞皮疙瘩，顫抖得說：「你娘的，真是人為財死！」

再挖上一陣子，居然多挖出了四具白骨！

阿樹看了嚇到尿在褲子上，這次連登山背包和十字鎬都不要了，一直往外爬，連頭都不敢回，使盡全身力氣勉強得站起來用跑的，邊跑邊喘，跑過破廟，再跑到土地公廟，上了車就開走。

想開到阿香家，可是找不到路，「幹……！難道太緊張走錯方向？」阿樹看自己握方向盤的雙手還抖個不停，兩排牙齒震得嗒嗒響。

朝著太陽的反方向開了一小時，開出了農田到大馬路，停在路邊一家雜貨店，下車買了一包煙和一瓶烏龍茶緩和一下。

「老闆，農田裏面住的那一戶客家人，你認識嗎？」

「農田裏面沒住人，你是說誰？」

「在土地公廟附近，有一家四合院，住在那裏的客家人。」

「哦！那間四合院很早就拆了，老早沒人住，空了幾十年了！」

「不是，有一戶客家人，他們有一個女兒頭腦阿達的！」

坐在另一旁滿臉皺紋的老頭，手叼著煙，沒有牙齒，說：「少年的，你是說阿香是不是？」

「對！對！對！」

「他們全家在日本時代都被日本兵殺了。」

「不對！怎麼可能？我們說的是同一戶人家嗎？」

老闆：「我在這邊出生，住了一輩子，農田裏根本沒住人，有的話我怎麼會不認識！」

阿樹越聽臉色越青越難看。

沒有牙齒的老頭說：「那時候我九歲，兩個日本兵進阿香家要強奸她，正好阿香的父母和兩個哥哥從田裏回來看到，馬上和日本兵打了起來，那時候的日本兵都有佩武士刀，阿香一家人都被那兩個日本兵用武士刀砍死，後來那兩個日本兵也被槍斃了，整個村子都知道。」

阿樹聽到這裏兩腿軟掉，靠在牆邊。

「少年的，這麼久的事情了，你是他們什麼人？」

阿樹整個臉轉白，說不出話。

老頭又說：「事情過了後，阿香的親戚被通喚來幫他們處理後事，可是屍體被兩個日本兵藏了起來，槍決的時候，日本法庭也忘了問那兩個日本兵把屍體藏在哪裡，只問他們認不認罪，當天黃昏就把他們兩個槍斃了，阿香一家的屍體一直都沒找到。」

老闆：「少年的，你臉色不太好，你要緊嗎？」

阿樹咽了一下口水，「那破廟裏面四條上吊的繩子，是不是鄭和的手下…？」

老頭：「鄭和？不是，是日本戰敗的時候，四個日本指揮官繳械後找不到刀子剖腹，一起上吊自殺的。」

阿樹想：啊！又四條人命，接著問：「阿公，你聽過鄭和來過臺中嗎？」

「鄭和……?那是明朝的事,那麼久了,我怎麼知道?」

「那破廟後面有兩個古墓,石碑上寫的是愛妾,那是怎麼回事?」

老闆對老頭說:「阿爸,我想起來了!阿公好像說過,那裡埋得是明朝的人,還有四個明朝的兵仔被殺了之後丟到旁邊的小湖裏。」

阿樹讓自己發抖的雙腳慢慢跨到雜貨店門口坐下,「我叨…!我還到那個湖裏遊泳,剛才還用那死人湖水洗臉!」想了一下,在雜貨店門口吐了出來。

老闆看了跑出來大叫:「少年的!我這邊還要做生意,你不要再這邊吐啊!」

隔兩天,阿樹帶了和尚到五具白骨那裡念經超度,再把五具白骨帶到殯儀館火化,再請和尚隔天到破廟和小湖旁誦經。

當天晚上,阿樹在夢裏看見阿香的哥哥,他什麼都沒說,只用感激的眼神看著阿樹,對阿樹鞠躬,然後轉身走開。阿樹問他:「夜明珠在哪裏?」問了兩次,他只是回頭對阿樹感激地再一次鞠躬,始終沒有開口。

隔天,和尚在湖邊誦經後,對阿樹說:「我不知道你和這些人是什麼關系,既然你付我們錢,我們就來做法事,一般我是不會說太多。但是為了你的安全,我必須告訴你,這個地方煞氣太重,幾百年內是散不開的,每隔七十年一個輪

迴就會出幾條人命，請施主不要再回來這裏！」

阿樹緊張得說：「不行啊！我還得回來找東西呀！」

和尚：「有什麼東西比你的命還重要呢？你要是出了事，你的父母會有多難過呢！」

阿樹露出一臉難色與執著。

和尚：「唉！如果你硬要回來，就在早上11點到下午4點之間來吧，那是一天太陽光最烈的時段，也是陰氣較弱的時候！過了下午4點一定要離開，這樣或許可以暫時保你平安。記住，沒有什麼比自己的性命還重要！」

阿樹回家後，一直在想和尚對他說的話，猶豫了3天，還是忍不住帶上工具回到破廟。不過，依照和尚所說的，都是在早上11點才到，下午4點離開。

挖了十二天，全無所獲，終於死心放棄。

阿樹鰻魚場的生意越來越好，好到晚上睡覺的時候都會笑。

沒多久，阿樹看到報紙上登著歷史系教授重病的新聞：

「臺中大學歷史系趙可卓教授，染上全國罕見的皮膚病，全身長繭化膿，醫生束手無策，危在旦夕。」

三天後，報紙再登：

「臺中歷史悠久的古董行『古亭軒』老闆於山中上吊自殺，昨天下午被幾名登山者發現屍體報案。」

這兩個人都是阿樹最近才見過的，額頭上不禁冒出冷汗！

四天後，報紙上又見趙可卓教授那個鑑定古劍的朋友，在自己家中被謀殺，阿樹嚇得見自己夾煙的手不斷顫抖。

秘書打電話分機進來，「吳董，臺中市長秘書要約您吃飯，您什麼時候有空？」

「跟他說我沒空！」阿樹完全沒心思。

秘書再打電話進來，「吳董，市長秘書說市長有生意要跟你談，你真的不接啊？」

「叫他過幾天再打來！」

「哦！」秘書說。

阿樹打電話給死黨阿支：「你在忙什麼？跟我去收驚。」

「收驚？你是按怎？」
「你來載我啦！我現在沒辦法開車。」

阿支來到阿樹的公司，見阿樹滿臉發青，喝著XO。
「你要去廟裏收驚還喝酒！一身酒味怎麼去？」
「你聞得到嗎？」
「一進來就聞到了，你到底出了什麼事？」
阿樹把前一陣子碰到阿香和現在報紙上看見的新聞告訴阿支，「下一個死的會不會是我？」
阿支聽了以後寒毛直豎，「幹！倒一杯酒給我，太恐怖了！」
兩人喝掉半瓶XO。
阿樹：「現在怎麼辦好？」
「我也不知道！」，阿支想了一下說：「阿標他七仔的老爸是道士，不然去問他！」
「嗯，嘛好！」

三個死黨一起來到阿標七仔的家，阿標的未來岳父聽阿樹說完以後想了很久，才說：「這嘛……我也搞不懂，我想……問我師父好了。」
三個人聽了差點跌倒。
「啊你師父人呢？」阿樹問。
「他住在桃園，我打電話問他。」
阿標的未來岳父在電話裏把事情來龍去脈說了一遍，他

的師父才耐心得說：「阿香一家人身藏屍野，無法投胎，一直做孤魂野鬼，青蛇劍是為了報恩給阿樹的，阿樹既然已經找和尚超度他們，他們應該已經進入輪迴，不會再見到他們了。至於這三個人出事，我也不太清楚，這個嘛……要問問我師兄。」

三人又差點跌倒。

阿標未來岳父：「你師兄人在哪裏？」

「他現在在臺南閉關，不接電話，我給你他的地址，你們帶青蛇劍去找他，說是我介紹的就行了。人命關天，他不會不理的！」

第二天，三個死黨一起開車到臺南，一路上阿樹的秘書又打電話來，「吳董，市長秘書又打電話來說要請你吃飯，請你賞臉！」

「唉～！跟他說我沒空，沒時間做其他生意。」

三個人到了臺南，找到了阿標未來岳父的師父的師兄。

阿樹把青蛇劍交給師父的師兄看，「師伯，這把劍身上的青蛇有七顆很細的綠寶石。」

師伯把劍抽出來看了一會，說：「好劍啊！真是把好劍！」看完了劍身又仔細看了劍柄，然後收劍入鞘交還給阿樹。

師伯緩緩道來：「對我來說，劍有三種，一種是用來殺人，一種是用來殺鬼，一種是用來佩戴的。這把劍的做工太細致了，一般人絕對捨不得拿去決鬥殺人。你看看劍身上的

青蛇，艷貴相並，貴氣比艷氣更勝一籌，高貴得能夠襯托出整支劍的大庭之氣，蛇身上的七顆綠寶石，更令整隻青蛇活現。這種貴氣和這種高級的手工藝術，光是看鑲這七顆綠寶石在蛇身上的設計，必是出自當時的鑄劍名家之手，一般平民百姓花不起這種錢，佩戴這把劍的人必非富即貴。再看這雕刻的手工，這隻蛇在這麼剛硬的劍身上能刻得如此活現，深淺線條恰到好處，簡直完美！」

阿支：「師伯，你說劍有用來殺鬼的，有這種劍嗎？」

師伯：「怎麼沒有！我這把桃木劍就是。」從旁邊抽出一把木劍，「我曾經用這把劍收過五次鬼！打鬼、殺鬼、收妖，必須用這種劍。」

阿支：「用別的劍不行嗎？」

師伯：「也不是不行，但是要先開光，威力也不會有桃木劍大，除非那把劍本身就是鑄來殺鬼用的，有陰間的威力。」

阿樹：「師伯，那這把青蛇劍呢？」

師伯：「我沒感覺到它有陰間的力量，如果它可以殺鬼，一般鬼也不敢靠近你。」

大家聽了互相點頭。

師伯又說：「龍屬陽，蛇屬陰。一般搞陰的人，像邪教、巫術才會有蛇的象徵，可是我剛才說了，這把青蛇劍沒有任何一點邪氣，反而還有貴氣。說到「氣」，每個人、每件東西都有氣，八字旺再加上陽氣重的人可以剋鬼，「氣身」光亮的東西，像水晶、玉佩、銅鈴可以辟邪。如果這樣的東西在八字旺又陽氣重的人身上戴久了，是可以受到這個

人「氣」的感染，凝聚他的氣。這個東西再挪到另一個人身上戴的話，可以加持自己的「運」。

「運？」阿樹說。

師伯：「沒錯！比方說，你運要是不好到話，跟運好的人上賭桌，他押什麼你跟著押什麼，他贏你也跟著贏；你跟一個有財運的人合作生意，他賺你也賺。俗話說的一點都沒錯，一命二運三風水，一個人做事情會不會成功，能成大事還是小事，皆是命。如果沒有命，可以等運，運不好的時候就保守一點，小心一點，等運來了再好好大展手腳，好好衝刺。好運來的時候可以改變你的命，但都是暫時的，好運有時候只旺你三個禮拜，有時候旺你三年，沒有一輩子好運這種事。

之前佩戴青蛇劍的主人，可能命硬，運又旺，青蛇劍凝聚了他的氣，現在阿樹擁有它，它的氣加持了阿樹，所以阿樹才會忽然好運起來，阿樹得到青蛇劍之後，除了事業越來越好，身體也應該越來越有精神，越來越健康。至於和青蛇劍有關的那三個人都出事，恕我直言，這三個人應該都是你命中的阻礙，才會出事。凡阻礙你青雲直上的人，都必須排除。青蛇劍有這麼強的氣，很有可能它之前的主人是官場或戰場上的一方霸主！」

阿標：「這麼說，想要害阿樹的人都會出事！」

師伯：「這麼說吧！對阿樹越不利的人，自身危害越大。」

阿支：「這樣看來，阿樹就不用怕了！」

師伯點頭：「阿樹，恭喜你得到了一件寶物！」

阿樹聽了大大地嘆了一口氣，整個人鬆弛了下來。

阿支和阿標也鬆了一口氣。

阿支忽然說：「那我現在得把握時機，趕快和阿樹一起合作生意！」

師伯笑笑地點頭。

三個死黨和師伯道謝後，阿樹給師伯的神壇捐了十萬塊再開車回臺中。

在車上，阿支對阿標說：「你看我們三個人一起做什麼生意好？」

阿標：「既然阿樹現在這麼旺，抓緊時機，做越大的生意越好！」

阿支：「有道理！阿樹，你想做什麼好？」

阿樹沒說話。

「阿樹！」

「啊！什麼？」

「我在跟你說話，你都沒在聽啊？」

「我是在想⋯⋯」

「怎麼樣？做什麼好？」

「臺中市長一直要找我做生意，不如和他見個面，看有什麼好康的，你們也一起來。」

「好啊！好啊！」阿標說，「跟當官的人做生意，才能做得大！」

「阿樹，你真是夠朋友，有好康的不會忘兄弟！」阿支開心地說。

阿樹一邊開車一邊打電話給秘書，「阿嬌，市長秘書有留電話號碼嗎？」

「有。」

「把它發給我。」

阿樹撥了電話過去給市長秘書，「請市長秘書接電話。」

「請問您哪裏？」

「我吳天樹。」

「請稍等！」

過了不到半分鐘，市長親自接了電話：「天樹兄，能找到你太好了！什麼時候能請你吃個飯？」

「唔！吃飯我請你啦！看你什麼時候有空？」

「那怎麼行！今天晚上你有空嗎？」

「有，有空！」

「那就在大圍路的一條龍，今晚7點半，我訂桌！」

「好！好！」

「那晚上見了！」

「好，晚上見！」

阿樹切了電話，「好，今晚我們三個一起去！」

阿支和阿標高興得不得了，三個人一邊咬著檳榔一邊本土氣息滿滿唱著臺語流行歌曲「向前走」，駕著賓士衝向臺中。

晚上七點半,三個難兄難弟準時到了一條龍海鮮館。

市長在7點45分和自己的秘書、副市長和副市長秘書走進包廂。

阿樹,阿支,阿標憨厚得笑著站起來,大家互相握手交換名片。

市長的女秘書穿西裝戴著眼鏡,手持公事夾,兩顆大又挺的奶子故意露出一半,三個人看了一下趕緊把目光移開,很快坐下來。阿標對阿支在耳邊小聲地說:「幹!怎麼來了一個A片女主角!」兩個人偷偷地笑了起來。

阿樹在桌底下踢了阿標,小聲說:「幹!卡正經勒啦!」

一桌六個人開了兩瓶紅酒,點了十菜一湯,滿桌琳瑯滿目的菜根本吃不完。

大家動筷沒多久,市長表明今天會面的用意,是想用阿樹養鰻場那塊地蓋一個兒童樂園,「現在臺中已經沒什麼休閒的新花樣,大家孩子越生越少,有孩子的都會把孩子當成寶,很捨得花,蓋一個兒童樂園是穩賺的。你鰻魚場的地點在市區和郊區的分界線,是最理想的地方,不如大家合作,把鰻魚場拆建成兒童樂園。你出地,我來蓋,兒童樂園開幕以後,除了台中當地的居民會來消費,週末還可以吸引北從新竹,南到嘉義的人過來,我們的兒童樂園將來絕對是台灣中部一枝獨秀的狄斯耐樂園,每年穩穩當當的收入你占三成。」官場話說得極為漂亮!

市長的女秘書準備把兒童樂園的建地藍圖從文件夾裏拿

出來要遞給阿樹看。

　　阿樹：「那兒童樂園建起來後，我每年可以分到的三成是多少？」

　　副市長：「現在保守的估計，你那份至少八百到一千萬。」

　　阿樹笑笑說：「那就不要了啦！我現在養鰻場的收入，每年就將近有五千多萬。」

　　市長和副市長、兩位秘書聽了馬上沒有笑容，包廂裏有近半分鐘沒人說話。

　　副市長：「我們看過你過往四年的報稅記錄，這過去四年來，你養鰻場的收入每年應該都不到五十萬吶！」

　　阿樹：「但是我今年已經開始賺了！我可以把訂單給你們看。」

　　包廂又沈寂了一下。

　　市長再次擺出笑容，說：「其實這是不衝突的，你養鰻場可以換個地方，兒童樂園當是另一筆收入嘛！大家有了第一次的合作，以後就可以有第二次，第三次，錢是賺不完的，對不對？」

　　阿樹：「八百到一千萬，說實在真是沒多少，到時候事情又多，太麻煩了！」不好意思地笑了一下。

　　副市長趕快把話題岔開：「你今年開始生意這麼好，真是恭喜啊！來，大家敬阿樹！」

　　所有人舉杯喝了一口，副市長又說：「這個分成的方面，我們是可以談的，地是你的，你覺得你該分多少才公道？」

阿樹：「鰻魚場搬家還要另外找地方，又要重新建，這種瑣碎事太煩了！我現在也不缺錢，沒有一億的生意我不想浪費時間。」

市長幾個人臉上又一次沒了笑容。

市長的女秘書開口：「吳先生，如果你怕這種瑣碎事煩的話，你鰻魚場的新地方我們來找，找到你滿意為止，多賺點錢也不是壞事，做生意的人沒有嫌錢多的，你說是不是？」

「嗯……那倒是！」阿樹摸著下巴說。

女秘書看了市長一下，市長向她點頭使了眼色。

秘書拿著檔案夾坐到阿樹旁邊，「吳先生，我們的兒童樂園要是蓋起來，不會比臺北的小，到時候名氣打出來，找新聞記者來報導，每個周末和假日來玩的人，別說是新竹和嘉義，臺灣全省的人都會來……」邊說邊把建地藍圖和企劃書拿給阿樹看。

阿樹、阿支、阿標，看著藍圖，眼睛盯著藍圖一旁的兩粒奶。

阿標不禁地說著：「這太好了！這個形真是太好了！」

女秘書：「太好了對不對！吳先生，你看連你的朋友都說這個兒童樂園的形好。」

女秘書語氣妖嬌柔媚，身體又時不時地碰阿樹一下，開始跟三個死黨敬酒，三兄弟同時被勾上雲霄。

市長又點了三瓶紅酒，接著說：「我和副市長還有下一攤，簡秘書，妳好好和吳先生介紹一下我們的方案。」

副市長：「簡秘書，那麻煩妳了，今天這頓飯報公費就

好了！」

阿樹：「那怎麼好意思！」

市長：「應該的！應該的！」

簡秘書：「沒問題，您放心！」

市長、副市長和副市長秘書一起走出了包廂。簡秘書又敬了三個人一杯，然後把西裝外套脫掉，三個人同時倒吸了一口氣！

簡秘書和阿樹說說笑笑，「又沒酒了！我們喝XO好了！」

阿支驚奇得說：「簡秘書，妳的酒量真好啊！妳已經喝了四五杯紅酒了！」

簡秘書：「哎喲！其實我酒量不好，為了工作不得已練出來的，人家命很苦的！」不失嗲氣。

阿標：「妳這麼漂亮還命苦啊？」

簡秘書：「漂亮是漂亮，命是命啊！人家覺得自己一點都不漂亮！」

阿標：「有人說你不漂亮嗎？」

簡秘書：「都沒有人說我漂亮。」

阿樹：「那妳身邊的男人真的都瞎了！」

簡秘書：「我看你們都蠻能喝的吔，不如我們去卡拉OK繼續喝好不好？」

三個人立刻點頭，「好啊！好啊！」

大家上了阿樹的車，「去哪一家？」阿樹說。

「去金錢豹好了！」簡秘書說。

三個人的臉都開心笑了出來，異口同聲說：「好啊！好啊！」

車子開到一半，阿標：「我們四個人去金錢豹，我看沒有十幾萬是走不出來！」

簡秘書：「那邊我可以簽賬，今晚的開銷報公賬就可以了。」

阿支和阿標坐在後座對看了一眼，沒出聲地「哇！」了出來，連金錢豹這種地方都能報公賬。

金錢豹裡面的公主每個都長得像模特兒，一律緊身、低胸、短裙、高跟鞋。

簡秘書坐在阿樹身邊摟著阿樹手臂，時不時向阿樹敬酒，阿樹唱歌的時候幫他打拍子，四個公主服侍著每個人無微不至，還能帶動熱鬧。阿樹身邊的公主和簡秘書搶著餵阿樹吃水果，還會互相吃醋，阿樹覺得自己當下真是好比皇帝！

玩了一陣子，阿樹要去廁所，簡秘書陪他去。

三十分鐘後，阿支看阿樹回到包房扶著牆走不穩。

阿支：「你怎麼軟腳？」

阿樹：「喔！別說了，這趟廁所上得有夠累！」

阿標：「你是蹲著上啊！」

簡秘書跟在後面進來，趕快拿桌上的一杯冰水漱口，再補口紅。

阿支和阿標互相看了一眼，忍不住大笑起來。

阿樹一隻手扶著沙發慢慢坐下來。

「走好啊！你腎不好，別跌倒了！」阿標說完和阿支又大笑起來。

四個人加上四個年輕又動感的公主，在吵雜的包房裏又喝又唱又跳，幾乎玩瘋了！

凌晨5點，三個男人醉倒在包房的沙發上。

簡秘書對公主說：「小姐，把音樂關掉，燈打開，跟你們賴經理講，我是市政府的簡秘書，我要簽賬。」說完拿了桌上一根煙點了抽，深深地吐了一口再看錶，「都5點多了！」

賴經理拿著賬單，笑著臉走進來，「簡秘書！怎麼來了也不告訴我一聲，我好叫人好好給妳按耐說！」

簡秘書把口中的煙吐向一旁，「不用了啦！你客人這麼多。」看著賬單，「今天都還不錯！簽這裏是嗎？」

「對。」賴經理說。

簡秘書一邊簽字一邊說：「今天的公主每人小費一萬。」

站在賴經理後面的四個公主開心得向簡秘書鞠躬，「謝謝大姐！」

簡秘書指著阿樹對賴經理說：「叫人幫我把這位先生扶到門口，其他兩個讓他們睡這邊沒問題吧？」

賴經理總是笑著臉，「沒問題！現在這時候不會再有客人來，用不到VIP了。」

賴經理用對講機叫了兩個男服務生進來扶起阿樹，跟在簡秘書後面。

簡秘書要出包廂的時候，在四個公主站到門口送客，簡秘書瞪向剛才黏在阿樹身邊的公主說：「年紀輕有本錢，但是眼睛睜大一點，敢再跟我搶人，我不會讓妳好過！」轉頭跟賴經理說：「她小費一千，其他三個人每人一萬。」

賴經理對簡秘書一直鞠躬「是，是，真失禮！真失禮！……」

簡秘書走出包房，馬上聽到賴經理在裏面大罵：「我平時怎麼教妳的？要會看客人臉色，只要進來的都是客……」

電梯到了大廳門口，兩個男服務生把阿樹扶上車，簡秘書給他們和開車過來的泊車人員一人一千塊，再坐上駕駛座。

三個服務生站在車子旁，深深地鞠躬，「大姐慢走！」。

車子開走後，其中一個服務生說：「你娘的，身材真好！雖然有點年紀，但是比我們裏面任何一個公主都辣！」

「九點多她來的時候像個妖精，現在像個冰山，這個女人不簡單，太難以捉摸了！」

「她好像是市政府的人，剛才20幾萬的賬單，她簽字後拿出市政府的章蓋。」

「原來是玩政治的！」

阿樹趴在床上，眼睛還沒睜開，「咦！怎麼床上有女人化妝品的味道？」眼睛慢慢睜開，這是哪裏？

　　「幹！我的衣服呢？」發現自己是光著身子。

　　簡秘書喝著咖啡走進來，「醒啦！」

　　阿樹看了簡秘書好一會才想起來，是市長的秘書！

　　簡秘書拿一條大浴巾給他，「去洗個澡吧！一身酒味。」

　　「我的衣服呢？」

　　「在椅子上。」簡秘書指著化妝台前的椅子。

　　阿樹接過浴巾走進浴室，兩分鐘後，簡秘書把咖啡放下，跟進去。

　　阿樹淋浴到一半，見到簡秘書赤裸得走進來，嚇一跳！接著想：沒有不要的道理啊……！

　　簡秘書做了早餐，煎蛋、熱狗、土司、咖啡。

　　阿樹大口大口地吃，簡秘書看了覺得好笑：「你35歲了沒有？」

　　阿樹邊吃邊說：「37了！」

　　「我還以為你只有30出頭，幾個孩子？」

　　「一個。」

　　「才一個？」

　　「妳呢？」

　　「我離婚了，沒孩子。」

　　「怎麼不生啊？」

　　「結婚後覺得老公靠不住，不敢生！」

阿樹把盤子裏的東西全部吃光，邊喝咖啡邊說：「那妳還結？」

　　「對象是家人找的。」

　　阿樹點點頭，「哦，原來是這樣！」

　　「你要我跟市長說什麼時候去簽約啊？」

　　阿樹聽了，一口咽下嘴裏的咖啡，胸口直發燙，趕快吐了兩口氣說：「我有說要簽約嗎？」

　　「你昨晚在金錢豹說的，人家今天早上都跟市長說了！」

　　阿樹看著簡秘書說不出話。

　　簡秘書再說：「你出地，市政府蓋，養鰻場的新地方我們找，一直找到你滿意才搬，找新地方的期限為半年，兒童樂園的營利你占三成。」

　　阿樹的臉色變得沒有表情，說：「那我們有⋯⋯？」

　　簡秘書：「我們之間是口頭協議，你全都不記得了嗎？」

　　「我沒印象吔！」

　　簡秘書一臉不高興，「你怎麼這樣！你都上了人家了。」

　　阿樹臉色發白，心想：幹了她，還在她家吃了早餐，完了！有理也說不清了！

　　「你不要這樣，說好的事怎麼可以變，那我怎麼跟市長交代？何況你都上了人家了！」簡秘書又強調一次。

　　「我怎麼感覺都是妳在上我？」

　　簡秘書聽了把盤子上的叉子拿起來朝阿樹丟過去。

　　叉子丟中了阿樹的臉，劃破阿樹的臉頰流出一道血痕。

「啊！」簡秘書嚇了一跳，馬上拿紙巾跑過去幫阿樹擦臉。

晚上，阿樹找阿標和阿支到路邊的快炒攤子吃飯。

阿標和阿支一直追著阿樹問：「怎麼樣？上了沒有？感覺怎麼樣？」

阿樹心情沈落谷底，沒有說話。

阿標：「到底怎麼樣？你說話啊！」

阿樹對攤子老板叫了一聲：「拿一瓶高粱過來！」

阿支：「昨晚喝了那麼多，你還喝啊！」

阿樹：「她那兩粒是假的。」

「哦～～！」阿標和阿支同時把脖子往後一縮，滿臉驚奇！

老板把高粱拿過來放到桌上。

阿支：「幹到假奶也不用垂頭喪氣啊！別喝了，身體顧一下！」

阿樹直看著阿支好一陣子說不出話，嘆一口氣，喝掉半杯高粱。

阿支覺得不對勁，和阿標互相看了一眼。

阿標：「你是不是中標了？」

阿樹瞪了阿標好一會，又倒了半杯高粱，長歎一口氣全喝掉。

「阿樹！」阿支說，「你是不是愛上她了，但她是有家

室的人？」

阿樹不斷地搖頭，把眼神垂下。

三個死黨在一起時間久了，知道阿樹的脾氣，他不想說話的時候再怎麼問也沒有，便不再開口。

阿樹又喝掉一整杯高粱，終於開口：「昨天晚上在金錢豹被她吹了一次，今天早上又和她幹了一次，幹完後她說我昨晚有答應她要搬走養鰻場，兒童樂園入乾股三成，我說我沒印象說過，她說我不能幹了她以後不認賬。」

阿標和阿支都傻了！

阿標和阿支也倒了高粱進杯子裏和阿樹喝起來。

阿支：「想不到市長是這種人，居然用這招，有夠卑鄙！」

阿樹感嘆地說：「想不到免錢的真的最貴！」

隔天早上，三個死黨一起去找律師。

阿樹在律師樓裡把整件事情的經過說給律師聽。

律師：「你有簽任何字據嗎？」

「沒有。」

「那這個官司連打都不用打，他們沒證據！」

「問題是昨天晚上我們三個人喝得稀爛，發生什麼事根本不曉得，她在卡拉OK的廁所裏幫我吹喇叭，還有早上跟我在浴室裡面衝浪，都不知道有沒有錄影，現在要偷拍太方便了！」

「不是不可能，但是這個和生意無關。」

「那怎麼行！保住了養鰻場，到時候阿樹變成網紅怎麼辦？」阿標說。

律師：「你又不是公眾人物，怕什麼？」

「我不是公眾人物，但是我有親朋好友，我還要做人啊！」阿樹有點激動，

律師：「那你就要衡量好後果了！」

阿樹沈重得說：「幹！怎麼會惹上這種事！」

律師：「還有一個方法，找個民意代表上新聞跟他杠上，先下手為強。如果他敢和你叫囂，應該也沒臉再從政了。」

阿支：「到時候他會不會把事情撇開，說這是簡秘書和阿樹之間的事和自己無關，一切都是簡秘書搞出來的，他完全不知道。」

律師：「有可能，但是他不一定會。事情一爆出來，不管真假，一沾上這種是非，多少會影響他政壇的名譽，以後和他合作的人會越來越少。大多數發生這種事的人都會否認，盡量息事寧人讓事情快點過去。」

三個死黨離開律師樓，進了附近一家咖啡廳坐下。

阿樹：「我想……算了！女人狠起來要你死都可以，加上他們都是玩政治的，我們從鄉下出來的怎麼玩得過他們。我有青蛇劍，害我的人不會有好結果的。當作是做一單不爽的生意吧！」

阿標和阿支面色很沈重,沒有再說話。

五天後,簡秘書打電話來,「阿樹啊!我們什麼時候簽合同?」
「都可以,合同先給我的律師過目好不好?」
「可以呀!沒問題。」

臺中市政府投資了四十億興建兒童樂園。

一年後兒童樂園正式開幕，收入比預期好。

第一年阿樹從兒童樂園分到的是一千一百多萬，加上鰻魚場的收入，一共是六千多萬。

「阿樹，你的運氣真的不錯！青蛇劍帶給你的加持還一直在上升，幫一下兄弟，我們三個一起找個生意做！」阿支說。

「那有什麼問題！我現在好運來了，做什麼，賺什麼。不過我不想再動頭腦，生意你們來找，到時候我插一腳就好了！」

一個月後，阿支和阿標對阿樹說：「我們查過了，現在是做電腦硬體的時候，銷美國。」

「好。」阿樹一點都不猶豫，「我出多少？」

阿支：「開工廠，買材料，請員工，我們三個人一人出一千萬。」

「好。」阿樹不問細節，「錢什麼時候要？」

阿標：「我來找廠地，找到就開始。」

「好，要錢的時候跟我說一聲。」

一個月後找到廠地，兩個月後開業，八個月後開始有第一份訂單。第一年淨收入二百萬，第二年過千萬。

從此後，阿樹每年所有生意總收入過億。

市長和簡秘書又約阿樹吃飯。

阿樹叫秘書把他們推了，推了三次後，市長和簡秘書親自找上門。

阿樹在辦公室裏，看到市長和簡秘書從公司大門走進來。幹！這下沒得躲了，硬吞了口水。

從公司大門一直走到阿樹的辦公室，所有員工都盯著簡秘書的身材，連女員工也盯著看。

「吳董～！」簡秘書又嬌又嗲的鼻音，讓阿樹立刻溶化。一年多了，簡秘書的身材依然完美，依然難以抵擋，幹！

「吳董！你怎麼這麼難找？」簡祕書隨手把辦公室房門關上。

「請坐！請坐！」阿樹趕緊說，「這陣子好忙，我現在兩家公司兩頭跑，進度都趕不上！」

市長：「你現在生意越做越大，真是年輕有為！臺中要是多幾個你這樣的人，我們不用十年就可以趕上臺北和高雄。」

「太客氣了！怎麼樣，今天怎麼有空？」阿樹說。

市長：「明年選舉到了，要請你幫忙贊助，下一屆再選上，市政府那邊有我罩著，我們就能繼續合作無間嘛！」

「原來是這樣！」阿樹接著說：「我只是個生意人，從來不插手政治！」

市長：「話也不是這麼說，以前你對兒童樂園的貢獻，為臺中市民造就了很大的福利呀！」

阿樹心想：幹你老，還提這件事！

簡秘書：「吳董！你現在生意做這麼大，捐一點當作是

廣結善緣，市長不會忘記你的！」

阿樹：「不要了，我一向對政治沒興趣，好好做我的生意就好，我現在兩間公司已經快累死了！」

「當是幫朋友嘛！」簡秘書又說，「多一個朋友在政治界，只有好事沒有壞事，將來你有什麼需要，市長不會忘記你的！」

阿樹一臉難色，「不要了啦！我一向都是靠自己，老老實實做我的生意就好了！」

市長的臉色變得很嚴肅，慢慢地說出口：「臺中市的心臟地帶，中正路北面，那裏是不能蓋房子的，如果明年我選上，在那裏蓋一棟四百多戶的公寓，投資13億，回收86億，算你一份！」

阿樹微微地笑了一下，「我真的沒興趣。」

市長馬上擺出笑臉，改變話題：「聽說你另一間公司是做電腦？」

阿樹放鬆了一點，「是啊！做一些電腦的配件，銷美國。」

市長：「不錯，不錯！幫臺灣爭取外匯……」

三個人隨便聊了其他一些無關緊要的東西緩和氣氛，市長和簡秘書就告辭了！

阿樹心中嘆了一口氣，真是難纏，還好立場堅定把他回掉了！跟這些玩政治的人一沾上，不知道還會有多少手尾。找個恰當的時機從兒童樂園退股，別再和這些人有牽扯才好！

一個禮拜後，簡秘書一個人到公司找阿樹。

簡秘書穿過一堆正在辦公的員工，所有員工看著這隻辣味妖精，扭著纖細的彎腰，進了董事長的辦公室又順手把門關上。

阿樹抬頭一看，幹！原來還沒死心。很有禮貌地和簡秘書保持兩個人距離。

簡秘書坐在阿樹正前方，交叉著腳，露出肉感的大腿。

阿樹出盡全身的力氣，只盯著簡秘書雙眼，努力不要把目光往下移。

簡秘書說話的時候微微地淺笑，時不時不經意地扭動著肩膀，「吳董，我們一年多沒聚了！」盡露一股熟女撫媚。

阿樹看著她，怎麼覺得她的眼睛會閃，有時還會笑，天哪！這要是沾上了可是會短命！

「這一年多你竟然都沒找過我！」

「太忙了！」

「忙也要有休息的時候，我們不是每次見面都要談公事的嘛！」

「嗯，對！」

簡秘書站起來，在阿樹面前慢慢地來回走動，看著她前凸後翹豐滿的身材，身上沒有半點多餘的肉，這死妖精！

簡秘書的屁股貼到阿樹的辦公桌上，「難道兒童樂園賺錢了，就把我忘了？」

阿樹沒說話。

「吳董，你這麼年輕就做這麼大的生意，還一次做兩家，可見你很厲害噢！」豐滿的屁股緩緩挪了一下。

忽然電話響起,把阿樹的魂牽了回來;不行,免錢的最貴,不能再犯第二次錯誤!

「你不接電話啊?」簡秘書說。

阿樹伸手接起電話。

「董事長,胡代書打電話來,問你什麼時候有空過去辦過戶?」

阿樹:「後天早上9點。」把電話掛上。

「吳董,你是買房還是賣房?」簡秘書說。

「買房。」

「買一間?」

「對啊。」

「買一間能賺多少,我不懂市長給你的條件這麼好,為什麼你不要?」

「我不喜歡政治,不想和政治界有來往。」

「那你當初還不是做了兒童樂園的案子?」

「那次喝醉了,不得已。」阿樹點了一根煙,再往嘴裏塞了兩顆檳榔,大力得咬。

簡秘書看他對自己似乎沒興趣,於是到辦公桌另一邊的椅子坐下,一改平時嗲氣,正經地和阿樹談起來,剎那間變成一個冰山美人。

簡秘書也掏出自己的菸,點上吸一口說:「原來是這樣!一般人做生意都想要賺得多,做得大,想盡辦法和政治界合作,才能有上億的生意。花同樣的時間,賺上百倍的錢!」

阿樹吐了一口檳榔汁說:「我出生鄉下,沒什麼大志

向，現在生意做到這樣我已經很知足。和政治界的人合作，腦筋總是要九拐十八彎的，我不是那一種人，太累了！」

「吳董，難道做生意就不用動腦嗎？真真假假，不都是同一套！」

「做生意比較不會被人害，我花錢找人做我的軍師打頭陣，我只要關心有沒有賺錢就好了。」

「政治也是一樣，總統身邊沒有軍師，他一個人哪有時間管好整個臺灣！他只挑他喜歡的事做，其他時間臺灣全省到處作秀，上上新聞，露露臉，好像有在做就行了。」

「這麼說的話，如果我要做市長，請一些軍師幫我做就好啦？」

「你有錢就請得到人才，為什麼不行？而且賺了錢之後，接下來就應該求名，有了名才能更上一層，搞政治才能在歷史上留名！」

「唉唷！我不喜歡出名啦！」

「難道你不想光宗耀祖嗎？」

阿樹兩眼突然凝聚一股光亮，過了片刻才笑著說：「我現在還不算光宗耀祖嗎？」

「做生意賺錢的人多的是，做官才值錢，才算是真的光宗耀祖！」

「我說過我搞政治不行的，一踏入政治界只有被人搞的份！」

「我幫你打頭陣，我來搞。」

阿樹盯著簡秘書，疑惑了一下說：「我以為你今天是來

說服我捐錢給市長的？」

「我本來是這麼想。」

「妳到底想要什麼？」

「捐錢給市長是小事，如果同樣的錢你能得到更大的利益，那才重要！」

「更大的利益？」

「沒錯，讓你真正的光宗耀祖！」

阿樹搖搖頭，吐掉兩顆檳榔，再丟了兩顆進嘴裏大口咬，「妳覺得我是當官的料嗎？」

「我幫市長幹了七年，幫他賺了幾十億，幫他處理了多少案子，解決了多少麻煩，他就是不讓我露臉碰檯面上的案子，一直讓我做黑金。因為他看不起女人，把女人永遠看成是他的棋子。我要浮出水面，正式踏入政壇大展身手。你讓我做宰相，你做皇帝。」

「妳要浮出水面的話，妳自己做就好了，幹嘛找我？」

「因為市長以前從做議員開始，只讓我接觸台面下的生意，政界檯面上沒幾個人認識我。臺灣這個社會重男輕女，我須要一個有錢又懂大局的人做我君主，能讓我全權處理政治臺面上的事，我才能在政壇展露人面。我一直在等待像你這樣的人和時機。」

「我花錢請妳幫我做事，功勞都我拿，名譽都歸我，天下有這麼好的事？」

「我要的是能在政界大展身手，做出名氣，讓政界的人認識我並且知道我有這個能耐。政績歸你，但是所有黑金我

要五成。平時你只管你的生意，我負責政界的事，你可以光宗耀祖，我可以揚名政界，我們是雙贏！」

阿樹認真看著她沒說話。

簡秘書看出這一番話已經勾起阿樹的興趣，緊接著說：「你先做兩年民意代表，讓我用兩年的時間在臺中的政壇幫你鋪路，第三年一定可以選上議員。」

阿樹沈默了一下，說：「妳讓我考慮幾天吧！」

「好，等你的好消息！」簡秘書站起來，準備走出辦公室。

「簡秘書！」阿樹說，「如果我們合作的話，市長會不爽嗎？」

「這個我來處理就好，他不會不爽的。」

「那……我還要捐錢給他嗎？」

「留給自己用就好了，你又沒欠他！」

「市中心中正路可是好地段，不投資嗎？」

「他能連任再說吧！這個案子八字還沒一撇，他就到處畫大餅。」

簡秘書開門踏出辦公室，阿樹看著她豐滿又性感的屁股肉一扭一扭地走出了公司，公司所有人都盯著她，辦公室裏的空氣幾乎凝固。

她太耀眼了，走到哪裏都引人注目，有能力又很敢，可以合作嗎？

當晚阿樹就找阿支和阿標出來到泡沫紅茶店商量。

阿標：「當然要試一試啦！人生只有一次，就算沒成，老了才不會後悔。」

阿支：「簡秘書這種人，到頭來還不是為自己，等把你利用完了，她還不挖個坑讓你自己跳進去，到時候你怎麼死的都不知道！兒童樂園的教訓還沒學到嗎？」

阿標：「男子漢要死也要死得有叫價，若是我的話，人生有機會就好好衝一次。」

阿支：「好，那就讓你好好風光個幾年，再讓你摔個半死，最後讓你痛苦得悔不當初不如不開始！」

阿標：「阿樹有那麼笨嗎？知道她是這種人，小心一點不就好了，難道她還會把阿樹給吞進肚子裡不成？」

阿支：「政治這種東西，我們是碰都沒碰過，他們搞得那一套我們行嗎？」

阿標：「先從民意代表開始做起，磨個兩年，還磨不出來，還學不會嗎？」

阿支：「你有沒有想到，阿樹在她家過夜那晚，她要是有錄影的話怎麼辦？如果到時候她叫阿樹跳海，阿樹能不跳嗎？」

阿標：「政治界裏誰沒有把柄，誰是乾淨的？你要會做人，會運用啊！」

阿支：「我們鄉下人有他們都市人狠嗎？到時候叫你做違背良心的事，你做得出來嗎？難道你不怕報應？」

兩個人越講越大聲，都越講越有理，連阿樹走開了都不

知道。

阿樹出了泡沫紅茶店門口，站到一旁抽菸，「唉！到底要不要好？」心中愈想愈煩。

抽完煙回到店裡面，阿支和阿標已經不再爭執。

阿樹看他們倆，「你們兩個有結果了嗎？」

阿支：「我想你現在生意做得好好的，就別再惹其他的麻煩了！」

阿標：「什麼事都是要學的，你可以邊做邊學，有決心的話還怕學不來嗎？我們恒春人的面子全靠你了！」

「那就是沒結果囉！」阿樹說。

阿支口氣又大起來：「你覺得簡秘書這個人，你玩得過她嗎？」

阿標馬上對阿樹說：「但她是個人才，她可以幫到你啊！」

阿樹：「好了！好了！這個等一下再說吧！電腦公司的生意怎麼樣？」

阿支的語氣緩和下來，「那個阿棟真是不錯，從加拿大拿到七百多萬的訂單回來！」

阿標：「我看阿棟他做不久。」

「怎麼說？」阿樹問。

阿標：「他一年多就幫公司拿到將近兩千萬的訂單，公司一年才給他一百萬，他要嘛跳槽，要麼早晚自己出去做。」

阿支：「他不會走得啦！」

阿標：「你怎麼知道？」

阿支：「阿棟很聰明的，他知道自己只懂拿訂單，公司其他的事又不懂。跳槽？他現在做得好好的，待久了將來就是公司的元老，說話有份量。何況他現在拿的薪水是行情價，到別的公司也差不多是這樣，為什麼要走？走要有個好理由，跳來跳去表示心不定，對公司不忠，這樣名聲不好，誰敢再用他？」

阿標：「這個我們不用太擔心啦！如果他要是走了，一年一百萬怕找不到人嗎？」

阿樹：「就怕他走了會把客戶也帶走，尾牙多包一點給他，明年給他提業績的兩成好了！」

阿支抓著下巴緩緩地說：「兩成夠嗎？」

晚上，阿樹一個人坐在家中的客廳抽煙，一支接著一支。

牆上的鐘指著12點，他還是沒有一點睡意。

如果踏入政治界，整個生活就不一樣了！想來想去，總是在相同的幾個問題上打轉，自己是這塊料嗎？簡秘書到頭來會害我嗎？那天在她家的時候有被錄影嗎？當官留名才是真的光宗耀祖嗎？

又點上一支煙，吐得整個客廳煙霧彌漫。

這時，讀高中二年級的兒子走下樓。

「阿龍，都幾點了，怎麼還沒睡？」阿樹說。

「剛看完書，肚子有點餓，到廚房找東西吃，馬上就睡

了！」

「你常常都讀書讀到半夜啊？」

「是啊！考試前一天讀到兩三點也是常有的。」

兒子走到廚房，翻冰箱裏的東西。

「用微波爐熱一下，不要吃冷的！」阿樹說。

兒子熱了晚上的剩菜，在廚房的餐桌上吃起來。

阿樹把兒子叫過來，「阿龍，過來！」

兒子捧著碗坐到客廳沙發上。

「你高中快畢業了，有什麼打算？」

「考大學啊！」

「你喜歡讀書嗎？」

「不喜歡。」

「你知不知道你爸沒讀過大學？」

「知道。」

「你爸出生鄉下，學歷又不高，會覺得你爸土嗎？」

「遠看有點土。」

阿樹有點不爽，「近看呢？」

「近看知道你生意做這麼大，是個大企業家，就不會了。」

「嗯！」阿樹表情擠出了一點滿足感，「你覺得社會上哪一種人，才算是最成功的？」

「得到大家肯定的那種。」

「不是學歷高的那種？」

「現在讀大學的人已經太多，不算什麼了！多少國外留

學回來的博士,都找不到工作在家裏沒事幹,有個博士的招牌,不過是個虛名,多可憐!」

「那你還想考大學?」

「現在臺灣的社會上大學算是基本教育了,在臺灣拿到學士才算是讀完基本教育。」

「那你覺得社會上哪一種職業受人家尊敬?」

兒子想了一下說:「做宗教的。」

「宗教?」

「像和尚、牧師這種。」

「那醫生、警察、老師呢?」

「這種的爛人太多了,現在時代不一樣!」

「那搞政治的呢?」

「那就更爛了!」

「更爛?」

「對啊!除非是清廉的。」

「真的有清廉的嗎?」

「有啦!很少,這種人也會受人尊重。」

「那……那些貪得呢?」

「那些不就跟生意人一樣嗎?而且更髒!」

「更髒?」

「是啊!因為進口袋的都是見不得人的錢,不過這也沒什麼了,大家現在價值觀都在變,你貪得大,貪得好,還有人崇拜。為人怎麼樣,這些都是電視機前的話題而已,大家講講很快就忘記了,有個話題熱鬧一下而已啦!」

「如果你爸是個貪官呢？」

「那就要貪得漂亮，不管劉備還是曹操，一生有大作為才重要，不讓人尊重，就要讓人佩服！」

阿樹把眼光看向電視機櫃子上的青蛇劍，沒再說話。

第二天，阿樹一個人到律師那裏，和律師談了一個上午。
接著每天下午都到廟裏去走走，一連去了五天。

阿樹打電話給簡秘書，約了她在外面一家咖啡廳碰面，才不會有太多不清不楚的曖昧。

阿樹：「政治界的東西我不懂，我不想沾，你要是想賺錢，過來幫我做事，一樣可以好好施展妳的才能，錢絕對不會少賺！」

「你知道我現在一年賺多少嗎？」簡秘書說。

「本錢我出，我會讓妳全權做主，妳的分紅我們可以談到妳滿意為止，我只要看到每年有錢賺就可以了。」

「你想做什麼生意？」

「開廟。」

簡秘書皺了一下眉頭，不太懂。

阿樹繼續說：「我發現在臺灣賺錢最快的除了政治就是宗教，大間廟每個月的收入絕不下億，看妳本事。我來蓋一間大的廟，由妳來管。廟和政治的性質其實很像，管理、交際、募款、上媒體，妳考慮看看，我每個月給妳固定薪水再加紅利。」

「你每個月能給我多少薪水？」

「妳在市長那裏每個月拿多少？」

「15萬。」

「我每個月給你25萬。他分紅給妳幾成？」

「不一定，每個案子我們是先談好了才開始做，有些案子我可以拿到五成，看性質。」

「我也可以。」

「那我的頭銜是…？」

「理事長。」

「那你呢？」

「我是董事會成員之一，我不管事，只管有沒有錢賺，事情妳來做，妳絕對可以大展手腳，好好發揮！要不要考慮看看？」

「你對政治一點興趣都沒有？」

「我是個生意人，我考慮過了，決定不碰政治。」

「好，我考慮一下，我會盡快答覆你。」

兩個人沒有談多久，可是把重點溝通得很清楚。

兩個禮拜後，簡秘書打電話給阿樹。

「吳董，我願意跟你合作，你之前開給我的條件，是不是還一樣？」

「當然一樣，蓋廟的事也由妳來負責，我希望蓋一間臺中最大的，要在市中心，就等妳過來我們隨時開始。」

「我現在手頭上還有幾個案子，給我三個月時間，忙完

了就過來。吳董,我們可以先簽個合同嗎?」

「這是應該的,我會叫律師把合同做好,再跟妳約時間。」

「謝謝吳董!」

「很好!簽約的那天,我們和另外兩個董事會成員一起去吃飯好好慶祝一下!那兩位妳都見過了,就是那天我們一起去金錢豹的那兩位朋友。」

「我靜候佳音!」

　　三個月後,簡秘書正式開始為阿樹工作,從找地、建廟、請和尚……等,全部由她一手包辦。

　　一年半後,廟正式開幕,簡秘書請到台中市所有政商界名人都來參加開幕式。簡秘書從此改變裝扮,把她的露胸西裝和短裙全換上襯衫和長裙。此後大家皆稱呼她「簡理事長」。

　　開幕那天所得的捐款一共七百八十多萬,報紙各大版面與新聞媒體爭相報導。

　　簡秘書安排廟裏的一切事務,從收驚到每天的禪修班。自己平時也四處奔波,依然在政商界中穿梭,長袖善舞,以她之前的人脈與手腕,廟裏香油錢每個月的收入過千萬。

　　半年後,一個禮拜天的早上。

　　阿支開車帶著全家大小出門,在馬路上的紅燈前停下

來，阿支的老婆突然說：「你看，那不是阿標嗎？」

「對呀！」阿支猛按喇叭，阿標還是沒聽到，車子從他們面前開過。

阿支的老婆：「他怎麼從汽車旅館開出來！」

阿支：「難道在外面偷吃？妳可千萬別說出去，到時候破壞人家夫妻的感情！」

接著，阿支看到簡理事長也開著車從汽車旅館出來。

阿支喃喃自語：「幹！什麼人不玩……」

「你說什麼？」阿支的老婆說。

「沒有！」

綠燈亮了，阿支踩上油門往前緩緩開去。

阿支約了阿標，在一家日本料理店吃中飯，兩個人吃生魚片，喝清酒。

阿支：「你飼料廠的生意最近怎麼樣？」

阿標：「差不多啦！都是固定的顧客，還可以。」

「和你老婆還好吧？」

「不錯啊！你問這個幹什麼？」

「你什麼時候跟簡理事長搞起來的？」

阿標臉色變了一下，「搞什麼小？我跟她又不熟！」

「阿標，這個女人不簡單，再加上她是我們的員工，你可千萬別在自己生意上跟員工的關係搞得不清不楚，不然以後老闆跟員工之間變得很復雜，什麼事都很難處理！」

阿標突然反應大變，「幹你娘！就跟你說沒有，你還不

信啊！」把筷子用力得往桌上一丢，氣沖沖得走出餐廳。

　　阿支看著阿標走掉，嘆了一口氣，自己靜靜地把面前的午飯吃完。

　　幾個月後，三個死黨約好，週末帶一家人到阿樹家吃火鍋。

　　阿標竟然沒帶老婆和孩子，卻帶著簡理事長來，簡理事長穿著低胸的上衣和牛仔褲。

　　阿樹：「你老婆和孩子呢？」

　　「他們有自己的節目。」阿標說。

　　簡理事長：「吳董，我來湊一腳方不方便啊？」

　　「方便！怎麼會不方便！」阿樹說。

　　吃火鍋的時候，阿樹的兒子一直盯著簡理事長低胸的兩顆奶子看，阿樹拿筷子敲了他的頭，「吃火鍋啦！沒有禮貌！」

　　一桌的人都尷尬！

　　吃完火鍋，三個死黨聚在後院喝啤酒。

　　阿支：「你今天帶簡理事長來是什麼意思？」

　　「哪有什麼意思，大家玩一玩而已！」

　　阿支：「玩一玩而已？今天大家是全家人相聚，我看你是把她當成你的小姨了！」

　　阿標不說話，喝著啤酒。

　　阿樹：「以後有小孩子在的時候，叫她穿正常一點。」說完走進屋子裏去。

阿支:「阿標,你已經是有孩子的人了,玩歸玩,別影響到自己家庭。」

阿標不耐煩得說:「哭夭啊!」

阿支不再講話。

從此以後,阿標的老婆常常半夜打電話到阿樹和阿支家找人。

「沒有啊!沒跟我一起啊!可能跟客戶應酬,妳別擔心……,好,好,我找到他馬上叫他打給妳……」

阿樹掛了電話:「幹!這個阿標,多少次了!玩到不回家也不會跟家裏人說一聲!」

幾天後,阿樹和阿支一起約阿標吃飯,想勸勸阿標收斂一點,大家約在以前常去的滷肉飯攤子。

阿標來的時候,竟然又帶著簡理事長。

阿支看他們兩個遠遠得牽著手走進來,「幹!這下話要怎麼講?」

阿樹嘆了一口氣說:「講什麼小,免講了!」

四個人吃滷肉飯,還有豆干、海帶、豬腳……一堆小菜,講了一些無關緊要的事。

第二天一大早,阿樹和阿支到阿標的公司找他,他們等到中午,阿標還沒來上班,手機也不接。

阿樹問公司的經理:「他現在都幾點才來公司?」

經理:「這幾個月都是隔幾天才來一次。」

「幹！」阿樹氣得說，「玩女人玩到工作也不用做了！」和阿支走出阿標的辦公室。

兩人再到廟裏去，走進簡理事長辦公室。

簡理事長正在辦公桌看著電腦，阿樹和阿支在她面前坐下。

簡理事長拿起電話，「倒三杯茶進來。」

阿樹：「生意怎麼樣？」

簡理事長：「年底應該可以達到七億八千萬的進賬。」

阿樹滿意得點頭，忽然說：「阿標在哪裏？」

簡理事長笑了一下，說：「我怎麼會知道？」

阿樹：「昨晚他在哪裏？」

簡理事長：「在我家。」

阿樹：「那他現在應該還在妳家睡覺。」

「這我不知道，我出門的時候他已經醒了。」

「我們三個是結拜兄弟，我們的感情就像親兄弟一樣。妳知道阿標有家庭？」

「知道。」

「那你們兩個有什麼打算？」

「沒有打算，談談戀愛而已，我也不會要他離婚。」

「那你們打算談多久的戀愛？」

「吳董，是不是有什麼問題？」

阿支不太高興地說：「他老婆常常半夜打電話來找人，他是有家庭的人，我們很擔心！」

簡理事長笑了一下，「原來是這樣！我會提醒他打電話

回家。」

阿樹：「我希望老板和員工之間不要談感情，這樣會把關系搞復雜。」

簡理事長又笑笑，「我懂了，給我兩個禮拜的時間，我會把它處理好的。」

阿樹也笑了一下說：「妳能明白是最好的！」

大家又聊了一些廟裏的事務，阿樹和阿支在廟裏到處走走看了一下，向「關聖帝君」上了香，便各自回到公司上班。

三天後，阿標的老婆又打電話來找人。

阿樹在電話中說：「沒事啦！前幾天他跟我說最近有幾個客戶比較難處理，過兩個禮拜處理完就好了，放心啦！這個情況不會太久的。」

「他是不是外面有女人？你老實告訴我。」

「沒有啦！妳不要亂想，他說再過兩個禮拜，這筆生意處理好就可以了，他這次的新客戶比較難搞，妳相信我，他跟我說過了，別亂想！」

兩個禮拜後，阿標的老婆沒再打電話來。

一個月後，阿樹故意打電話給阿標的老婆：「阿標現在都有回家睡了嗎？」

「有，有了。」

「所以嘛！我就跟妳說過了，別亂想。這個禮拜天晚上過來吃火鍋。」

禮拜天晚上，阿標帶著全家大小到阿樹家吃火鍋。

阿樹和阿支很開心，三兄弟又回到和以往一樣。

阿支六歲的小女兒說：「上次那個牛奶好大的阿姨呢？怎麼沒來？」

阿支喝湯喝到一半嗆到，咳個不停。

阿標的老婆一邊吃著火鍋撈上來的菜，一邊說：「什麼牛奶好大？」

阿樹搶著說：「前陣子我們家訂牛奶，送牛奶來的阿姨個子長得很大！」

阿樹的老婆馬上接著說：「是啊！是啊！長得像打籃球的一樣大。」

阿樹的兒子大笑。阿樹又拿筷子往他頭重重地敲下去，「吃火鍋啦！笑得那麼大聲，沒禮貌！」

阿支的老婆立刻塞了一顆魚丸進女兒嘴裏。

女兒大叫：「媽，好燙！」

阿支的老婆瞪著女兒說：「含著，不可以吐出來！」

三個月後。

阿支來到阿樹的養鰻場找他吃中飯。

兩人到附近的西餐廳吃簡餐。

阿支：「阿標他老婆昨晚半夜又打電話來找人。」

阿樹一口飯停在嘴裏沒嚥下，盯著阿支。

阿支：「你看會不會又跟理事長搞上了！」

阿樹慢慢得把口中的飯硬是吞下，喝了一口冰水說：

「我看不太可能,理事長不是那麼笨的人!」

「不然你想阿標是在幹什麼?」

阿樹皺起眉頭看向窗外。

阿支:「你知道他的個性,就算問他的話他也不會承認,講到最後他要是來一句「這是我家的事!」大家還不傷感情。」

阿樹想了好久,慢慢地把飯吃完才說:「先搞清楚他在幹什麼。」

阿支:「怎麼搞清楚,找人查嗎?」

阿樹嘆了一口氣,「沒必要搞到這份上!這個周末找他出來喝酒,氣氛輕鬆一點,不要直接問。」

阿支點頭,又說:「你覺得不是理事長?」

「應該不是,她這個人說的話不會輕易就變,更何況她不至於笨到會跟自己老板的關系搞壞。」

兩個人吃完飯正走著去櫃臺買單,阿樹看到旁邊桌的客人正在看今天的報紙,胸口像是突然間被捶了一下,定在原地不動,阿支走在後面差點撞上他。

「你是按怎啦!」阿支說。

阿樹慢慢回頭,仔細一看,果然是『夜明珠』三個字。

阿樹禮貌地說:「先生,不好意思!報紙借我看一下好不好?」

這位先生一臉不情願的把報紙拿給阿樹。

阿支:「你是看到什麼?」

阿樹看著報紙,心中暗自讀出:明朝夜明珠,下個月在

北京拍賣，起價五百萬人民幣，主辦方非常看好，認為成交價有可能超過兩億人民幣⋯⋯。

阿支瞭了報紙一眼：「大陸一大堆假東西，這都不知道是真的還是假的！」

阿樹把報紙還給正在吃飯的先生，兩個人走出西餐廳，阿樹立刻走進隔壁的7-11，買一份剛才的報紙，翻開來仔細得重看一次。

阿支：「怎麼，有興趣啊？」

阿樹：「如果是鄭和的那一顆，怎麼會跑到大陸去？」

阿支：「這有什麼稀奇，大陸人現在比臺灣人有錢，不知道從什麼時候開始，他們來臺灣刮走了一大批古董。等什麼時候臺灣人有錢了，再回去把古董刮回來。」

阿樹自言自語：「到底是真的假的？如果是真的，會是鄭和在臺灣用來陪葬的那一顆嗎？」

禮拜五晚上，三個好兄弟一起在外面吃晚飯。

阿樹：「去唱歌吧！」

阿支：「好啊！」

「我還有事。」阿標說。

阿樹：「什麼事啊？現在生意做這麼大！」

阿支：「是啊！我們三兄弟好久沒有一起瘋了，今晚找幾個辣妹吧！」

「不行，我跟人約了。」

阿支：「不能推掉啊？」

阿樹：「現在眼裏沒兄弟了是不是？」

「幹！在講三小？」阿標不爽得從身上掏出手機撥通了電話，「喂，是我啦！現在有事還走不開，過幾個小時再過去。是啊！現在跟人家在談事情，會啦！會啦！好……好，會啦！會的啦！……好，乖哦！」掛了電話。

阿樹學著阿標溫柔的口氣：「乖哦！乖乖哦！」和阿支兩個人大笑起來。

阿支說：「我們等一下搞完，你還有子彈嗎？」

阿樹：「晚上回家你老婆又要一次的話，明天早上你不就分叉了！」

阿支：「沒關系！我有快乾膠，晚一點送到你家給你，順便教你怎麼用！」

「哈哈哈哈……！」兩個人大笑。

阿標：「你們今天是怎麼了，發瘋啦？」

阿樹笑完說：「你才瘋了！我要玩就玩一次性的，一個買一個賣，交易完了大家互相不認識，家裏也不會出問題，才不像你養一隻放著，每個月還要交稅，房屋稅、地稅……萬萬歲。」

「幹！」阿標一臉不屑，「一次性的有什麼好玩？和自己用手有什麼不一樣？養一個固定的，比較幹淨，還有戀愛的感覺，那種感覺會讓你整個人變得年輕又開心。」又說，「不要只會追求肉體，要懂得追求靈魂！」

阿樹：「哇！你養小姨自己還很有道理。」

阿支：「喂，這麼好！我也想養一個，介紹一個來！」

「幹！這種事情一半靠緣分，一半靠努力，是要怎麼介紹啦！」阿標說。

阿支：「那你都是去哪裏找的？」

阿標：「我哪用找，她自己送上來的！」

阿支：「幹！天下有這麼好的事。」

「桃花運來了，有什麼辦法，我也是千百個不願意呀！」

「幹！」阿樹說，「快聽不下去了！」

阿支：「你是大頭不願意，小頭很願意，最後大頭聽小頭的。」

阿標：「幹！哪個男人不是。」

「說真的，到底哪裏認識的？」阿樹問。

阿標：「公司啦！」

阿樹和阿支一下沒了笑容。

阿支：「你怎麼老是找工作上的，這種事不能這麼搞！」

阿標眼睛睜大說：「什麼能還是不能，這種男女的事是很自然發生的嘛！」

阿支：「萬一她和公司其他人意見不合，萬一她跟你要求加薪，你還能公平處理嗎？」

阿標：「這種小事，你緊張成這樣！」

阿樹：「她結婚了沒？」

「還沒。」

「喔！幼齒的喲！」阿樹說。

阿標說得像沒什麼大不了的，「才25歲而已，懂什麼，很好應付的。」

阿支：「現在年輕人都很不簡單，跟我們年輕的時候不一樣，還是注意一點。」

　　「你們兩個真是，心裏想，又不敢，怕這個怕那個，年輕人要的是物質上的東西，很好處理的。」

　　阿樹：「好了，好了！怕你腎虧，放你走吧！今晚我和阿支兩個人玩就好了。」

　　「多謝哦！」阿標開心得笑了出來，「這頓算我的！」馬上到櫃臺買單，匆匆得走掉。

　　阿樹：「你怎麼看？」

　　阿支：「能講的都講了，他有聽嗎？他自己要的，出了事也是他自己造成的。」

四個月後,阿標請阿樹和阿支到『陶宛齋』吃飯。

古色古香傳統建築的臺菜館裏,阿樹剛到還沒坐下就看到阿標一臉滿面春風,可是坐在一旁的阿支臉色卻好像很沉重。

「什麼事啊?看你歡喜成這樣!」,對阿標說完開心地坐下,抓了桌子上的啤酒幫自己倒上一杯。

阿標依然是笑得沒說話,眼睛一直眨。

阿支:「他又要當老爸了!」

「哇!」,阿樹也開心起來,興奮地說:「有凍頭!有凍頭!想不到你老婆這麼有凍頭!」說完哈哈大笑。

「不是我老婆。」

「啊?」阿樹的笑容一下消失。

「是我公司那隻。」

阿樹一時說不出話了。

阿標把醫院報告的一張單子拿給阿樹看,化驗結果是懷孕兩個月,化驗單上的名字是陳必佳。

阿標嘴巴笑得合不攏。

「你老婆知道嗎?」

「這哪能讓她知道,知道了她不跟我吵死!」

「那……女孩子的家人知道嗎?」

「怎麼能讓他們知道!到時候沒完沒了,先把孩子生下來,接下來事情才好辦。」

阿標把陳必佳的照片給他們兩人看,一頭長髮,長得非常秀麗。

「長得不錯。」阿樹沒表情地說。

「多謝！多謝！」阿標聽了更開心。

阿支一點笑容都沒有，「我看現在有身孕才兩個月，趕快拿掉，免得以後麻煩更大。」

「你瘋了！」阿標並沒生氣，「多子多孫多福氣，小佳她長得這麼好看，出生來的孩子品種一定好！」

阿支：「你老婆早晚會知道，知道了怎麼辦？」

「孩子都生下來了她能怎麼辦？」阿標說。

阿支：「這樣對她公平嗎？」

「她吃我的用我的，住別墅、開賓士、我沒虧待過她，更何況兩個女人我又不是養不起。」

阿樹笑起臉來說：「阿支，怎麼說阿標今天這麼開心，我們不要掃興，來，乾一杯！」

三個人舉起杯子，乾了之後一飲而盡。

阿樹：「孩子生了以後，把大人跟小孩帶回家嗎？」

「帶回家住就不要了，我家那隻的脾氣我又不是不知道，還是分開住，免得把我煩死，不過不要離得太遠，免得我跑得太累，哈哈哈……！」阿標自己又喝了一大杯，「我告訴你們，女人啊，只要錢給的夠就能搞得定！」

阿樹：「咦！這句話我覺得很有道理。」

阿支：「我覺得你們兩個都瘋了！」

阿樹：「阿標啊！將來你的財產怎麼分，他們兩隻不會吵嗎？」

阿標愣了一下，心想：是啊！現在的錢都是大隻的在管，將來怎麼辦？

阿樹看阿標沒說話，又說：「你不要到時候和大隻的變成仇家！」

阿支：「我看你還是先把事情想清楚，再決定孩子要不要。」

阿標很堵定地說：「這個孩子我是一定要的啦！看遇到什麼問題再解決就好了嘛！」

「好！」阿樹說，「你有這個心就好，今天一定要好好慶祝！阿標，我今天是不會放你走的，你最好現在就先打電話跟你那兩隻報備一下。」

「沒問題！」阿標大聲說，「服務生，給我開一瓶XO。」

阿支聽了直搖頭。

三個人全部打電話回家說今晚有事，很晚才會回去。

三兄弟喝掉一整瓶XO，再去卡拉OK，叫了十個辣妹，喝得爛醉，再帶十個辣妹去開總統套房，大家在總統套房內脫得精光，又唱又鬧，搖搖晃晃站都站不穩。

兩天後，阿支再到阿樹的公司找他吃午飯。

在餐桌上，阿支說：「你覺得阿標養小姨，他老婆會怎樣？」

「大哭大鬧，要死要活，還會怎樣！」

「如果阿標把所有錢給都給她呢？」

「那……她可能還是會鬧得很大，以她的個性，應該不

會跟阿標離婚。」

「阿標現在的心全都在那隻小的身上,他可能也不會在乎!」

「唉!可憐的是家裏的孩子。」阿樹說,「最好是把孩子拿掉,給她一筆足夠的錢。」

阿支睜大雙眼說:「那你那天晚上還……?」

「那天晚上他那麼高興,我們的話他聽得進去嗎?我們是好兄弟,先陪他好好開心一下,這樣在他心裏大家兄弟之間才算夠義氣,接下來我們再好好想一下,要怎麼安排才妥當。」阿樹抽了一口濃濃的煙接著說,「我想……和這個女的見個面,但是我們兩個不能出面,萬一阿標知道我們私底下找她,大家兄弟就做不成了。」

「那……怎麼辦好?」

兩個人一直抽著煙,好久都沒說話。

阿支突然說:「找理事長,你想怎樣?」

「是啊!她什麼場面沒見過。」阿樹說。

當晚,阿樹在家裏接到阿支打來的電話。

「在幹嘛?」阿支說。

「在看電視啊!幹嘛。」

「你過來一下。」

「什麼好康的?」

「阿標他老婆在我這邊,你過來一下!」

阿樹愣了一下,「怎麼回事?」

「你過來再講啦!」

阿樹到了阿支家,看到阿標的老婆兩行淚坐在客廳,一臉氣得說不出話,阿支和他老婆坐在一旁。

阿樹心想,果然是知道了!但仍然裝得不曉得,「怎麼回事啊?」

阿標老婆:「阿標在外面有小姨,而且小姨已經懷孕了!」

「妳是聽誰說的?」阿樹說。

「你不用知道是誰說的,我已經證實了!」

阿樹看了阿支一下,阿支也做出一副不知情的臉,兩人繼續裝作不知道。

「妳和阿標談過了嗎?」阿樹說。

「你們不是不知道他的個性,他會承認嗎?」阿標老婆接著開始吐苦水,她為這個家付出多少,為了孩子怎麼辛苦,頭髮為這個家白了多少,講了整整一個小時。

阿樹用手遮住嘴打了一個哈欠,心想:妳家裏兩個印尼傭,一個臺灣奶媽,妳每個月在外面逛街刷卡過百萬,真是辛苦妳了!

阿支心想:幹!,剛剛都說過了,現在再重說一次,妳真的不會累!遞了一顆檳榔給阿樹,兩人一邊咬著檳榔一邊泡茶,不然真的會睡著。

等她說完了,還氣得翹著嘴,一直流眼淚。

阿支:「現在事情都發生了,我們就好好處理。」

阿樹:「大家現在好好討論一下,到底怎麼處理好?」

「當然是叫那個賤人把孩子拿掉，不要再糾纏人家老公啊！」阿標的老婆講得氣到快站起來。

　　「好了！」阿支說，「妳先別氣了，再氣就想不出好方法解決。」

　　「我能不氣嗎？我為了這個家……」，又重新倒帶再來一次。

　　阿樹和阿支兩個人把眼睛閉上，重頭開始忍耐。

　　阿支三個孩子看樓下客廳裏講話這麼大聲，躲在樓梯轉角偷看。

　　阿支老婆看到了大喊：「大人講話，小孩子通通上去！」

　　又過了半小時，阿標老婆終於停了下來，自己伸手倒桌上的茶喝。

　　幹！還會口渴，阿樹心想。

　　阿支：「我想這件事還要看阿標他自己怎麼想，我們才好處理。」

　　阿標老婆喝了一口水，繼續破口大罵：「他有資格想嗎？他做這種事，還有人格嗎？他憑什麼想？我為了這個家……」又要重新來一次。

　　阿樹終於受不了，「好了！好了！這些事我們都知道，你為這個家很辛苦，我們都知道，現在到底要怎麼辦？」不耐煩得說。

　　阿標的老婆終於不再說話。

　　阿支的老婆：「我想最好是能叫那個女的把孩子拿掉，以後不要再來糾纏阿標。」

阿支:「那就朝這個方向去辦吧!」

阿樹:「如果花點錢能把這個事辦好,是最容易最乾脆的。」

阿標老婆擦著眼淚說:「這個沒問題啊!」

阿樹:「他跟這個女的在哪裏搭上的?」

阿標老婆:「是他公司裏的員工,才25歲,這麼年輕就這麼不要臉!」

阿支:「這個事我先和阿樹去了解一下,過幾天妳再過來,我們商量一個辦法,看怎麼對付這個女的,你現在先回家把孩子看好,等我電話。阿娟,你送她出去。」,再對阿標老婆說:「開車小心一點!」

阿標老婆邊走邊哭說:「不要拖太久,不然這個賤人就有藉口說孩子太大拿不掉了!」

阿支:「好啦!妳放心,這兩天我們會想辦法,到時候再叫妳過來,妳認為好的話,我們就馬上處理。」

等阿標老婆走出門,阿樹擡頭對著天花板吐了一口長氣,「幹!有這種老婆,我也不想回家。」

在咖啡廳裏。

理事長獨自坐一桌。

阿樹和阿支坐在角落的另一桌,兩個人不打算出面,只在一旁觀看。

陳必佳和一個年輕的男人走進咖啡廳。

理事長親切地向他們招手,兩個人在她面前坐下。

阿樹看到陳必佳,小聲說:「哇!好清純的女孩子。」

阿支:「還不知道呢!」

理事長很客氣地說:「謝謝妳今天能夠來,這位是……?」

陳必佳:「他是我乾哥。」

「你好!乾哥貴姓?」

「姓林。」乾哥說。

「你好!我姓王,我是必佳老板的小姑,必佳老板家裏的人希望我可以和必佳見個面,大家溝通一下,萬事以和為貴。我知道必佳妳已經懷孕了,看看事情怎麼解決對大家都可以比較好。必佳,我先請問妳一下,你和老板開始之前,知道他有家庭了嗎?」

「我不知道。」

乾哥:「這個我也是後來知道的,我跟她說了,不管必佳老板有沒有家庭,但是年齡差太多了!可是她把感情放下去了,怎麼勸也聽不進去。」說得很有誠意。

「必佳,那妳家人知道嗎?」理事長說。

陳必佳沒說話。

「那妳自己有什麼想法?」

陳必佳表情變得很沈重，還是沒有說話。

「大家都是女人，我是這麼看，你這麼年輕又漂亮，和你乾哥哥講的一樣，找一個年齡相近的，有一個正常的家庭，這樣人生才會幸福。」

乾哥在一旁點頭，然後說：「那……孩子……？」

「我想孩子拿掉對雙方會比較好。」

乾哥在旁邊嘆了一口氣，「我想也是啦！」

「不要！」陳必佳說，「我喜歡小孩。」

理事長心平氣和地說：「孩子你以後可以再生。」

「可是肚子裏的是我的骨肉。」

「當然，我會給你一筆補償費。」

乾哥：「是多少？」

「妳要願意，我們再來談數目，不願意的話，談也沒有用。」

乾哥：「願意啦！這個對雙方都好，她願意啦！」

理事長看著陳必佳：「願意嗎？」

陳必佳沒說話。

「100萬。」理事長說。

乾哥：「不是吧！這個孩子要生下來，繼承他老板的財產可不止這個數目。」

阿支在一旁角落小聲得說：「面目露出來了，這年頭的年輕人都不簡單！」

理事長：「林先生，你讓當事人自己說好嗎？」看著陳必佳。

過了好久，陳必佳說：「不夠。」

理事長：「沒關系！數目我們是可以談的，那妳認為多少對妳才公平？」

陳必佳：「三千萬。」

理事長笑了一下，說：「太多了啦！沒有這種行情啦！」

乾哥：「要是孩子生下來，分到的可不止這些。」

「林先生，必佳是跟有夫之婦上床，這在法律上是妨礙婚姻罪。」

陳必佳馬上說：「是他把我壓在他辦公室裏硬來的！」

「那第二次呢？還有第三次，第四次呢？一直到你受孕那一次呢？他要是強姦妳，妳為什麼不報警？」

「我怕沒面子。」

「那第二次以後呢？還有公司裏的人對你們議論紛紛，這個你就不怕沒面子？」

雙方沒說話。

理事長先開口：「這個事如果要法律解決也可以。」

陳必佳：「好啊！」

「上了法庭你是連一萬都拿不到，如果妳老板的老婆告贏了，妳還要吃上妨礙家庭罪！」

乾哥：「好啊！那就上法庭吧！誰輸誰贏還不知道，大不了把孩子生下來。」

理事長又笑笑，「如果你要這樣的話，那就上法庭吧！」轉身朝櫃臺說：「買單！」

乾哥馬上說：「那妳可以出多少？」

「最多150萬。」

陳必佳：「兩千五百萬。」

理事長拿起包站起來要走。

乾哥：「一千萬。」

理事長不理他，繼續走。

乾哥：「八百萬。」

理事長停下來看著他們兩個，並沒坐下。

乾哥：「八百萬這對必佳老板是小數目，太划算了！」

「林先生，你根本沒誠意談，這個和必佳老板有沒有錢沒關系，這件事雙方都不對，最無辜最受傷害的是必佳老板的家人，錢是補償，是心意，不是交易。」

乾哥：「五百，不行就上法庭。」

理事長：「三百，不行就算了，不要浪費我時間。」

乾哥看著理事長，沒有說話，心裏還在思考，看來強姦是告不成的，這個女的這麼厲害，是不是該見好就收？

理事長看向陳必佳，「三百可以嗎？」

陳必佳看了乾哥一下，乾哥說：「可以了！上法庭夜長夢多。」

理事長朝角落的阿樹和阿支看了一下，

阿樹點頭。

理事長看著陳必佳，「到底要不要？要就現在拿，不然等一下我後悔了，你連一百萬都沒有。」然後拿出兩張合同，三張100萬的本票放在桌上。

陳必佳狠狠瞪著理事長，用力地說：「我很清楚老板他

身家過億,沒有一千萬我不要,我不是生孩子的工具!」

乾哥在一旁嚇了一跳,理事長笑一笑,轉向另一桌打了個眼色,三個橫眉豎眼,雙臂都滿滿刺青的男人走上來,其中一個往陳必佳一巴掌打下去,用台語大罵:「把錢收下!」

乾哥站起來,「憑什麼打人?」

另一個男的過來,從乾哥後面架住他脖子,乾哥馬上動彈不得。

又一巴掌在陳必佳臉上打下去,「把錢收下!」

陳必佳嘴角被打出血,眼睛狠狠瞪著打他的人。

第三巴掌又打下去,「把錢收下!」

陳必佳看乾哥動不了,脖子被勒得滿臉通紅,面前的男人再把手舉起準備一巴掌再朝她打下去,陳必佳伸手把桌上三張本票拿了。

理事長指向桌上合同,「在這裏簽名,一式兩份。」

陳必佳流著淚,很快把兩份合同都簽了。

理事長看乾哥一眼,說:「放開他!」

陳必佳和乾哥哥狼狠得走出咖啡廳。

理事長轉身走到阿樹和阿支餐桌前,「吳董、菜董,辦好了!」把陳必佳剛才簽的合同放在他們桌上。

阿樹和阿支兩個人目瞪口呆。

阿樹:「這三位先生的費用怎麼算?」

理事長輕鬆地說:「不用啦!小事一樁沒多少錢,都是舉手之勞。那我先回廟裏去忙!」和這三個橫眉豎眼的男子

一起走出咖啡廳。

　　阿支對阿樹說：「她這樣搞行不行啊？犯法的啊！」

　　阿樹：「搞都搞了，現在說這個有什麼用！」

　　咖啡廳裏的人都盯看著阿樹和阿支。

　　「快走！快走！」阿支說。

　　兩人付了賬快步走出咖啡廳，接著一個警察走進去，「哪裏有人打架？」

　　兩個人伸手攔了一輛計程車，匆忙得上了車對運將說：「快點！趕快走！」

阿樹到廟裏找理事長。

「吳董，快請坐！」理事長馬上從辦公桌站起來，叫秘書端了兩杯咖啡進來。

兩人坐到沙發上喝著咖啡。

阿樹：「妳看看這篇新聞。」把報紙拿給理事長，上面有一則關於「夜明珠」的報導。

阿樹不說話，讓理事長好好得把這則新聞看完。

理事長看完後，「吳董，這……？」

「相傳明朝的時候，鄭和曾經到過臺灣幾天，就在那幾天裏，他兩個心愛的小太監染上瘧疾相繼死在臺中，鄭和以自己的佩劍和一顆夜明珠分別給他們陪葬。夜明珠在中國歷史上有好幾顆，如果北京要拍賣的那顆是鄭和當時在臺中陪葬的那顆，我想拿到手。我需要有人去北京幫我查清楚下個月要拍賣的那顆是真的還是假的？如果確定是當年鄭和在臺中用來陪葬的那顆，我要知道競標的對手有誰？憑我的財力能不能和他們競爭？」

理事長補上一句，「不能的話，就在拍賣前先把它弄到手。」

「可以的話最好！不過先搞清楚到底是不是當年鄭和留在臺中的那顆。」

「下個月26號競標，剩下不到一個月了。」理事長說了走回辦公桌翻一下他這兩個月的行事錄，「好，我馬上把事情先放下，先處理夜明珠的事，我這幾天就立刻去北京。」

「菜董和劉董那邊我會跟他們說是我拜托你去大陸幫

我辦事，我們隨時用手機保持聯絡，妳訂了機票後馬上告訴我。到了那邊的吃、住、交通、一切費用，我會另外算給妳，不必省。」

「好，我明白。」

理事長送阿樹走到廟口，阿樹：「不用送了，妳去忙！」

「吳董，慢走！」

理事長回到辦公室馬上叫秘書進來。

「我有事要去大陸一趟，廟裏有幾件事你記一下……」。理事長交代好後再說，「一個小時後跟我回家拿臺胞證，馬上幫我辦電子簽證，幫我查這個禮拜桃園直飛北京有哪些航班。我在大陸會保持開機，有什麼事隨時打我電話，我沒接的話就留話，留話後六小時沒回就再打。清楚了嗎？」

「清楚。」

「好，妳先出去。」

理事長打電話到北京的拍賣會，確認拍賣前是可以預約鑑別拍賣的物品，並且請他們把夜明珠的資料email過來，十分鐘後收到email，可是裏面只提到是明朝的文物，並沒有提到任何關於與鄭和的牽連。於是再次打電話到北京拍賣會，要求與他們的經理通話，告知經理希望能有更多夜明珠的資料，包括原主是在什麼地方得到的，最重要的是，這顆夜明珠是否與鄭和有關？是否曾經出現在臺灣？

拍賣會經理在電話中笑了一下說：「已經有不少人來問過了，他會盡快與物主查詢給予答覆。」

理事長在網路上搜尋了一下臺灣古董鑑定家，臺中有好幾個，看了他們的背景資料，都是玩家。再度搜尋了一下，臺北和高雄也有好幾個，真正資深的不到五個。她鎖定其中兩個，一個是故宮退休的文物鑑定師，另一個是中華藝術歷史學的大學教授。她挑了故宮退休的鑑定師伍果仁，和他通了電話，約了下午去拜訪他，然後把辦公桌收拾一下，抽屜都鎖上，走出辦公室。

　　理事長來到臺北外雙溪，鑑定師伍果仁的家。
　　想不到一進門，他家是如此的簡陋。將近80歲滿臉皺紋的伍果仁，看起來很有修養，說起話來有濃濃的蘇州口音，「請坐！」
　　理事長雙手奉上名片，伍果仁看了一下，將名片放在桌上。
　　伍果仁的夫人緩慢得端上一杯熱茶給理事長，三個人坐在這小客廳的藤椅上。
　　理事長：「下個月26號北京要拍賣一顆夜明珠。」
　　伍果仁：「嗯，我昨天在報紙上看到了。」
　　「你覺得這顆是真的嗎？」
　　「應該是。」
　　「不知道您可曾聽過明朝鄭和曾經在臺中留下過一顆？」
　　「這個事應該也是真的。民國52年我曾經去臺中找過那兩個小太監的墓，墓找到了，裏面只剩下零碎的白骨，可見早就被盜過。在我看來，極可能是清末時期被盜的。」

「您想北京拍賣會這顆是鄭和在臺中用來陪葬的那顆嗎？」

「不是不可能。」

「如果讓您親自鑒定的話，可以看得出來嗎？」

伍果仁深深吸了一口氣，緩緩地說：「不知道，沒親眼看不能保證。鄭和是宮裏的人，他那顆夜明珠應該出自皇宮，宮裏的東西有宮裏的特色，加上每個朝代宮中流行的風格、時段、化學實驗室的鑒定，從各種不同角度綜合起來去考察、仔細推算。寶物畢竟不多，如果推算起來都能對得上，就應該八九不離十了。」

「可以請您到北京走一趟幫我看一下嗎？我會負責您的機票和吃住，您夫人一起去也可以。」

伍果仁笑了起來，「這顆夜明珠對妳這麼重要？」

「我是幫我的老板做事。」

「噢！妳老板是誰？」

「我的老板姓吳，做生意的，對古董有興趣。」

「原來是這樣！」

「帶夫人一塊去，就當去北京玩一趟吧！」

「現在北京可冷喲！」

「飛機坐頭等艙，旅館住五星級的，包三餐、出入有專車接送，我會從臺灣安排一個人一路照顧您和夫人，重的東西您不用自己拿。」

「這麼好啊？」

「當然了！您可是國寶。」

伍果仁看向身邊的老伴，「去不去啊？」

「去吧！當是去旅遊吧！」

伍果仁笑著說：「我就知道妳想出去玩。好吧！那就去吧！」

「您和夫人有臺胞證嗎？」

「不知道過期了沒有？」伍果仁走到房裏去找臺胞證，沒一會兒，手裏拿了兩本臺胞證走出來，「好像過期了。」

「來，讓我看看。」理事長接過手看了一下，「簽證過期了，臺胞證沒過期，我來幫您辦簽證。拍賣會是下個月26號，得抓緊時間。我先告辭，機票買好了我馬上打電話給您。」說完站起來要走。

「這麼快就走了，留下來吃飯吧！」伍果仁說。

「我還有一些事要忙，有什麼問題打名片上的手機電話給我，多帶一些冬天的衣服。」

伍太太：「吃了飯再走吧！」

理事長對伍果仁的夫人親切地笑著，「不用了，謝謝您！請等我電話。」

理事長開著車，在回臺中的路上打電話給阿樹，「吳董，我還要帶四個人跟我一起去北京，一個是故宮退休的文物鑒定師還有他太太，一個是一路上照顧他們的，還有一個是我的保鏢，五天內出發。」

「好，這些事妳安排就好了。」

「剛才和故宮退休的文物鑒定師談過，他說他在民國52

年的時候去看過鄭和那兩個小太監的墓,他認為應該在清末時期墓就被人盜過。」

「嗯!好,我知道了。」

第二天,北京拍賣會的經理打電話來,「簡小姐,非常抱歉!物主只說夜明珠是上一代傳下來的,其他不是很清楚。」

三天後,理事長等一行五人一起到了北京。

在旅館裏,理事長對大家說:「明天早上10點到拍賣場,北京會塞車,我們9點出發,吳先生您鑑定完了之後就沒事了,照顧你們的黃先生會帶你們到處觀光旅遊一個禮拜,黃先生以前是導遊,他來過北京好多次了,如果有特別想去的地方就告訴他,一切費用我都可以報賬。」

隔天早上,五個人不到10點就進了拍賣場。

拍賣場經理出來迎接,帶他們走進一個房間,扣住每個人的證件,有四個保全人員站在房間裡各四個角落,還有一部部攝影機在牆角上方,還有兩部近距離拍攝。

「請你們稍等!」經理說完離開房間。

過了五分鐘,經理回到房間,手裏拿著一個有密碼鎖的鐵盒子,經理先在鐵盒上做了指紋掃描,再開密碼,再做另一只手的指紋掃描,才把鐵盒子慢慢打開,推到伍果仁面前,「請容許我再提醒大家一次,請不要觸摸。」

大家看著鐵盒中的夜明珠,它似乎有一種魔力,沒見過夜明珠不會懂得「晶瑩剔透」這四個字真正的含義。看著

它,只想欣賞它,什麼事都不想做,心情不斷地放鬆下來,開始覺得好舒坦。

理事長心想:世界上竟有這種東西,讓人用視覺感受到清澈、潔淨與美好,如果活著的每一天心裏都是這種感覺的話多好!果然是寶物!

伍果仁拿出自己的放大鏡和老花眼鏡慢慢戴上,靠近夜明珠,看了足足有20分鐘,「經理,請你把它轉半圈讓我看另外一面好嗎?」

經理戴上白手套,小心翼翼地把夜明珠轉了半圈。

伍果仁又看了10分鐘,「經理,請你把燈關了好嗎?」

經理:「這……對不起!為了安全,我不能這麼做。」

「夜明珠,顧名思義,它在黑暗中會放出光亮,這是我所要鑑定的最後一個步驟。」伍果仁說。

經理面露難色。

理事長:「這樣好嗎?我們全都後退到牆邊,這樣我們所有人跟夜明珠就有一段距離,行不行?」

經理想了一下說:「你們退到牆邊,不過我要求在熄燈的這段時間,你們每個人的手要和保全人員銬在一起。我們從來沒有遇到過要熄燈的要求,為了安全,希望你們能夠體諒!」

理事長:「伍先生,這樣可以嗎?」

「可以。」伍果仁說。

大家退到牆邊,保全人員拿出手銬將身邊的人和自己銬上,經理見每個人的手都銬上了手銬,再將夜明珠挪到房間

裏離大家最遠的角落，然後把燈關上。

夜明珠馬上呈現出柔和的綠光，充滿整個房間，亮而不刺，頓時大家如同處身於另一個空間，那種綠光讓每個人感到比剛才更加的清新和美好，片刻下內心只有美麗與幸福，真讓人捨不得再把燈打開！

連經理的口氣都變得柔和委婉：「可以開燈了嗎？」

「可以了！」伍果仁說。

開了燈之後，大家坐回椅子上。

伍果仁：「臺北故宮後山裏面的寶庫有四顆夜明珠，一顆是秦朝的，兩顆是唐朝的，一顆是元朝的。每一顆的大小、色澤、感覺，都不一樣，歷史越久遠的體積就略稍大一點，這一顆比元朝的還略小一點，可見它應該是元朝之後的產物。夜明珠最早可追溯到史前炎帝與神農時期，各朝代夜明珠的光色皆有不同，有黃、綠、藍、橙、紅，而明朝時期的則是綠色。加上明朝的文物有一個特色，它的色澤偏略清新、清淡，和清朝的比起來顏色顯輕，那時候連宮裏流行的服飾、妝、畫、陶器，都是如此。這顆夜明珠的色澤和清朝宮廷中所流行的物品相比，就偏有清新、清淡的味道。介紹書上說它的重量竟然不達四公斤，比較故宮那四顆可是輕得太多了，可是剛才熄燈之後的光亮度與清澈感，不亞於我在臺北故宮後山寶庫裏的那四顆，在黑暗中它給人精神氣爽的感染力是如此得柔和強大。注意它的形狀不是完全的圓形，略有一點橢圓。」

大家彎腰細看了一下，夜明珠果然略有微微的橢圓。

伍果仁接著說:「如果把它放在桌上,只會滾向兩個方向,不會任意四處滾動,非常好安置,說明它手工的細膩與周到。據我所知,從清朝起已經沒出產過夜明珠了,宮廷裏只有前朝相傳下來的夜明珠,據之前種種推斷,這顆應該是出於明朝的。滿清以前每個朝代出現過的夜明珠均不超過三顆,代代相傳下來都會有所遺失,更增加了夜明珠稀貴有的價值,只有皇宮貴族買得起,民間富豪也不容易擁有。記載中明朝宮廷出現過的夜明珠只有兩顆,如果說是皇上賜給鄭和的,它的可能性非常大。」

理事長:「夜明珠既然如此稀有珍貴,皇帝他不留著自己欣賞,捨得賜給鄭和?」

伍果仁:「這不是不可能,皇帝要賞心悅目應該用不到夜明珠。」

理事長:「那用什麼?」

伍果仁:「女人。女人讓男人愉悅興奮,夜明珠讓人安詳平靜。一般男人都會選擇愉悅興奮,這是人性。」

理事長拿出一個紅包給伍果仁,「這是我老板的心意,接下來這幾天黃先生會帶您和夫人到處走走。」

伍果仁:「唷!這怎麼好意思。」

「應該的!」理事長對伍果仁親切地笑一下,「我再和經理聊一下,讓黃先生先帶你們去好好玩幾天。」

等黃先生帶伍果仁和他夫人出去以後,理事長轉向拍賣場經理:「你想這顆夜明珠會有幾個人競標?」

經理:「這哪說得準!」

「這麼說好了,拍賣會的常客中有足夠財力得標的有幾位?」

「大概八位。」

「有可能在拍賣會開始前先向夜明珠的主人買下來嗎?」

「這個……可能比較麻煩一點。」

「你那一份我們可以談。」

「這樣的話……」,經理想了一下,「您出個價我和夜明珠的主人溝通看看。」

「好,我現在打個電話問一下我老板。」

「您請,我先把夜明珠放回保險庫。」

兩個保全人員走在經理前面,另外兩個在後面,一起走出了房間。

理事長的手機接通臺灣,「喂!吳董。」

「事情辦得怎麼樣?」

「我現在在拍賣場,跟我從臺灣一起過來的故宮鑒定師剛剛看過了,極有可能是當年鄭和留在臺中的那一顆,我正在和拍賣場的經理協調,看可不可以在拍賣前跟物主買下來,經理要我們先出個價,他和物主談談看。」

「嗯。」阿樹沒再說話,理事長也沒出聲。

阿樹握著電話在自己的辦公室裏來回走了幾圈,過了一分鐘,「現在人民幣對臺幣是多少?」

「我昨天在機場看到的匯率是人民幣1塊對臺幣4.12。」

「我最多出到臺幣10億,妳跟他談吧!」

「好,了解。談完給馬上你電話。」

理事長掛了電話沒多久,經理回來。

理事長:「2億人民幣。」

經理:「好,我和物主說看看。」

理事長:「成的話,你那份1百萬人民幣可以嗎?」

經理很快得想了一下,「250萬。」

「200萬。」

「行!請您再坐會兒,我現在去打電話給物主。」

經理出了房間沒多久,一位小姐端了一杯茶進來。

三分鐘後經理回來,「物主不願意,您要不要加一點?」

「兩億五千萬人民幣,這是極限。」

「請您再稍等!」

經理很快就進來,「抱歉!物主還是不肯。」

「好吧!那謝謝你了!」

「抱歉!沒幫您辦成。」

「沒關系!你之前說過有8個人有實力競標,可以把這8個人的名字給我嗎?」

「這……就不太方便了!」經理面色有點尷尬。

「你說他們是拍賣會的常客?」

「是啊!」經理再說,「這樣吧,您等我一下!」

過了不到10分鐘,經理拿了幾張資料進來,「我不能說出他們的名字,但是這幾樣東西是他們曾經得標的,這是公開的,您可以在網上看得到是什麼人得標。」

「非常謝謝你!」理事長接過手,「到臺灣的話請來找

我。」

「一定，一定。」

理事長回到酒店，打電話給阿樹，「吳董，這個價物主不賣，還有兩個多禮拜，我會再想辦法。」
「還有辦法嗎？」
「我來試試看。」
「好，有消息告訴我。」

理事長坐在酒店房間的沙發上，向著窗外瞭望整個北京市。

這8個人非富即貴，一般人連要見他們都不容易，剩兩個多禮拜了⋯⋯

把電腦放到大腿上，搜尋這8個人的背景，大概估計了一下，每個人的身價，都比吳董多上幾十倍，要是在拍賣場上他們對夜明珠非得手不可的話，吳董根本不是他們的對手。

理事長一個人走出了酒店，在馬路上沒目標地漫步，走了兩個小時，腳有點酸了，在路邊的餃子館裏隨便吃一點東西，對面桌的三個農民工喝酒喝得滿臉通紅，一直盯著理事長。

理事長感到很不舒服，剩下半盤餃子放著不吃就付錢走人。

走進了比較時尚的地區，兩邊的餐廳、咖啡廳、時裝

店、行人都和剛才那個地方的氣氛完全不一樣。她進了一家咖啡廳，點了一杯咖啡，拿了書架上幾本雜誌隨便翻一下，其中一本商業雜誌正好有兩頁專欄報導下個月要拍賣的夜明珠，專欄裏第一句就是「此夜明珠是否出於明朝？」

忽然腦子裏一絲靈光閃過，整個人雙眼一亮，走到放雜誌的架上，把所有的八卦雜誌都各拿一本，抄下各出版社的電話地址，再稍微翻一下內容，看哪一個專欄的記者最會胡說八道，寫下他們的名字，立刻買單走出咖啡廳，攔下計程車回酒店與阿樹通電話。

「吳董，我查到了幾個可能對夜明珠有興趣的競爭者，他們身家都在人民幣40億以上。我有一個想法，我想找幾個八卦雜誌的記者，花點錢讓他們在網路上放話，說夜明珠是假的，來降低競標當天的人氣。」

「這樣……行得通嗎？」

「應該會達到一些影響力，這段時間內，我會繼續想別的方法。」理事長又說，「吳董要是決定過來競標，記得早一點辦臺胞證。」

「好。」

理事長以僅僅一千塊人民幣分別買通每一個八卦雜誌的記者，一共五家雜誌社。三個記者會在網絡上大作文章，兩個記者正好趕上月中出刊，也就是48小時以後，夜明珠的真偽將會在整個中國大陸炒得沸沸騰騰。

兩天後，連電視節目也做了有關夜明珠的報道。

拍賣場的主辦單位馬上花大筆錢在電視新聞上證明夜明珠為真品，壓倒八卦新聞的偽論。
　　理事長見這個方法這麼快就被攻破，立刻再和這五個記者碰面，這次要他們大力吹捧拍賣場上的另外兩件物品，一件是唐伯虎的字畫，另一件是宋朝的戰盔。僅僅兩天的時間這兩件物品人氣大漲，夜明珠瞬間黯然遜色。

　　11月18號，阿樹到了北京，理事長在機場接他。
　　阿樹見到理事長說：「幹得好！現在連臺灣的電視新聞都在談論夜明珠到底是真的還是假的？」
　　兩人連同保鏢一起回到酒店。
　　阿樹和理事長在酒店二樓的餐廳吃晚飯。
　　「辛苦了！這趟來了好幾天了，妳的酬勞應該怎麼算給妳？」
　　「還不知道事情會辦得怎麼樣？等拍賣會過後再說吧！」

　　晚飯後，阿樹在酒店房間裏看電視，聽到敲門聲，他把門一開看是理事長，便讓她進來。
　　兩人走到電視機前的沙發坐下，理事長說：「還有兩天，明天也沒事，要不要喝點酒？」
　　阿樹：「好啊！喝一點。」
　　理事長拿起桌上的電話，點了一瓶紅酒和一份水果拼盤，紅酒和水果很快就送上門，兩人一邊看電視一邊將紅酒倒上。

阿樹：「想不到大陸有這麼多臺灣節目，都不知道是誰在統誰？」

理事長：「這有什麼關系，我們是生意人，誰能讓臺灣安定，讓我們賺錢最重要，政治我已經看透了，那是世界上最骯髒的東西，只有利益，沒有仁義！」

「妳當初是怎麼踏入政治圈的？」

「也算是機緣，我讀五專的時候，連續兩個暑假在一個競選總部打工，裏面的主管看我做的不錯，叫我畢業後去找他，這樣慢慢進入政治圈的。剛開始看這些搞政治的人演講會很感動，也慢慢受影響，民族感越來越強，幫他們做得很認真也很有使命感。幾年後我做了主管，看到內部好多令人失望的事情，差點離開，好幾個在崗位上結識的好姐妹看不下去都走了，那時候我正好離婚，什麼事都沒心情想，只想把心思完全投放在工作上，白天努力把自己搞得好累來麻痹自己，後來政治圈裏的事看多了也麻木了，年紀大一點以後就看得更透了，什麼黨都一樣，不是黨的問題，是這個政治環境就這樣了！」

兩人碰了酒杯，喝了一口。

阿樹：「沒想過再有個家庭嗎？」

「有啊！怎麼沒有，看身邊朋友的孩子都慢慢長大……！」拿了桌子上阿樹的香菸點了一根，深深地抽了一口，「命啦！好幾次有對象，都以為自己快結婚了，但是沒有男人受得了我能力強。一開始自己不知道自己的問題出在哪裡，是我逼最後一個交往對象告訴我的，之後我跟自己

說，當碰到一個真正男人的時候，我就會為她柔弱。可是再碰上喜歡的人，要嘛人家不喜歡我，不然就是已婚，40歲生日的那天我死心了。或許這就是自己的命，所以我決定靠自己。」

「所以你就越看男人覺得男人越沒用。」

理事長嚇一跳，但還是偽裝得很好，看了阿樹一眼。

阿樹又喝了一口酒，「連續劇都有演，女強人就是這樣了！」

「還有呢？」理事長做出很大方的樣子，「沒關系，你說啊！」把兩個人的酒杯都倒滿。

阿樹慢慢地說：「女強人應該都很寂寞。」

理事長把頭轉開，盯著電視不再說話。

阿樹見了也不再出聲。

忽然，理事長轉向阿樹：「是啊！我很寂寞。」

阿樹不知道該說什麼，抽了一口煙，「那回到臺灣叫我老婆給你介紹對象。」

「這幾天在北京我特別寂寞！」

幹！她是什麼意思？

理事長伸手過來把阿樹的酒杯滿上，然後坐到阿樹身邊，拿起阿樹的酒杯喝了一口，再慢慢地喂阿樹喝。

阿樹將酒吞下後，心裡對自己說：免錢的最貴，絕對不行！

理事長的眼睛綿綿地對著阿樹。

阿樹：「我是鄉下人，妳不會喜歡我的！」
「我欣賞有家庭的男人，有特別的味道，加上……才過去一段時間，你變得成熟、穩重了好多……」
「不太好啦！我們現在的關係是老板和員工。」
「只是在北京而已，沒人知道，回到臺灣你忙你的，我忙我的，跟平常一樣。」
理事長把自己襯衫扣子全解開，然後再喝了一口紅酒，含在嘴裡去餵阿樹，騎到阿樹身上，將阿樹的雙手放在自己胸脯……

一個小時候，兩人光著身子躺在床上抽煙。
理事長：「你什麼時候回臺灣？」
阿樹：「5號。」
「這麼快！難得來一趟，多待幾天吧，我們到處走走，當是放假好不好？」
「好啊！那……回到臺灣以後……」
「放心！這種關係只在大陸，回到臺灣你是老板，我是員工。」
「我是說……回到臺灣，叫我老婆給你介紹對象。」
「可以呀！」
「能不能問妳一件事？」
「你說。」
「妳當初跟阿標是怎麼搞上的？」
理事長笑笑，「他沒事老到廟裏找我，幾次以後，我知

道他要什麼,反正晚上我一個人也寂寞,就一起囉!」

「人家要妳就給啊?」

「開什麼玩笑!」

「還是妳喜歡我們這種本土味的?」

「我不是十幾歲的小女孩喜歡看外表,我欣賞做大事,做大生意的男人。臺灣的男人,通常外表越好看的越卒仔!」

「原來是這樣!」

第二天早上,阿樹叫保鏢先回臺灣,兩人包了一部車,逛了北京幾個觀光景點,不管到哪裡,兩人都是手挽手。

第三天,兩人上午10點到了拍賣場。

10點半拍賣會開始,等了一個小時,終於輪到夜明珠上場。

起價五千萬人民幣,每次舉牌是五百萬。

喊價到九千五百萬的時候,氣氛開始冷卻下來,

阿樹看向理事長,露出滿意的笑容。

「九千五百萬,第一次。」

「九千五百萬,第二次。」

阿樹正想舉牌,突然⋯

有人喊價:「一億。」

接著又有人喊出:「一億零五百萬。」

「一億一千萬。」

競標又開始熱烈起來,一直喊到一億八千萬還沒停。

「兩億。」

阿樹嘆了一口氣,輕輕地搖搖頭。

「兩億三千萬。」

這時氣氛再次冷卻下來,雖然競標還在繼續,可是喊價的節奏變得很慢。

「兩億五千萬。」

「兩億五千萬,還有沒有?」

「兩億五千五百萬。」

「兩億五千五百萬,第一次。」

「兩億五千五百萬,第二次。」

阿樹忽然舉牌,「兩億六千萬!」

「還有比兩億六千萬更多的嗎?」

「兩億六千萬,第一次。」

「兩億六千萬,第二次。」

又有人舉牌,競標人氣再度上升。

阿樹閉上眼嘆了一口氣,「幹!沒這些阿六仔有錢。」決定放棄。

夜明珠最後以三億七千萬成交。

阿樹牽上理事長的手離開拍賣場。

理事長看阿樹的眼神夾帶了幾分失落。

理事長:「怎麼說也做完一件事了!」

阿樹:「嗯。」

「那找個地方按摩,放鬆一下吧!」

阿樹看理事長說:「妳幫我按。」

理事長抱住阿樹整個手臂靠在他肩膀上，阿樹突然看到理事長的臉露出一絲稚氣宛如少女，這樣的神情阿樹從來沒見過，心中愣住。

　　「那你要做全套還是做半套？」理事長甜蜜地笑著說。

　　兩人上了計程車回到酒店，這一天沒再出過房門。

　　接連著三天，兩人像初戀一樣，到哪裏都是親親我我，有說不完的話，把夜明珠的事完全拋在腦後。

　　回臺灣前一天晚上，理事長在床上抱著阿樹，「我們再待幾天好不好？」

　　阿樹看著她雙眼好一會，「好。」

　　早上，兩人改了回程機票，在北京又待了三天。這三天酒店的客服員見到他們都說：「先生，太太你們好！」理事長歡喜得像一顆綻放的花朵。

　　兩人到了長城，在夕陽四下無人時，不自主地互相緊緊擁抱起來。

　　白天四處遊覽，晚上飲酒、做愛，平時有說不完的話，這樣子的時光一下子就過去。

　　上飛機的前一晚，理事長一邊打包行李，一邊擦掉眼角的淚水，不讓阿樹看到。

　　回臺灣的飛機上。

　　阿樹：「這次妳在北京的工作，該給妳多少錢？」

理事長：「不用了啦！」

「那怎麼行！」

「不要啦！」理事長臉色很難看，不爽得把頭轉向飛機窗外。

阿樹拿出支票簿，寫了一張50萬的支票給理事長。

理事長看都不看，把支票推回去給阿樹。

「妳先收起來，這我們事先說好的。」阿樹又把支票遞給理事長。

理事長氣得用手把支票撥開，大聲叫出來：「就跟你說不要了！」

飛機上的人都朝他們看過來，阿樹尷尬得把支票放進自己襯衫口袋。

飛機落地桃園機場，理事長依然看著飛機窗外，猶如迷失了魂魄。

兩人下飛機，坐車回到臺中，她都沒再看過阿樹一眼。

兩人一路上沒說幾句話。公司的車先到理事長家，理事長下車的時候，阿樹說：「早點休息，累的話明天不用去上班。」

「嗯。」理事長依然沒多話。阿樹從車上看理事長走進家門的背影，回到家以後一直坐不住，感覺自己的心好像沒跟著回來，胸口是空的。

半夜一點，阿樹從床上爬起來，摸黑走到客廳去抽煙。

沒多久，阿樹的老婆走進客廳，看阿樹一臉失落，「沒標到就沒標到，那麼多錢省下來也不是壞事！」

　　「嗯。」阿樹倒了一杯酒。

　　「別搞得太晚，快點進來睡，你坐了一天的飛機也夠累了！」

　　「嗯，我等一下就進去，妳先去睡！」

　　阿樹的老婆進房後，阿樹吸了一口濃煙，「唉，我這不是給自己找麻煩嗎？幹！」

兩個月後，廟裏開董事會，三個難兄難弟、理事長和一個秘書在會議廳裏，秘書站在會議桌旁報告這半年來廟裏的營業狀況。

「今年上半年度香油錢總額是九億六千五百三十萬三千一百二十五元，扣除雜費和開銷四百二十三萬兩千、還有我們給老人院和孤兒院的捐款三百五十萬、農曆年當天發出去給乞丐的所有紅包一共八萬元、交際費三百零四萬一千，淨餘額是……」

阿支：「交際費用到三百零四萬是怎麼花的？」

理事長：「和捐款人、市長、里長和幾個民意代表吃飯、打高爾夫球、唱歌的一些開銷。」

阿支微微點頭「嗯。」，表示理解。

秘書接著說：「廟的四周攤販越來越多，交通部和市長那邊有人來說過，已經嚴重造成交通不便，正考慮把攤販全部集中到廟的西面蓋一個夜市……」

秘書在做報告的時候，阿標的眼神一直盯著她的身材上下看，一直到秘書做完報告，阿標還一邊嚼著檳榔一邊盯著秘書的屁股，直到她走出會議室。

阿支看了不禁搖頭。

阿樹問理事長：「妳怎麼看攤販的問題？」

理事長：「攤販環繞著廟，廟的旺氣才會更旺，來上香的民眾會光顧攤販，來光顧攤販的民眾也會來上香，這是互利。市長要蓋夜市的地方是文昌路那一片空地，距離我們大約兩公里，當下的旺氣會被分散，所以夜市絕不能蓋。我們

可以組一個交通管理大隊,除了管理好交通,同時組織好攤販次序,把我們廟周圍的攤位有規劃性得延伸擴散,讓交通順暢。加上那些當官的想利用蓋夜市這個機會撈一筆,到時候偷工減料蓋得亂七八糟,反而連帶壞了我們的風水,所以夜市絕不能蓋。組織交通管理大隊的事讓我立刻去辦,一個禮拜內再找電視和報章雜誌記者來報導,說交通問題已經完全解決,讓交通部和市長沒話說,同時幫我們打了廣告。如果那些當官還是硬要蓋夜市,我就找市議員「釘」他們,這樣會比一一送紅打發他們還劃算。」

阿支:「還有其他的事嗎?」

理事長:「我們的廟越來越旺,參加活動的人也越來越多,尤其是最受歡迎的禪修班,每一期的課常常要加開,連候補人數都超額,我認為可以加蓋一個活動中心,除了可以增加禪修班課程,還有把報名率排名第二的義工團和時下最看好的托兒班也擴大。到時候寺廟加蓋一上新聞也等於是再一次的活廣告,我們要預備好更多百姓會上門。東南角外圍空地的面積很恰當,最好立刻買下來擴建,就算將來效用沒有預期的好,當作是地產投資也絕對不會虧本。」

阿支:「現在禪修班有多少人?」

理事長:「每天早上有270人,下午有120人,晚班最多,七點的有400多人,八點多600多人,九點的300多人,周末的時候是三倍。」

三兄弟聽了都嚇一跳!

理事長:「半公里外的協和停車場可是靠我們賺翻了!」

阿標：「要不要我們也蓋一個停車場？」

理事長：「我算過了，不合算。」

阿樹：「還是好好做宗教就好，賺得比較多。」

理事長笑了一下，「對！」

阿支：「我老婆前一陣子和里長的太太打牌，她說里長想安排我們廟裏的關公出巡到廈門，你們怎麼看？」

理事長：「我聽說過里長這個人，不到40歲，好大喜功，這麼做的話是可以為我們打廣告，不過里長他的身份跟我們不一樣；我們是和市長平起平坐的人，他一個小小里長還不夠格，除非他能給我們屬於我們級別的利益。至於打廣告，我們現在生意好到做不完，我看目前是不需要了，那不過是錦上添花。不知道董吔，你們怎麼看？」

三個人互相看了一下，阿標說：「都讓妳講完了，我們講什麼！」

理事長笑笑。

阿支：「那我就叫我老婆把她推了。」

阿標：「好啦！大致上看起來都不錯。有錢賺其他都是小事！」站起來準備散會。

理事長：「廟口有一攤四神湯很出名，可以去試試看！」

阿標：「哪一攤？」

理事長：「出去後右轉，靠牆第六攤。」

理事長送三個人朝著廟口走去。

阿支：「先去上香！」

大家輪流向三大尊神明都上了香才踏出廟口。

理事長送他們到廟口大門,「董吔,慢走!」

阿樹走了沒幾步,轉身回到廟內,「理事長!」把理事長叫住。

理事長回頭。

阿樹:「有空一起吃飯嗎?」

理事長淡淡笑了一下,「公事還是私事?」

阿樹沒說話。

理事長還是淡淡笑了一下說:「你要是讓我愛上你,我可不是那麼簡單就算了。」慢慢轉身走開。

廟口右轉,四神湯的攤子前,三個人每人都要了一碗。

「真香!」阿支說。

「有摻米酒!」阿標邊吃邊說。

吃完後三兄弟繞著廟的外圍走了一圈。

阿支:「理事長說的沒錯,若是把這些攤子都挪走,旺氣就沒了。」

阿標看到前面另一個攤子,「喂!去吃米糕啦!」

三個人又往前走,「還有捏麵人!」阿樹看了一旁的攤子說。

三個人站著吃著米糕。

阿支:「理事長實在是個人才,不如叫她去高雄再開一間,像開分店一樣。」

阿樹:「你想把她累死啊!」

阿標：「對啊！一間廟一年有十幾億，兩間下來不就有三、四十億！」

阿樹的臉色不太高興，「你們兩個越說越離譜！光是一間廟大大小小的事就一大堆了，再開一間，她有辦法兩頭跑嗎？」

阿支：「高雄的人口更多，要是做的起來，賺得應該也更多！」

阿樹：「這間她可以做得起來，靠的是她以往在臺中多年累積的人脈，要是去高雄的話就要重新開始，有那麼容易嗎？」

阿標：「臺灣每條路上大大小小的廟比7-11還多，老百姓對拜神就是熱衷又捨得花，下港人更是信這個，一定有得賺！」

「喂！我在講你們是都沒在聽啊！」阿樹嚴肅起來，「誰不知道有得賺，還得看有沒有這個腳莊，看人家願不願意這麼累！」

阿支：「不然問她看看啊！」

阿標：「對啊！給她問看看嘛。」

「你們兩個真是想錢想瘋了！」阿樹不理他們。

半夜2點。

阿樹又一個人在客廳裏抽煙，一根接著一根。

半夜3點多，老婆帶著睡意走出來，「怎麼又不睡？公司的事讓你這麼煩嗎？」

「沒有啦！我等一下就去睡。」阿樹說，「對了，妳看看妳朋友裏面有沒有認識單身的男性，介紹給理事長。」

「喔！我問看看。少抽點煙，快點進來睡。」

阿樹正在家裏一家人吃著晚飯。

　　阿支打電話來，「阿樹，在幹嘛？」

　　「吃飯啊！」

　　「阿標他老婆跑來我家。」

　　「又是怎麼了？」

　　「阿標在外面又養了一隻。」

　　「幹！又要我們擦屁股？」

　　老婆推了阿樹一下，小聲地說：「在孩子面前不要講這種話！」

　　「你吃飯了沒？」阿樹轉向電話說。

　　「吃了。」

　　「我還沒呢！我吃飽就過去。」

　　阿支小聲得說：「快點啦！她在這邊哭爸哭母，我快受不了了！」

　　「好啦！好啦！」把電話掛了。

　　老婆：「阿標又怎麼了？」

　　「又在外面亂來！」阿樹把碗裏的飯全部掃進嘴裏，站起來要走。

　　老婆：「喝一碗湯再走吧！有那麼急嗎？」

　　阿樹沒說話，一臉不耐煩，拿了車鑰匙就走出門。

　　一踏進阿支家門口，就看到阿標的老婆和上次一樣坐在客廳沙發同一個位子上，氣得兩行淚，嘴巴像機關槍似地掃射個不停。

阿樹：「阿標這次是又搞上誰了？」

阿標老婆破口大罵：「他公司裏的工讀生啦！才19歲，現在年輕人真是越來越不要臉，越來越厲害，要不是為了這個家，我早就走了，你看我為了這個家頭髮都白了……」

阿支輕嘆了一口氣，過來倒了一杯XO給阿樹，兩人邊喝邊聽她發洩。

這次阿樹很快就聽不下去，伸起手掌對著阿標的老婆一直晃要她先暫停一下，「阿滿，人年紀大了頭髮自然會白，每個人都一樣。阿標這種事情不停地發生，妳有檢討過妳自己嗎？」

「他每天在外面做什麼，我管得到嗎？我還有兩個孩子要看咧！」

阿樹一聽嗓門大起來，「妳兩個孩子有奶媽帶，家裏還有兩個印尼傭，妳每個月在外面刷卡可以刷掉一百多萬，妳知道阿標的個性，還不好好看住他，出了事就來這裏哭夭！」

阿標老婆一下變得很小聲：「他人在外面的時候，啊我是要怎麼管啦？」

「妳可以去公司看著他呀！在公司裏找個經理什麼的做，看住他呀！」

「那我就沒有自己的生活了，何況他公司的事我又不懂。」

「妳想要這個家又不去用腦筋經營，這次我和阿支再幫阿標擦一次屁股，那下一次呢？每一個家庭都有問題，我的家也有問題，難道我可以說我沒時間就不去面對嗎？我看妳

先想好將來要怎麼管好阿標,再想怎麼處理這次的事!」

阿樹口氣大得讓客廳一下鴉雀無聲。

幾分鐘後,阿樹:「我出去買包煙!」

阿支:「我這裏有。」

「我抽三五的啦!」阿樹說完走出去。

阿樹沒有買煙,他在外面走了一個多鐘頭,才走回阿支家。

阿樹進門後看不到阿標老婆,「她回去了?」口氣已經回復平靜。

阿支:「你真是夠兄弟!留我一個人在這裏接子彈。」

阿樹坐下,拿了桌上阿支的菸抽,「這次我不想管了。」

「你也別這樣!阿標再怎麼不對也是我們的兄弟。」

阿樹用力地吐了一口煙,「剛才說得怎麼樣?」

「和上次一樣,花錢啊!能怎麼樣?」

「那個女的沒懷孕吧?」

「三個月了!要拿掉也有點危險。」

「幹!阿標存心的是嗎?」

「我看有可能,他真的想在外面再養一個。」

「這件事你真的要再管?」

「阿標和阿滿都是我們一起從恆春出來的,可以不管嗎?」

「你要是阿標的話,有這種老婆你會想回家嗎?每天孩子不管,家裏不管,晚上回到家就是七嘴八舌講人家是非,跟人比有錢一直講不完,一點建設性的東西也沒有。」

「唉!我們鄉下的女人就是這樣了!」

「我們都搬來臺中30幾年了耶!」阿樹口氣又漸漸大起來,「穿金戴銀還是個鄉下婆,牛拖到北京還是牛!氣質改不掉,內心也起碼要成熟一點!」

阿支嘆了一口氣。

阿樹:「這次我不想管了!」給自己到了半杯XO一口氣喝下去。

阿支看了皺一下眉頭,「阿樹,你最近是不是有什麼心事?」

「哪有?」

「阿標的事我來處理就好了。」

阿樹又灌了半杯XO,然後站起來,「我回家了!」

「你喝得這麼快,能不能開車啊?再坐一會!」

「代舊捕啦!」走出大門。

禮拜天,阿樹和老婆、孩子出門吃飯,三個人在人潮擁擠的鬧區大街上。

阿樹透過路邊一家餐廳的櫥窗,看到裏面理事長和一個頭髮半白的男人一起用餐,兩人有說有笑,阿樹的心一下沈入深淵。

老婆:「你不舒服嗎?」

「啊!什麼?」

「你的臉色不太好,要不要回家?」

「沒事！」

「你最近是怎麼了？臉色常常不好看，話也變少了。」

「就跟妳說沒事咯！」阿樹不耐煩得說。

「是不是公司出了什麼事？」

「不要再問了好不好？」

一家三口進了一間廣東菜館，阿樹馬上點了一瓶金門高粱，還沒上菜就喝了半瓶，喝得滿臉通紅。

「爸，你怎麼喝這麼多酒？」

「你平常功課這麼忙，難得我們全家可以一起出來，我開心嘛！」

阿樹帶著三分醉意把手放到餐桌下，伸進老婆的裙子裏，老婆立刻用力在他大腿上掐了一下，「你在幹什麼？這裏是外面，你喝醉了是不是？」

阿樹：「妳今天穿的好性感，我忍不住。」

「你就給我卡三八勒！」老婆瞪著阿樹說。

阿樹在公司自己的辦公室裏。

一下子翻公文，一下子站起來走動，一下子看著窗外。

終於，拿起椅背上的外套，走出了公司。

阿樹來到廟裏，直接進了理事長辦公室。

理事長一愣，「吳董，這麼早就來了！」，拿起桌上的電話撥給外面的秘書，「拿兩杯咖啡進來。」

兩人坐到沙發上，理事長：「什麼事？吳董。」

「妳和那個大學教授進展的怎麼樣？」阿樹說。

理事長的眼睛眨了一下，「還可以呀！」

「他是教政治的，應該很有話聊！」

秘書端進來兩杯咖啡然後走出辦公室，理事長走到門口把門帶上。

阿樹慢慢走到理事長面前，說：「我想妳！」

「你在搞什麼？給我介紹對象現在跟我說這個！」

「我想把妳放下，可是放不下。」

「再忍一忍，時間久一點就放下了！」

「我不想再忍了！」

「你喝酒了是不是？」

「跟這個沒關系。」

「我說過，你要是讓我愛上你，我不會那麼簡單就算了！」認真得看著阿樹。

阿樹深深地看著理事長，然後抱住她。

廟附近的一家汽車旅館。

阿樹和理事長赤裸在床上互相摟著。

阿樹：「那個大學教授人怎麼樣？」

理事長：「虛有其表，自命不凡，以為政治就是讀讀書，看看新聞，嘴巴說說就算了。」

「床上呢？」

「哼！讀書人……」理事長口氣不屑，「就只會那兩

下。」

「那妳還和他一直交？」

「無聊啊！起碼有人可以說話，不會一直想你，想得心情越來越不好。」

「那為什麼不打電話給我？」

「因為我做事一向憑理智。」

「那妳還接受我？」

理事長點菸吸了一口，說：「因為我不知道你是不是也想我，我以為大陸回來，我們就應該把關系厘清了。」慢慢嘆了一口氣，「原來兩個人都裝得這麼辛苦。」

「我沒打算離婚。」

「我不會要你離婚。」

「我大部份時間都要回家過夜。」

「可以。」

「妳受得了？」

「我說可以就可以。」

「那就跟大學教授分手吧！」

「好啊！」理事長一口煙用力地吐出來。

「金蘭，我對不起妳！」

「省省吧！時間一過我們很快就老了，抓緊時間愛吧！」

半夜，阿樹從理事長住處開車回家，壓抑已久的難受已經在內心散去，但卻籠罩了另一種困擾。

對這種困擾,他並沒有答案。

阿樹和阿支在一間日本料理店吃中飯。

「阿支,我想阿標既然這麼想要再生一個,我們還是先和他談一下再看看怎麼做。上次他那一隻把孩子拿掉以後,他有一個月沒出現,聽他老婆說,那陣子他每天喝到醉得不省人事,我看他是真的難過,並不是貪玩而已。」

「和他談?你知道他的個性,怎麼談?」

「我們說我們該說的,這樣就夠了。」

「那阿滿怎麼辦?他和阿標一樣,也是和我們從小一起長大的。」

「你覺得阿標和阿滿現在在一起開心嗎?時間久了,事情和人都會變的!」

「那他們的孩子怎麼辦?」

阿樹說不出話。

過了一會,阿樹才說:「阿標老是在外面找小姨,阿滿老是在外面打牌、逛街,兩個孩子跟孤兒一樣。」

「也不能這麼說,起碼孩子們還看得到父母,不好是不好,還沒差到那個程度!」阿支喝了一口清酒,「阿樹,我覺得你最近不一樣!」

阿樹看了阿支一下。

阿支再說,「你最近到底是什麼事啊?」

阿樹看著阿支,想跟眼前的好兄弟說出口,可是⋯⋯算

了！阿標的事已經夠煩了，說出來又多一件煩人的事，「晚點再告訴你吧！」

「我就知道你有事！等你想說的時候再說。」

阿樹吃了幾口飯，把筷子放下，「阿支，你想我們賺那麼多錢為的是什麼？有時候我真的想，當初如果大家留在恆春，安安逸逸，無憂無慮的話有多好。沒到臺中的話，每個人都不會變，大家快快樂樂的，雖然錢賺的比較少，不過日子一定比現在好。」

「你是怎麼了？變成了哲學家。」阿支笑了一下說，「想要回恆春，隨時都可以回去。」

「說得輕鬆！這麼多生意在這裡，孩子又在這邊讀書，說走就走嗎？」

「為什麼不行？想通了，放下了，就可以啦！」

「我沒你那麼高的境界！」

「話說回來，跟阿標談過以後接下來怎麼辦？」阿支說。

「如果他那麼想要再生個孩子，就讓他生吧！」

「你瘋了！孩子生下來，整個情況都變了，阿滿呢？他兩個孩子呢？整個都亂了！」

「你想，如果這次再把孩子拿掉，阿標就不會在外面亂搞了嗎？」

阿支看著阿樹。

阿樹再說，「大家都是身家過億的人，來到都市這麼多年了，只有阿滿像依然還活在鄉下，一點成長都沒有，阿標要怎麼跟這種人生活？講的都是明星、名牌、批評鄰居的

事，想的只有怎麼跟朋友比來比去。阿標這麼豬哥，誰造成的？」

「難道要他們離婚嗎？」

「勸合不勸離，不過讓阿標去追求他要的幸福吧！大某、小姨好好的安排就好了，不要把阿滿冷落就行了。」

「你這是什麼話！不對的事就是不對，怎麼可以讓不對的事變成對呢？」

「對的事只是一個理想和目標，每個人的命不一樣，盡力就好了。」

「既然我們已經討論出問題是在阿滿，我們可以勸阿滿好好改變自己，讓自己成長來挽回這個家庭，她要是不願意或是做不到再說吧！」

「來得及嗎？小隻的孩子都三個月了！有些是可以挽回，有些是不行的。這次再把孩子拿掉，再一次的傷害，阿標一定會出事。阿標是豬哥，但不是傻瓜，到時候他可能會和阿滿離婚，和我們兩個兄弟都撕破臉！」

阿支臉色很沈重。

阿樹：「面對現實吧！不然就不要管，免得傷了兄弟間的感情。」

阿支想了很久，「我⋯⋯先再和阿標談談，看怎麼樣再說！」

兩兄弟約了阿標下班後在『風禾』臺菜館。

阿標精神氣爽地走進貴賓房，看到阿樹和阿支都已經到

了,「喝什麼?」

阿支:「等一下再點酒,有事和你商量一下,先點菜就好。」

阿標坐下來,開心得點了幾道菜。

阿支:「阿標,今天我們三兄弟說的話,在這裏說完就完了,你不要記恨,也不要對任何人追究,好嗎?」

阿標:「什麼事啊!這麼嚴重。」

阿樹:「阿標,看在兄弟情份上,你就先答應了!」

阿標看著阿樹和阿支。

阿支:「你就不要猜了!我們會害你嗎?」

「好!我答應你們。」

阿樹:「阿標,記得阿滿跟我們一起在恆春長大,接著我們四個再一起到高雄讀書,那時候大家還一起追阿滿,可是都沒傷過三兄弟之間的和氣。後來你追到阿滿,還跟她結婚,我和阿支都很心痛,可是也不曾傷過大家之間的感情;大家再一起來到臺中,阿支和我都還能和阿滿無話不談,經過這麼多年,現在這個年紀回頭看,覺得真是太難得了!」

阿支:「前幾天阿滿來我家,我把阿樹也叫來,她說你在外面有小姨,還有三個月身孕了,希望我們能夠幫忙挽回你們的婚姻。大家都是成年人了,不用大小聲,說清楚就好,如果能有辦法讓你和阿滿都滿意,那是最好。過了這麼多年,人都會變,你、我、阿樹、阿滿、也不是以前在恆春時候的我們,我知道你和阿滿在一起生活得很辛苦,不過畢竟夫妻一場,要怎麼處理比較好,不知道你有沒有想過?」

這時候服務生上菜,大家都沒說話。

等服務生走了,阿樹再說:「你和阿滿大家都是好兄弟、好兄妹,在恆春,在臺中我們都是最親的,我們想知道你是怎麼想?」

阿標想了一下,沒說話,拿起碗筷開始默默得吃飯。

大家這麼多年的兄弟,都有默契,也拿起碗筷吃起飯,如果吃完飯,阿標還是不說,那也不會再問。

貴賓房裏只有湯匙、碗筷碰撞的聲音,吃完飯,上了水果,大家互相點煙抽。

阿標開口:「我知道我對不起阿滿,我至少在金錢上不會虧待她,我真的喜歡這個女孩子,我希望把孩子留下來。」

阿支點頭,表示理解,「只要你清楚自己不是一時衝動就好,那孩子生下來後,阿滿這邊你怎麼打算?」

阿標:「我不想想那麼多,阿滿會鬧到什麼地步,我也想不到!」

阿樹:「凡事都要做最壞打算,既然所有的錢都是阿滿在管,我想你明天馬上去開另外一個戶頭,今後的薪水都改存到那個戶頭裏。」

阿標點頭。

阿樹再說:「你也要有心理準備,萬一這隻小的將來跟你要名份,換她跟你鬧得沒完沒了,你也受不了!」

阿標:「這個我想過了,必要時就跟阿滿離!所有存款、股票、不動產全部給阿滿都可以。」

阿支:「有沒有可能你和阿滿和好?把孩子拿掉,給這

個女孩子一筆補償費,回家好好過正常的婚姻生活?」

阿標搖搖頭:「不可能,這個婚姻我過得不開心。」

阿支:「你願意想辦法補救和阿滿的婚姻嗎?」

阿標看了阿支好久,才說:「那是一種責任,沒有感情。」

阿樹:「既然阿標已經想得很清楚,我們就看下一步吧!」

阿支:「你現在兩個孩子怎麼辦?他們在沒有父愛的生活中。」

「只好盡量抽時間去看他們了,說不定那個時候反而看孩子的時間會比現在多一點。」阿標笑出了無奈。

阿支:「如果阿滿不願意離婚呢?」

「不是不可能,到時候該怎麼做就怎麼做吧!」阿標說,「我和這個女的在一起才感到開心,才感覺得到生命。」

阿樹:「我想你盡量按捺阿滿,不要和她撕破臉,事情才好辦!」

「我寧願放棄全部財產,多拿的算我賺到。」

阿樹:「你有這麼想就好了。」

阿支:「我希望你知道一件事,這件事是你不對!」

阿標抽了一口菸,嘆出一口氣,「我知道!」

阿樹:「好啦!既然都想好了,雖然結果不是我們想看到的,但是大家能夠冷靜處理,那是最好的,做兄弟的一定會挺你。」

阿支家的客廳裏。

坐著阿支兩口子，阿樹兩口子，阿滿。

阿樹：「我和阿支找不到那個女的，我們找了阿標談，可是他聽不進去。阿滿，真對不起！」

阿滿聽了馬上放聲大哭，哭得像孩子一樣，不用手擦臉，也不拿紙擦淚，有時候還氣得大力跺腳。

阿支看了立刻再把XO拿出來，和阿樹立刻一人喝了半杯，準備接阿滿的子彈。

阿支老婆坐到她身邊，用手去拍她的背安慰她，馬上被她甩開。

阿樹受不了她的哭聲，走到一旁飯廳去。

阿支看了一下牆上的時鐘，阿滿哭了有20分鐘了，自己也受不了了，也走到飯廳去和阿樹坐在餐桌旁抽起煙，忍受著哭聲。

30分鐘過去了，阿支也實在煩了，走回客廳，大聲得說：「好了！阿滿，哭可以解決事情嗎？別再哭了！」

沒有用，於是再走回飯廳去。

一個小時過去，哭聲小了一點。

阿支再走回客廳說：「別再哭了！現在大家想想，接下來要怎麼辦？」轉向飯廳，大叫：「阿樹，過來啦！」

阿樹放下報紙，走到客廳，「哭完了沒有，哭完了我們

就來討論一下接下來該怎麼辦。」

阿滿不停地啜泣。

阿樹再說：「事情變這樣了，阿滿，妳要好好安排一下，接下來的生活和孩子要怎麼過？」

阿滿又大聲再哭起來，「我不要，我不要，我不要啦！」兩只腳不停地往前踢。

阿樹一看，「幹！又來了。」

阿支大聲吼出來：「阿滿，夠了！」

阿滿這時才把自己的哭聲壓下來。

「阿滿！」阿樹說，「妳要是哭個不停，我們怎麼幫妳？」

阿滿哭聲變得比較小，「我不要阿標娶小姨，我不要和別人公家用啦！」

阿樹：「阿滿，事情變成這樣，說誰對誰不對已經沒必要了，我知道妳想和上次一樣花錢了事，但是現在事情已經沒辦法像上次這麼處理了。」

阿滿一下衝出口：「我和阿標講，我會改，今後孩子自己帶，不再打牌、不再逛街亂花錢。」

阿支：「阿滿，妳知不知道，其實這些都不是最重要的。」

阿滿一頭霧水看向阿支。

阿支：「阿標每天下班回家的時候，你們兩個人都在做什麼？你們之間談的是什麼？你們心靈有溝通嗎？你們兩個人年紀一天一天的老去，你們有一起成長嗎？」

阿滿：「我講話的時候他都會聽啊！」

阿支：「你們說話的內容有共同點嗎？阿標會跟妳一起聊嗎？還是只有妳一個人不停地在講？每次大家聚在一起的時候，我聽妳說的都是明星、名牌、誰穿的衣服好看、誰家有錢，除了這些，妳能說點別的嗎？這些阿標愛聽嗎？妳有沒有聽阿標說話？還是都是妳一個人在講？妳有沒有想過阿標喜歡聊什麼？阿標喜歡做什麼？妳是活在一個家庭裏還是活在妳自己一個人的自我世界裏？」

阿滿聽完又哭起來，可是這次卻哭得很淒涼，已經不再大吵大鬧。

阿樹：「好了，現在不是說這個的時候了。」

阿滿滿臉淚水，「你幫我跟阿標講啦，我會改啦！」

阿支低下頭，非常得心酸。

人總是在不能補救的時候，才願意看到該看到的事。

兩個禮拜後，阿標另外買了房子和小姨搬進去住，每個禮拜回家一次和全家人出去吃飯，不願回家裏吃。

阿滿開始對待阿標百般溫柔，縱然嘴裏不再說事道非，不再說明星、名牌，一心期待阿標能夠回家，可是時間一直如流水地在眼前流過，唯一不一樣的只有兩個孩子越來越大，而自己越來越老，老得好快，老得整個人如同迷失。

一年一年地過去，阿樹鰻魚的生意霸佔整個臺灣中、南

部。臺北、日本與韓國的海產餐廳，罐頭工廠，持續找上門，供不應求，養鰻場不得不斷擴張。寺廟那邊，理事長幫他經營得香火旺盛，開業至今累積的香油錢突破40億。阿樹原本從臺灣富豪排名第157，在短短十年內，幾乎要擠進前30，照這個局勢下去，阿樹將會成為影響臺灣經濟的主要企業家之一。

　　阿樹兩鬢的白髮漸漸多起來，也開始戴起老花眼鏡，時不時會拿起放在客廳的青蛇劍，細心地擦拭，再將它小心地放回去。對於同時要應付屋裏屋外兩個女人，內心常常感到非常疲憊。

　　晚上，將近11點。
　　阿樹在客廳的沙發上仰頭睡著。
　　老婆走到客廳把電視關上，再把阿樹輕輕地搖醒：「阿樹！阿樹！進來房裏睡。」
　　阿樹醒來，眼睛還睜不開，老婆扶著他走進睡房，幫他把身上的衣服換成睡衣，「去刷牙。」
　　「不刷了。」阿樹躺下床。
　　「兒子說工作做得不開心想要去美國讀書……」老婆看阿樹已經睡著，便沒再出聲，將床頭燈熄滅。
　　過兩分鐘，床頭燈又被老婆打開，她下床走出房間，沒多久手裏拿了一杯溫開水走進來，把阿樹叫醒，「阿樹，起來，你忘了吃藥。」
　　「唉……！一天不吃不會死啦！我都已經睡了……」阿樹不想理。

老婆走到阿樹身邊,「來,一下子就好了!」
阿樹不情願得被老婆扶起來,把藥吞了再躺下去。
睡房的燈再次熄滅。

早上,吃了稀飯後正要出門。
老婆端出一碗黑色的中藥湯,「來,把它喝下去。」
「這是什麼?」阿樹聞了一陣苦澀。
「你不要問了,有好沒壞!」
阿樹心中很排斥,「到底是什麼東西?」
「補中氣的啦!」
「補中氣?」
「對啦!」
阿樹皺上眉頭,老婆把中藥推到他嘴前,盯著他一口氣喝完。

晚上8點多,阿樹坐在客廳看報紙,覺得身體反應很奇怪,轉頭問老婆:「妳早上給我喝的到底是什麼?」
「補中氣呀!」
「補中氣!還有呢?」
「加了一點額外的啦!」
「額外的……」
「怎麼樣?有反應了?」
阿樹臉色不太自然,盯著老婆。

老婆笑得像小偷一樣,「才八點……這麼快!嘻嘻!」

「妳早上怎麼沒講?」

「呀!這種事怎麼好講。」老婆有點害羞起來。

「我明天還要上班,妳搞這個!」

「不會啦,還有補中氣,沒事的啦!」

阿樹一臉委屈,「亂來呀妳!」

老婆:「走啦!去樓上。」

「幹什麼?」

「不然等一下藥效過了就浪費了!」

「什麼!」阿樹大聲起來。

「我們快一年沒有了。」

「啊!」阿樹眼睛張得更大。

「快走啦!」

「孩子都還沒睡……」

「不會啦!門關起來聽不到啦。」

「聽不到?我會被妳整死啊妳!加了這種東西也不講!」

老婆過來拉阿樹的手,「走啦!」

「幹什麼啦?」阿樹一臉不情願,「不要不行嗎?」

「錢都花了不要浪費!中藥店老板說只有一個半鐘頭。」老婆把阿樹從沙發上拉起來。

「什麼!一個半鐘頭,妳是想把這過去一年份都做完啊?這樣會死人的!」阿樹往後退了一步,馬上又被老婆拉住拖向樓上臥房……

周末，在理事長的公寓裏。

聽著電視綜藝節目裏的臺灣老歌和主持人風趣的笑話，身邊撫媚又豐滿的小三，炒了兩個小菜再擺了高檔的洋酒在你面前，然後緊身貼著你，夫復何求，皇帝不過如此！可是阿樹開始無語……

「來！這個我泡的中藥酒你先喝一口。」理事長說。

「什麼中藥酒啊！」阿樹直盯著理事長說。

「有鹿茸，海馬一對，還有響尾蛇。」

「響尾蛇？」

「嗯，中藥店老板說這樣會比較快。」

「比較快！」阿樹語調高了起來，「有多快？」

「哎呀！你現在進入狀態越來越慢了！」

「啊！」阿樹睜大眼看著理事長，「昨天晚上已經被妳搞了兩次了妳還要？這種本來很美好的事現在被妳搞得很反感……妳休息一下嘛！」

「哎呀！你先喝了再說嘛。」

「不是啊！我都快60了，你也讓我休……」，阿樹根本沒有機會講完話，理事長硬把一整杯中藥酒灌到阿樹嘴裏。

喝完以後，阿樹一臉臭，「幹！把你爸當成豬公在用！」

阿樹一身悶氣，看著電視不說話。

理事長：「你現在是對我玩膩了嗎？」

「沒有啊！只是覺得年紀越來越大，身體很容易累。」

「累呀，那就進去睡一下囉！」理事長眼神併出激情的火花。

阿樹馬上說：「幹嘛要進去？在這邊看電視好好的。」
「累了就進去休息一下嘛！」
「不要啦！我不累了。」
「不累就進去辦事嘛！」
「妳…！」
阿樹被理事長硬拉進臥房，「我真的很累了！」
「累就要好好休息嘛！進來我幫你按摩。」
「不要啦！」阿樹臉色越來越難看。

　　阿樹躺在床上四肢大開，雙手緊握拳，咬牙，理事長騎在阿樹身上越動越快，阿樹表情像是抽筋，眼神發直。
　　「啊唷～～！」理事長一聲長叫後，全身放軟攤在阿樹身上，美滿地說：「不貴！這種加拿大進口的鹿茸一點都不貴！」

　　兩個家兩頭跑，阿樹有時候累到心力交瘁，大頭小頭都在痛，在公司抽屜裏放了一瓶止痛藥，一大早到公司就先吃兩粒。
　　時間久了，公司成了阿樹的避難所，常常不想下班，看到桌上的時鐘，要是到了下班的時間，就會深深地嘆一口氣。
　　漸漸，阿樹的背駝了，臉上的皺紋是疲憊牽帶出來的憔悴，縱然生意越做越大，錢賺的越來越多，可是整個人不見昔日的意氣風彩。
　　阿樹養鰻場的公司來了一個新的秘書，剛剛從國外回

來，才32歲，氣質好個性也開朗，像老外一樣常常有著燦爛的笑容，阿樹看到她的時候總是心情會很好，最要命的是她一身青春甜美的氣息。每當她報告完事項走出阿樹的辦公室，阿樹先被他陽光笑容搞得雀上心頭，再看她轉身離去妙曼的細腰與豐滿的桃臀。

「不錯，不錯，真是不錯！讓我快六十了還可以有美好又喜悅的遐想；美好的一天，全靠美好的開始！」

阿樹開始假公濟私，要秘書和他出去辦公，中飯時間一起到有氣氛的餐廳吃飯。

唉！真是沒體力了，不然把她也「好勢」！

有時候阿樹和她吃中飯時會聊一些公司以外的事。

「在美國的時候住哪裏？」

「住在加州。」

「怎麼想要回來？」

「美國越來越難找工作。」

「年紀不小了，怎麼還沒結婚？」

「不想結，結婚事情太多。」

阿樹笑了一下，「現代新女性！有男朋友嗎？」

「有。」

「那還是要結啊！」

「我才不管人家怎麼想，我在臺灣沒什麼朋友，上班的時候只做我的事，下班了就過自己的生活，別人講當他們三八就好了。」

「別人會把妳當怪物！」阿樹又笑了一下，「男朋友在

做什麼？」

「搞金融的。」

「現在金融不景氣，他壓力不小喔！」

「還好吧！我不過問他工作的事。」

「那怎麼行，要關心一下嘛！」

「我們不會太久的！」

「為什麼？」

「他不會玩，我喜歡會玩的人。」

阿樹愣一下，「玩什麼？」

「什麼都玩。」

「回來臺灣了，覺得跟國外有什麼不一樣？」

「臺灣越來越漂亮！國外似乎已經發展到了極限，經濟、文化都是。」

「臺灣和美國一樣，一直在前進，在變化。喜歡臺灣的人嗎？」

「還不是很習慣。」

「四年了，還不習慣？」

「臺灣人喜歡崇洋、哈日、哈韓、學的又不像，只有皮毛，變得不三不四，還不如活出自己的臺灣味，比較有風格。」

「妳不會覺得臺灣味太土？」

「為什麼說自己土呢？那是原味。如果你到東南亞去旅遊，會想看到他們當地的風情特色，還是想看到他們崇洋追求西化的那一面？我最討厭的就是在臺灣看到人說中文夾英

文，不倫不類，像吳董你這樣的人才讓我欣賞。」

「我都50幾了，妳還欣賞！」

「你有原味嘛！我喜歡真實自然的人。」

阿樹對這一個有個性的秘書笑笑。

「妳最想做的是什麼？」

「不管做什麼，要做得成功，要有一輛跑車。」

「那不難嘛！」

「吳董，你生意做這麼大當然不難，等我們做成功，買得起跑車的時候不知道要多少年？」

「說不定碰到一個有錢的男朋友，就可以幫妳成功買一部跑車給妳了。」

「那也要有命碰得到呀！」

「那就看妳挑不挑了？」

「男朋友就一定要挑，不是男朋友就不用挑。」

「不是男朋友那是什麼？」

「普通朋友。」

「普通朋友幫妳成功，買一部跑車給妳就不用挑？」

「是啊！」

「那讓妳做經理，給妳一部跑車好嗎？」阿樹對秘書輕佻地說。

秘書想了一下，「公司不能有兩個經理，跑車要保時捷的。」

阿樹笑了一下，很快說：「那都不是問題！」

「那……等一下就去看車！」

「好。」

兩個人當天下午就去保時捷經銷商訂了一輛敞篷的紅色跑車，付了訂金。

回到公司，阿樹在秘書面前把經理叫到他的辦公室，宣布把他調到日本去負責東京的客戶，下個月初就動身。

等經理出了辦公室，阿樹慢慢走到秘書身邊摟住她的腰，往她脖子親下去，整個人慢慢地火熱起來，被秘書輕輕得推開，「吳董～！」秘書發嗲得說，「我們等全部兌現了再開始嘛！這樣對雙方都好，免得有變卦。」說完從阿樹的懷抱退開走出了辦公室。阿樹看著她緊繃的屁股不斷晃動得扭出門口，差點受不了撲了上去！

從此阿樹的生活又有了活力，有了朝氣，內心愉悅，雄性激素不斷上升，事業也忙得充沛，整個脊椎似乎都變直了，連丟檳榔進嘴裏的派頭都氣勢凌人。

理事長：「你今天的氣色不錯，好像心情也不錯！」

阿樹：「走，我們出去走走透透氣！」

理事長抱住阿樹的手臂，把頭依靠在他肩膀上，「看到你這樣我也開心，你以前老是悶悶不樂得縮在屋子裏，讓人看了心情多不好！」

當晚在外面吃完飯，還去看了一場電影，晚上理事長要做，阿樹整個人又黯然起來，理事長做起這種事可是什麼都不管，不到黃河心不死。做完了之後，阿樹又是一臉無可奈

何，像是自尊被沒收了一樣，在床上把身體轉向一邊，心裏想著，等跑車一到，等經理一調開，一切都會美好起來的！陷入美好的睡夢中，臉上再度流露出了笑容，滿足的笑容。

原來心中有盼望可以化成一股強大的力量！任何事都不會成為阿樹的困擾，一切苦惱都能迎刃而解，一切變得樂觀積極。

到了月底，秘書上任總經理職位。一個月後保時捷從德國運到了臺中。阿樹和秘書一起去提車，車子在臺中市兜了一圈後就開進一間五星級酒店。

早上，新晉升的女經理進了吳董辦公室，吳董吞了一粒藥丸下去，辦公室的門總是要鎖上好一陣子，等女經理出來的時候，門才會再度敞開。

星期六下午，阿樹在家睡午覺。

老婆進臥房將阿樹搖醒，「阿樹啊！公司的副理打電話來說有要緊的事，你要不要接？」

阿樹從床上坐起來接過電話，「喂！」

「吳董！我是陳副理。」口氣有點緊張。

「什麼事啊？」

「經理她出車禍死了！」

「啊！什麼？」阿樹以為自己剛睡醒沒聽清楚。

「經理她出車禍死了！她今天早上沒來上班，我整個早

上打她的手機要跟她談韓國客戶訂單的事，手機都關機。剛剛打到她家，她男朋友接的電話，說她昨天晚上在高速公路上撞死了。」

　　阿樹越聽臉色越難看，昨天大白天還幹得她哇哇叫……
　　副理在電話中：「吳董！吳董……」
　　阿樹愣了有半分鐘，「你暫時接手經理的事務，其他的事禮拜一我到公司了再說。」掛掉電話。
　　阿樹走進洗手間，用冷水洗了臉，再走到樓下客廳坐在沙發上抽煙。
　　擡頭看到掛在電視機上的青蛇劍，心裏突然有好多連想，背脊湧出一陣陰涼，起了一身雞皮疙瘩。立刻站起來去倒了一杯烈酒一口喝掉，走出大門雙手插在口袋裏，在社區裏漫無目的得遊走。

　　兩個小時候阿樹回到家裏，臉色好了一些。
　　老婆：「出去怎麼也不說一聲，找不到你人！公司出了什麼事？」
　　阿樹：「公司的經理出車禍死了！」
　　老婆嚇一跳，「怎麼會這樣！」
　　阿樹又看了掛在牆上的青蛇劍一眼，立刻咽下口水，走到玻璃櫃裏拿出洋酒，又喝掉了一杯。

　　禮拜一早上進了公司。
　　副理走進阿樹的辦公室，看到阿樹的臉色沈重。

「經理她出車禍是怎麼回事？」阿樹說。

「她開著新買的跑車，晚上超速撞上安全島，當場死了！」

「有喝酒嗎？」

「沒有，她男朋友說沒有。」

阿樹心裏非常的難過，「怎麼會撞得這麼嚴重！」

「吳董……」副理看著阿樹，似乎有些話不知道怎麼說。

「還有什麼事？」

「我……我為了接手經理她手頭上的工作，今天一大早去查她的電腦和整理她的抽屜，我發現經理她……」

「什麼事？」

「有很多賬不清楚？」

「什麼意思？」

「有很多筆賬……都少了，數目從幾十萬到幾百萬的都有。」

「拿來給我看。」

副理把證據拿進來給阿樹看，副理沒說謊，阿樹越看臉色越蒼白，看完了後整個人發軟貼在椅子上，「果然是……青─蛇─劍！」

副理：「吳董，您說什麼賒借？」

「沒事了！你先出去。」

這麼多年了，青蛇劍的法力還在，還是這麼得強大，任何破壞我大業的人都必須鏟除！猶如明朝官場的殘酷，異己

的下場就是殺頭!

　　阿樹內心感到深深的恐懼。
　　他衝回家,在床上用棉被裹住全身,要老婆緊緊得抱住自己,不鬆手地緊抱住自己。
　　慘劇發生在你不熟的人身上,不會有感覺;發生在你親近的人身上,心中才會有深切的恐懼!

阿樹想：自己年輕的時候走衰運，衰到不能再衰，得到青蛇劍之後，在短短的時間內一下鹹魚翻身！做什麼賺什麼，到今天都沒碰過什麼阻礙。青蛇劍既然有護主的法力可以幫我排除阻礙，鏟除異己，保我青雲直上，要不我就放手一搏，把事業再擴大，看青蛇劍的力量可以幫我衝上什麼程度，看我人生的極限可以衝得多遠。

在理事長家。
阿樹對理事長說：「金蘭，妳想現在在台灣做什麼最賺？」

理事長：「太多了！看你的目的是什麼，是要賺得多，要做得大，還是要名氣？怎麼，想要再投資啊？」

「只是想想。」

「就把你的電腦公司做大嘛！已經有一點基礎了，和臺灣幾家大的拼看看。」

「妳認為拼得過嗎？」

「花重金找科技人才，帶領臺灣人和世界走在電腦科技的尖端，像微軟和蘋果一樣在世界的電腦界中三分天下，進去和他們拼一席之地。」

「比唱得還好聽！他們做了一輩子了才有今天的成果，我這個門外漢半路殺出來和他們搶地盤？」

「這是目標，先把臺灣這個電子產業的小島拿下來，就等於是半個亞洲的天下了！」

「電子界我畢竟是生手，其他的行業呢？」

「若是要做你熟悉的，就做海產外銷，現在多少外銷的海產都是罐頭和冷凍包裝，供不應求。我在加州的朋友說亞洲人的超市裏常常缺貨，上架的有臺灣、越南、韓國的冷凍食品，但都因為缺貨而做不大。在美國比較有名的臺灣食品公司是味全和義美，他們的餃子和包子都已經在美國當地設廠，供應當地的銷售。你對海產有經驗，好好計劃看怎麼樣把它銷售到美國和歐洲，做到像麥當勞一樣家喻戶曉。」

阿樹點頭，「這個倒是可以考慮，那妳幫不幫我？」

「那就看你怎麼對我咯！」

阿樹握住她的手說：「還要我怎麼對妳，都讓妳擠得剩肉乾了！」

「哼！還不知道是誰搞的？」

一個禮拜後，理事長拿出一個檔案夾給阿樹。

「這是什麼？」阿樹戴上老花眼睛，翻開檔案夾，裏面有臺灣、美國、歐洲超市裏海鮮食品的調查報告，每年四季不同的銷售量以及品牌⋯⋯等等。」

阿樹吃驚地看向理事長。

理事長：「我已經跟美國、法國、德國、意大利各個國家訂購了銷售量排前三名的牌子，各訂了一打，兩個禮拜內應該都會寄到，到時候看看他們各國人的口味有什麼不一樣。我算過了，設廠的話不能在臺灣，一定要去大陸、越南或是菲律賓，否則這麼大的人工量在臺灣做不合算。在大陸設廠人事太復雜，越南現在已經有太多外商入駐，很快會和

大陸一樣,菲律賓政治局勢太不穩定,今天開明天可能就停頓。」

阿樹:「那要去哪裏?」

「泰國。」

「泰國?」

「亞洲金融風暴後,泰國還長期處於低靡狀態,失業率高,什麼都便宜,泰國的不穩定大部份是外來的,不是他們內部的問題,加上泰國百分之八十六的人受佛教影響頗大,當下的亞洲中算是局勢比較穩定的國家。」

「印象裏泰國每隔一陣子都有政變啊!」

「沒錯,可是觀察他們以往的政變,老百姓很少受到牽扯,大多是他們國防部裏權勢之間得對立,軍隊與軍隊之間的爭戰,住家和店家很少受到傷害。政局亂,國家沒亂。」

阿樹想了整整三個晚上後,約了阿支和阿標吃飯,準備邀兩個兄弟一起投資在泰國開海鮮工廠。

阿樹和阿支在餐廳等了半個小時,阿支就開始打阿標的手機,一個小時過去阿標還是沒接,「幹你老的!等得我肚子都餓了。」

阿樹:「點菜了啦!不必再等了。」

阿樹吃完飯叫買單後,「你爸今天再打最後一次!」撥了阿標的手機。

阿標手機通了,是阿滿的聲音,「喂!」

阿樹有些意外,難道阿標回去和阿滿和好了?「阿滿,

你跟阿標在一起啊？我跟阿支在餐廳等他談生意，都等了一個多小時了，他是在搞什麼？」阿樹聽阿滿講了幾句話，馬上變了臉色，「什麼？……在……在哪裏？」阿樹把電話掛掉，一臉茫然。

阿支：「他到底在哪裏啊？」

阿樹看著阿支慢慢說：「阿標死了！」

「啊？」阿支以為自己聽錯，「你是在說什麼？」

「阿滿說阿標死了，現在在綜合醫院。」阿樹說。

兩個人這麼對看著，說不出話。

「先生，謝謝你！一共230元」服務生過來，打破了沈默。

阿樹付了錢，兩人各自開車趕到綜合醫院。

阿滿和阿標的小姨都哭腫了眼坐在急診室外面。

阿支：「阿標呢？」

阿滿：「推去停屍間了。」

阿樹：「到底出了什麼事？」

阿滿：「他昨晚去賓館開房，中風死在房間裏，今天早上賓館打掃的進去才發現，送來醫院以後，醫生說昨晚就已經斷氣了。」

阿支：「他跟誰開房？」

阿滿：「還不知道，警察還在調賓館的錄影。」

發生得這麼突然，阿樹和阿支腦子裏還是一片空白。

阿樹安慰了阿標的小姨幾句，轉身連同阿支扶著阿滿走

出醫院，送阿滿回家。

　　在阿滿家。
　　阿樹、阿支、阿滿都坐在客廳。
　　阿滿一反常態，哭得很小聲，不鬧也不怨。
　　或許是阿標之前搬到小姨家給她的衝擊讓她真的成長了。
　　沒多久，阿標的孩子放學回來，見到阿樹和阿支，「阿叔，你們什麼時候來的？」
　　「乖，去做功課。」阿支對孩子們說。
　　阿樹和阿支都打電話叫老婆過來。
　　到了晚上，阿樹和阿支的老婆到冰箱拿了一些菜出來做飯，大家簡簡單單吃了一頓晚飯。
　　晚上九點多，阿樹的老婆留下來陪阿滿過夜。
　　阿樹一個人回到家，獨自在客廳裏抽菸，眼眶濕潤，香菸一根接著一根。身體往後一靠，目光再次掃到了電視機上的青蛇劍，背脊又是一陣透涼。阿樹眼神凝聚，慢慢坐了起來。
　　應該不會吧！

　　第二天一早，阿樹帶著自己養鰻場的會計直奔三兄弟合夥的電腦工廠。
　　經理一見大股東到來，立刻笑臉迎上。
　　「我要查賬。」阿樹說，「這過往一年內所有的賬包括股票，叫會計過來。」
　　「好的，請您先到會議室坐一下。」

電腦廠的會計一進會議室,阿樹就說:「先把手頭上的工作放下,我養鰻場的會計要跟妳核對這過去一年來所有賬目。」

「好的,請您跟我來。」電腦廠會計說完領著養鰻場的會計到她的辦公室。

阿樹在會議室裏點上一根菸,心想:千萬不要啊!

兩個鐘頭過去,養鰻場的會計拿了賬本和一些資料進來,臉色不太好看。

「董吔!四個月前開始……」

「怎麼樣?」

「黃董他…」

「快點說!」阿樹嚴肅起來,「我最討厭這樣要說不說的!」

「四個月前開始,黃董有些賬目不太對,差不多接近兩億。」

「兩億?到底是怎麼回事?叫這邊的會計過來。」

電腦場會計一進會議室,阿樹馬上不客氣地說:「兩億的賬到底怎麼回事?」

電腦廠的會計心想,不管說不說,這個工作都可能保不住了,還不如現在說出來,至少證明自己沒拿公司的錢。

「董吔,黃董從四個月前開始,陸續轉走8筆賬,總額接近兩億。他說有事他會擺平,叫我不要對任何人說出去。」

阿樹面如白紙，果然是青蛇劍！

電腦廠會計說完低下頭，不敢再說話，會議室裏沈靜了有好一會。

阿樹開口：「經理知道嗎？」

「不知道。」

阿樹心想，如果她一開始不聽阿標的，怕會被阿標給炒了。如果事情曝光，一樣會沒了這份工作，只能繼續做假賬，做多久算多久。這種事說不說都會得罪人，她夾在所有股東之間也很為難。不過她如果選擇一開始就說實話，自己可能還會保她。管錢的人最重要的是人品，有一次不誠實就代表妳不能再管錢了。

阿樹：「我知道妳很為難，但是妳也應該知道妳選擇了這麼做的後果。念在妳的處境，我不會說出去，妳不必擔心商界會知道這件事，但是希望妳記得這次教訓。我會叫經理給妳三個月的遣散費。」

電腦廠會計不甘心，也不敢說話。

阿樹叫經理進來，當著電腦廠會計的面說：「會計因為個人的原因要馬上辭職，給她三個月的遣散費，她現在就走。」

經理愣了一下，說：「那她的位置是由這位小姐代替是嗎？」指著養鰻場會計。

阿樹：「不是，你立刻另外找人，其他的不必多問，就這樣。」

「哦！」經理一頭霧水。

電腦廠會計一臉不爽得走出會議室。

阿樹心想，我不叫妳走的話，青蛇劍會放過妳嗎？

阿樹帶上青蛇劍，一個人開車到海邊，一路上傷痛極致。

來到一個懸崖上，直視手中緊握的青蛇劍，接著抽劍出鞘，對著它大吼：「你知不知道阿標是我的兄弟？你知不知道我們從小到大幾十年的感情，我小的時候每次被欺負，阿標就幫我討回面子？你知不知道我每次生意失敗的時候，他都陪我喝酒喝到天亮！」阿樹把喉嚨喊破，「我寧願不要兩億，我要兄弟！」

阿樹握緊青蛇劍，朝旁邊一塊大石頭敲下去，氣得想把青蛇劍敲斷。

想不到大力一敲下去，石頭像豆腐一樣被切成兩半。

阿樹嚇破膽，兩腳站不穩坐到地上，手中像是被毒蛇咬了一口，嚇得把青蛇劍拋出手中，背脊冒出冷汗，慢慢說出口：「這⋯⋯麼⋯⋯利！」內心感覺到青蛇劍在咆哮。

阿樹平靜以後依然坐在地上，看向大海，不知道過了多久，才站起來，撿起地上的青蛇劍對它說：「世間上誰沒做錯過事，你另找主人吧！」收劍入鞘，大聲一吼將劍從懸崖上丟入大海。

見青蛇劍落在海面上濺出水花，沈入海中，阿樹慢慢轉

身走回車上,駕車離去。

半年內,鰻魚場的幾個大客戶相繼與阿樹終止合約。電腦工廠的生意走下坡,和阿支商量了以後,決定收掉電腦工廠。經營的寺廟裏兩個和尚被雜誌爆料在外喝酒、手戴勞力士,還登出了照片,捐款一下大大減少。

阿樹的老婆無意中聞到阿樹車內有女人的粉味,找徵信社調查,拍到阿樹與理事長一起吃飯、牽手、一起在白天開房。她拿照片對著阿樹天天鬧。

一年內阿樹生意全沒了,銀行存款剩不到一億,每天一回到家就和老婆吵架,最後徹底住到理事長家。
理事長一句無心的話,「你住這裏就好了,每天把家裏打掃一下就行了,我的錢不夠你花嗎?」。
以往阿樹的員工過百,如今六十歲住女人花女人的,還要聽女人的,自尊無法承受,一個人回到恆春住了一個月。回想從小和阿支、阿標、阿滿四個人多美好的時光,也想到老婆,第一次牽她手的地方,也在恆春。

一個月過去,阿樹平靜了以後回到臺中。
進了家門,不再和老婆吵架,跪在老婆面前,求她原諒,任老婆打罵。

三個月過去,老婆還是不願與他同床。

阿樹在報紙上找到一份酒店人事主管的工作;六十歲人生從頭開始。

理事長找到阿樹,「你現在是在幹什麼?我講你幾句而已,脾氣就這麼大!」
阿樹沒說話。
理事長把口氣轉為柔和,「好了,不要鬧了,我們回家吧!」
「金蘭,我想靠自己。」
「好,我們一起開間公司,好不好?」
「我想回到我太太身邊。」
理事長變了臉色。
阿樹停頓下來,說:「對不起!金蘭。」
理事長死死瞪著阿樹沒說話,這樣過了好久。理事長拉上阿樹手臂,口氣放軟得說:「好了,回家了!不要再鬧了,一把年紀了脾氣還這麼硬,你走了我一個人怎麼辦?」
阿樹還是站著沒動,理事長拉不動他,於是一臉火大對著阿樹,兩人沒再說話。
理事長心裏似乎明白,憤怒的臉慢慢流下眼淚,「不然你現在是怎樣?我們在一起這麼久,我幫了你這麼多,我明年也六十了,你說走就走。」
「金蘭,對不起!我知道妳有情有義,是我不對。」

「就一句『不對』拍拍屁股就走了是不是？」

「我是有家庭的人，我們的關系一開始，就應該想到會有今天，我已經傷了兩個人，我想做對的事。」

「所以就犧牲我是嗎？」

「如果我太太沒發現，那不一樣。如今她發現了，接下來我只能努力去做對的事。」

理事長看著阿樹沒出聲，眼淚不停地流，恨得呼吸急促起來。

阿樹：「我對妳的感情是真的，對不起！」

理事長閉上眼，徹底止不住淚水。

一陣寂靜以後，理事長冷靜了許多，用手擦掉臉上的眼淚，語氣平靜的說：「想好了是嗎？」

阿樹點頭。

「決定了是不是？」

阿樹再點頭，眼眶都是淚，再說一次：「金蘭，對不起！」

理事長淡淡地吐了一口氣，「決定了就好了。」默默轉身離開。

「金蘭，謝謝妳！」阿樹心痛得幾乎要死。

理事長沒回頭。

阿樹和老婆把房子賣掉，自己和老婆的兩部賓士也賣掉，買了一部二手日本車代步。再把生意上欠的債務還掉，留了兒子在美國讀書的學費和生活費，夠他讀完碩士，就看

兒子自己爭不爭氣了。酒店給阿樹的薪水一個月兩萬九，房租一萬一。省一點，每個月多少還能存上一點點。

　　天公算對我不錯了，沒有負債！

　　阿樹把銀行存折交給老婆，每個月薪水拿回家，自己留兩千塊零花，對老婆百般體貼，縱然老婆對他還是愛理不理，可是他不埋怨，因為他知道一個人要是被騙了十幾年，怨恨是很深的，心中的傷痛可能是永遠的。

　　兩年後，一個早上。

　　阿樹刷了牙後，看著浴室裏的鏡子自言自語：「又該染頭髮了！」

　　第二天，老婆說：「我給你買了染髮劑在鏡子裏面。才幾歲，像個老頭一樣！」

　　阿樹愣住，整個人不能動彈，這兩年來老婆第一次主動跟他說話。擦了眼淚，馬上走到老婆面前，「我明天不用上班，今晚出去吃飯好不好？再看場電影？」

　　「看什麼電影啊？這陣子沒什麼好電影。」

　　「妳挑嘛！」

　　阿樹等不到下班來臨，今天似乎是這兩年來最長的一天，他幾乎不敢奢望會有這麼一天。

　　回到家，看見老婆還去燙了頭髮，「妳今天頭髮燙得真好看！」

　　「哼！」還是一副臭臉。

兩個人出去吃飯，阿樹拼命菜夾給老婆。

看完電影，兩人在鬧街上閒逛了一會。

阿樹：「我可不可以牽妳的手？」

「牽我的手幹嘛？」老婆不客氣得說。

阿樹沒有再出聲。

「要牽就牽啊！」老婆依然很不客氣。

阿樹牽上老婆的手，心中感動得不行。

兩人聊電影，看街上攤位賣的東西，停在一家商店的玻璃櫥窗前，老婆說話間無意得抱住阿樹手臂，宛如以前年少在恆春的時候。阿樹一陣鼻酸，眼淚差點流下來。

到了停車場，阿樹看四下無人，抱住老婆吻了她。

「走啦！等一下讓人看到。」老婆害羞地說。

第二天吃完早飯，兩個人一起出門買菜，阿樹提著菜籃和老婆雙雙走在菜市場裏挑選便宜的菜肉。

我以前賺那麼多錢幹什麼呢？現在這樣不是一生最好的時候嗎！

二、台南

青蛇劍被阿樹丟入大海第49天。

烈日當下的海面上,無風,微浪。
漁船右側有好幾個島嶼,最大的是澎湖島,前方是金門,能看到金門再過去是廈門港。
一大片海面上還有其它漁船,阿星在自己的漁船上,背部曬得黝黑,甚至黑到發亮。他嘴裡叼著煙,雙手熟練地把魚網拉上船。魚網在甲板上攤開,隨即見到一絲反光,「這什麼東西?」上前把魚撥開,「咦!怎麼有一支劍?」
把劍抽出劍鞘一看,劍身上的青龍在太陽光的反射下格外耀眼奪目,「這隻青龍還不難看,應該可以當到一千塊吧?」

漁船一靠近碼頭,穿雨鞋的魚販馬上把拖車拉過來,伸頭看了一下漁船甲板上的魚,「阿星,今天不少喔!」
「快點秤啦!我還要去紅龜那裡。」
魚販把魚倒入拖車上幾個藍色大塑膠桶,再拉進碼頭漁市場裡的秤錶機上。
阿星把魚船綁好,走進滿是腥味的漁市場,盯著秤表機上的數字。
「有多少?」
「四千六。」魚販一邊數著鈔票一邊說,「你今天抓了不少嘛!很少看你抓這麼多。」
「好啦!快一點,我還要去紅龜那裡。」

「紅龜那裡少去一點，你的辛苦錢每天都交給他，多可惜！」

「我又不是每次輸！」阿星嗓門大了起來。

「啊你是贏過幾次？」

「哭夭啦！算好了沒有？」阿星手裡接過錢，快步地走出漁市場。

來到一間破舊的水泥房。

裡面有三張賭桌，每張賭桌都圍了七、八個工人。

「拿一支煙來！」阿星對看場的人說。

看場的人遞上一支煙，再幫他點上。

阿星走過三張賭桌看了一下，選定中間那一桌下注。

中間賭桌賭的是骰子，阿星不到中午就進賭場，一直賭到傍晚快天黑。兩旁賭桌的賭客，一個接一個圍過來靠到阿星身邊跟著阿星下注。

賭場老大的臉色越來越難看。

賭場阿弟仔：「老大，怎麼辦？已經輸32萬了，阿星今天好像中了邪，一把都沒輸過！」

「幹！」賭場老大說，猶豫了沒多久，「收了！」

「最後一把！最後一把！」莊家說。

阿星瞪著莊家：「什麼最後一把？我今天手氣來了就不讓我賭啊？」

賭場老大吐了一口檳榔汁在地上，「錢都讓你贏光了，還賭什麼賭？」

所有賭客大聲地說：「平常贏了我們多少錢，今天才輸一點而已就要收，太不夠意思了！」

「什麼輸一點！從早上你們就跟著阿星壓，沒人輸過，你們知不知道這樣一天下來是多少？」賭場老大的口氣也大聲起來，「最後一把，要賭去豆花那邊賭！」

大家跟著阿星下注，所有人都下大注，賭場老大睜大了眼，馬上說：「好了，收了！收了！」

莊家說：「老大，那這一把還開不開？」

「開你老母啦開！」賭場老大喊得更大聲，「收了！收了！」

大家不甘願得對賭場老大罵起來。

老大：「你們這一把，每個人壓的鈔票都疊到這麼高，我輸了拿什麼賠給你們？收了！收了！不早了，全部回家去吃晚飯！」

所有賭客被看場的全部推出去。

大家在賭場門外不甘心地對門內叫罵了好一陣子。

「阿星，你今天手氣這麼好，可千萬不要停啊！我們到豆花那邊繼續賭。」

「對！去豆花那邊繼續賭，你現在手氣正旺，絕對不能停！」

阿星：「那沒問題！可是先說好了，輸了可不能怪我。」

「不會啦，快點走！」

一伙人來到豆花的賭場，繼續跟著阿星下注，加上本來就已經在豆花場子裡的一群賭客，也都跟著阿星下注。

一直下到第七把,賭場老大來到賭桌旁邊不客氣地說:「時間不早了,明天再來!明天再來!」嗓門拉得很大聲。

一旁看場子的阿弟仔:「老大,還這麼早,真的要收了?」

豆花對阿弟仔說:「幹!叫你收你就收。」

一伙人被推出賭場外以後,豆花才說:「幹我們這行的不能不信邪,阿星連壓了七把沒一把輸過,所有人還跟著他壓,我們每開一次就輸幾十萬,再這樣下去,輸得都要脫褲藍!」

大家在賭場門外指著門內叫罵了好一陣子。「走,再到黑狗那邊繼續賭!」,「走,快點走!」大家賭性正在巔峰狀態,不可能就這麼就算了。

到了黑狗的賭場,賭不到5把,又被趕出來。沒地方賭了,所有人才散伙。

阿星一下子名聲大噪,手裡拿著二十幾萬現金和一瓶米酒頭走回家。

一進門,老婆一臉不爽,「你今天是出海出了幾趟?現在幾點了,你身上還有剩錢嗎?」

阿星把手上一包報紙丟到飯桌上,散開來全是鈔票。

「哇!」老婆和四個孩子眼睛全都睜得好大,老婆抓了一把鈔票在手上,「哇!我一輩子沒看過這麼多錢,這些錢是真的還是你印的?」

阿星用半醉的語氣說:「輸了九十九次,也該讓你爸贏

一次了！算一下，一共是多少錢？」

大兒子把桌上的鈔票重複算了兩次，「阿爸，一共24萬6千2百元。」

「哈哈哈哈……爽啦！」阿星說完醉倒在藤椅上開始打呼。

老婆趕快把鈔票收起來，對孩子們說：「明天阿爸要是問起來，要說14萬6千2百塊，知不知道？」

小兒子說：「阿母，老師說不可以撒謊。」

老婆激動得說：「不撒謊的話哪來的錢給你交學費和帶便當，還有補屋頂！我不藏一些起來，你阿爸明天就全輸光了，懂不懂？」

孩子們一起大聲得說：「懂！」

四個孩子都有過中午在學校沒便當吃的日子，明白什麼叫「餓」。

第二天早上，阿星醒來，「我昨天贏的那些錢呢？」

老婆拿出來，「在這裡啦，留一些給家裡用可不可以？」

阿星抽出一疊鈔票給老婆，其它的全塞進口袋裏。很快地喝了兩碗稀飯，匆匆走出門往賭場去。

阿星一踏進賭場就被所有人盯住，賭客和看場的都盯著他。

所有人看阿星連贏三把以後，紛紛跟著他下注，接著連贏2把，一伙人又被趕出來。

「幹你娘的！天下有這種事，贏了不讓人賭，輸了才

讓人賭。我以前每天來你這邊輸了多少年了，怎麼不趕我走……」阿星在賭場門外破口大罵。

一伙人跟著阿星到另外兩家賭場，也是一樣，沒賭上幾把，賭場就要關門，今天阿星還沒中午就回到家。

「你今天怎麼這麼早回來？」一踏進門老婆就問。

阿星又把錢丟到飯桌上。

老婆再次睜大了眼把桌上的錢數了一下，「哇！」錢沒少，還多了，「你居然又贏了！」睜大眼看著阿星。

「幹！今後沒得賭了，三間賭場都不讓我賭，天下有這種事！贏錢不讓你賭，輸錢才讓你賭！」阿星一臉臭得大大不甘。

老婆把錢握在手裡開心說著：「不賭也好，我一直在想，如果你不賭的話，我們很快就可以存一些錢，全家搬去市內擺一個麵攤。」

「市內生活多貴啊！我們在這邊不好嗎？？」

「孩子小學畢業以後，早晚要到市內去讀初中，你也替孩子們想一想。

「幹！孩子多負擔多。」阿星一臉無奈，「你娘的！現在沒得賭了，我今天又不想出海，不知道要幹什麼？」喝了一口米酒，坐在椅子上一臉無奈。

看老婆從冰箱拿出一些菜，蹲在地上洗菜，再盯著她的屁股。

阿星過去拉老婆的手，「走！」

「去哪裡？」

「去裡面。」

「幹什麼？」老婆一臉茫然。

阿星不說話，只是拉著老婆。

老婆叫出來：「幹什麼啦？一大早幹這種事！」

「我沒事幹，走啦！」抓著老婆硬往房間裡拖。

老婆不情願得說：「等一下，我洗一下手啦！」

兩個人在臥房裡壓來壓去，阿星開始叫出來，越叫越大聲。

老婆：「不要啦！快點拿出來，不然又要生了，快一點啦！……」

阿星大叫最後一聲，整個人癱在老婆身上。

老婆拉著褲子走出來，不停地念：「夭壽！如果又有了怎麼辦？房子已經這麼小了，又多一張嘴吃飯，唉！」蹲下去繼續洗菜。

阿星喝到六分醉，走出家門，漫無目的地到處晃，來到了碼頭。

今天不想出海，洗一下甲板好了！

上了漁船走進船艙低頭一看，「對了，都忘了這支劍！」

第二天早上，孩子們都去了學校，阿星對老婆說：「我想去市內去把這支劍當了，妳跟我一塊去。」

阿星找了一塊布把劍裹起來，和老婆一起上了進台南市的公車。

公車上，老婆對阿星說：「我們現在有點錢，我想幫孩

子買一些衣服。」

阿星：「嗯，妳自己也買幾件。」

「唉！其實你人也不壞，若是不賭就好了。」

「不賭，還不如叫我去死！」

兩口子在台南市總站下了車的時候已經是正午，在車站附近的攤子吃中飯，身上有錢，阿星叫了很多菜。老婆看了滿桌的滷味，捨不得吃，光是開心得撥著碗裡的白飯進嘴裏，邊吃邊笑，阿星不時地把菜夾到她碗裡，「吃菜呀！怎麼不吃？」

進了百貨公司，老婆買了好幾件衣服給孩子，自己也挑了兩件。

結賬時，阿星看老婆眼睛直盯著玻璃櫃裡的耳環，說：「去看看。」

「不要了啦！今天花很多錢了。」

「又不是沒錢，怕什麼？」

「不要啦！把錢省下來啦！」

阿星把老婆拉到玻璃櫃前，「小姐，拿幾對耳環出來給我牽手看看。」

櫃台小姐幫老婆在鏡子前試戴了好幾對耳環，阿星說：「喜歡哪一對？」

「還是不要了啦！」老婆說。

「有什麼關係，挑兩對！」

「不要了啦！」

「快點啦！難得來市內一趟。」

阿星還幫老婆買了手鐲和項鍊，老婆開心笑得整天沒合過嘴。

櫃檯小姐：「先生，你們消費超過一千元，請拿發票到六樓去抽獎。」

進電梯上到了六樓，阿星看獎品有杯子、盤子、吹風機……，特獎是洗衣機一台。

百貨公司小姐把摸彩箱拿到兩個人面前，「五百塊抽一次，你們消費超過一千五，可以抽三次。」

阿星對老婆說：「妳抽。」

老婆抽了兩次，第一次抽中一對盤子，第二次抽中一個旅行袋。

「第三次你來抽！」老婆說。

「好！」阿星摩拳擦掌，把手伸進摸彩箱，抽出一個號碼牌給百貨公司的小姐。

百貨公司小姐看了號碼牌激動得說：「先生，恭喜你抽到了特獎，洗衣機一台！」

「哇！」老婆開心得又叫又拍手。

阿星：「夭壽！我們又沒車，這是要怎麼搬回去？」

這時候百貨公司的經理走過來，先和阿星握手，「先生，恭喜！恭喜！」再向阿星的老婆道賀，「你們趕不趕著要，如果不趕，等過幾天我們送貨的時候，我叫司機給您送過去？」

「哇！」老婆又開心得拍手，興奮得快跳起來，「這下

不怕拿不回家了！」

　　阿星留下地址給經理。

　　經理說：「送的前一天，司機會打電話給您，告知您送到的時間。再次恭喜你！」

　　老婆兩手提得都是今天在百貨公司買的東西，又吃了滿桌的飯菜，還意外多得了一部洗衣機，以後洗衣服都不必用手洗了！

　　小倆口朝百貨公司大門走去，「等一下找一間當鋪把這支劍當了就可以回家了。」阿星看了手中用布裹住的劍，自言自語：「連著不斷的好運，都是從得到這把劍開始的，難道是這把劍帶來的好運？」

　　老婆：「如果是的話，就不要當了，要是常常有今天這樣的好運那多好啊！」

　　阿星聽了腳步停下來，認真地想了一下，「好，再試一次，如果真的那麼好運，你爸就把它留下來。」

　　「啊要怎麼試？」

　　阿星雙眼四處掃了一圈，最終把目光停在百貨公司電梯旁的一個小玻璃櫃檯，脫口而出：「刮刮樂！」指向玻璃櫃台說：「如果中了一萬塊，你爸就把它留下來。」

　　「如果中了10萬呢？」老婆說。

　　「那我們全家就搬來市內住。」可是馬上換了語氣，「那我老爸留給我的漁船怎麼辦？」

　　「把它賣掉。」

漁船是老爸留給阿星唯一的東西，有感情在，小時候還常常跟老爸開這艘船出海捕魚養活一家，「…這樣好嗎？」阿星猶豫地說。

「家裡有30萬，如果再有10萬，就可以來市內租房子，買個攤子做生意，我們一家的生活就可以徹底改善了！」

阿星猶豫了好一下，然後用堅定的眼神看著老婆，「好！」

小倆口一起走到玻璃櫃檯前，一口氣買了10張刮刮樂，用銅板一張接著一張刮，阿星的心跳急促起來。

刮到第10張，老婆再次興奮得拍手還跳了起來，「哇！」

阿星睜大眼，「這到底是有影沒影？」，自己還不太相信，拿給賣刮刮樂的櫃台小姐看。

「中了！中了！先生，恭喜你你中了20萬。」櫃台小姐興奮地大聲說。

阿星傻了！

這陣子這麼旺，趕緊乘勝追擊，再買30張，拼了命刮，不過這次一張也沒中。

可以了，已經中了20萬，可以了！這20萬來得比在賭桌上還快，差點給你爸嚇出心臟病！

小倆口在回家的巴士上，老婆靠在阿星肩膀上，說：「等搬到市內以後，我們好好做生意，你就不要再賭了，好不好？」

阿星沒說話，連著兩天好運，這一輩子還沒有過這種

事,阿星還處在夢幻之中。

家裡也沒什麼東西,在市內找了房子,租了一部小發財車,說搬就搬。

扣掉房租每個月三千,買個麵攤子花了兩萬塊,管區的每個月收三千,就這樣在家附近人潮多的轉角處擺起了生意。老婆煮麵,阿星切菜、端麵,這樣下來每個月也能有一萬出頭。

老婆每天都過得好開心。都市裡人生地不熟,阿星沒地方去賭,只能忙麵攤子的生意。

兩口子每天一早六點出門擺攤,晚上十點收攤。除了一般吃飯時間生意比較忙,其餘的時間小倆口說說話,一起去買菜,老婆好久沒像剛結婚那時候一樣和阿星談天說地,一起看報紙,聊盡社會天下事。

一家人從溫飽到小康,老婆一輩子沒這麼開心過,面對來吃麵的客人總是既開心又親切,越親切生意越好,三個月後,麵攤子每個月的收入一下增加到一萬五千多塊。

半年過去,阿星漸漸習慣沒有賭博的生活,一開始很難受,後來被忙碌取代。有一次,阿星心裡癢得受不了,騙老婆要去買菜,叫了計程車衝到海邊老家附近的賭場,賭了沒幾把,賭場就叫打烊,等阿星走了再開。阿星氣得在賭場外面又幹又罵,看場的人擋在門口,說什麼就是不讓阿星進去,任憑阿星怎麼罵就是不讓他進去,三間賭場都一樣。

阿星在第三間賭場門口破口大罵：「你老母較好！為什麼不讓我賭？」

「每個人賭都是有贏有輸，就是你不會輸，那我賭場還要不要開？」

「我以前在你這裡輸的不算輸嗎？這麼多年在你這裡輸了至少有幾十萬了，誰說我沒輸過？」說完死要衝進賭場，還是被看場的人擋住，不管阿星怎麼罵、怎麼凶，就是不讓他進去。

直到看場的被阿星罵煩了，抽起棍子要打人，阿星才跑開。

阿星走在馬路上氣得看到野狗拼命追著打。

大半天過去，阿星提著菜回到麵攤，老婆的臉已經氣得僵硬，一邊煮麵一邊罵，「整個大半天你是跑去哪裡？」

「去買菜。」

「買菜買半天，你給我卡差不多一點，生意都不用做了！」

阿星趕緊放下菜去洗碗，一看要洗的碗已經堆了兩大桶。

麵攤子每個禮拜三休息。這個禮拜三晚上，阿星全家一起到夜市去閒逛。

「阿星！」老婆說，「你看這邊的攤子生意這麼好，不然我們也來這裡擺攤好了。」

「這是人家的地盤，都不知道能不能來？」

一家六口在蚵仔煎的攤位吃飯，老婆問老闆：「頭家，我想要來這裡擺攤要跟誰講？」

老闆：「妳去前面的管理委員會問問看有沒有空位。你們要賣什麼？」

「賣麵啦！」

六口人吃完蚵仔煎就來到夜市的管理委員會。

「你們想擺攤？」委員會長說，「要賣什麼？」

「賣麵。」

「什麼麵？」

「陽春麵和滷味。」

「嗯。」委員會長點點頭，「租金一個月兩萬五，管理費三千，每個月初交，攤位現在有人在排隊，你們留下名字跟電話號碼，等有空位再跟你聯絡。」

阿星：「每個月兩萬五再加三千，一共兩萬八，這麼貴呀！」

委員會長：「這裡每個攤子每個月賺的不少於七、八萬，做得好的話，整個夏天有八、九十萬，想清楚再來。」

「那要等多久？」老婆問。

「這就難講了，現在有二十幾個人在等。」

「這麼久啊！」阿星說。

「先把電話號碼留下來再說啦！」

這一天，阿星蹲在攤子旁邊洗碗，老婆站在攤子後面煮麵，阿星從側面看過去，「咦？」阿星說，「妳肚子怎麼有一點大，妳是不是有了？」

老婆：「有嗎？我怎麼沒感覺！都四十多歲了，應該不會吧！」

一個月後，阿星在洗碗的時候又看到老婆的肚子，「妳的肚子好像又大一點了！」

老婆伸手摸了一下自己的肚子，「我整天不是站著就是坐著，都沒運動胖起來了！」

過幾天，老婆洗澡的時候看了自己的肚子，想了一下，「好像兩個多月沒來了。」

隔天，老婆等下午麵攤子沒客人的時候，到附近的西藥房買了驗孕盒回家進廁所驗了一下。

老婆從家裡跑回麵攤子大叫：「星啊！真的有了啦！」

「有什麼？」阿星看向老婆。

「有了啦，哎呀！」

阿星也叫了出來：「啊！」

「每次都跟你說，來的時候要拔出來，你只顧著自己爽……」

攤子裡一個常客把麵從嘴裡噴出來「噗—！」，尷尬得假裝沒聽見，繼續低頭吃麵。

阿星看到，把老婆拉到一旁小聲說：「哭夭！這種事回家再說啦！這裡大馬路邊，妳還叫得這麼大聲。」接著又問，「這到底是有影沒影？」

老婆皺著眉頭說：「我月事快三個月沒來了，我剛才去西藥房買了驗孕的自己驗過了。」

「啊！」阿星臉色很難看，「西藥房的到底準不準啊？」

「我也不知道。」

「明天去大間的醫院再驗一次啦！」

老婆愁眉苦臉得一直點頭。

客人吃完麵走過來付錢，「老闆，恭喜唷！」

阿星火大說：「這我家的事免你管啦！」

客人嚇得往後退兩幾步。

第二天早上小兩口沒擺攤子，一大早就到醫院去。

驗了之後，確定有孕，兩口子坐在婦產科外面的椅子上，臉色都很沈重。

過了好久，阿星說：「要不然……拿掉吧！」

老婆眼淚立刻流下來，「不要啦，這是我們的孩子吔！」

「我知道妳捨不得，可是家裡已經有六張吃飯的嘴了！」

「我們現在擺攤子賺錢，又不是養不起。」

「不行啦！屋子裡太多人了。」

「我不要拿掉啦！」

婦產科門外椅子上的人就是這樣，拿著驗孕報告單，有的歡喜有的憂。

阿星的缺點只有好賭和賭輸後發酒瘋，其他時候對老

婆、對孩子有過什麼不好呢？哪一次不是把有的先給老婆和孩子，要不是老婆感受到他的善良，老早就帶孩子離開了。

為了疼老婆，阿星咬緊牙把孩子留下來。

每當黃昏的時候，鄰里多少人看見麵攤子裏一家六口一起忙乎起來，老闆娘還挺著大肚子，總是以真誠又親切的笑臉容對人，老公體貼她挺個肚子行動不便，對她不時呵護，四個孩子還懂事幫父母分擔麵攤的工作，羨煞多少路人。

鄰居三不五時經過，總是對她說：「妳真是好命！老公這麼疼妳，孩子又都這麼乖，該多生幾個！」

幾個月後，鄰居們看到麵攤子沒出來擺攤，應該是生了。

老婆剛剛做完月子，夜市管理委員會長就打電話來，「下個月攤子有空位要不要？」

「啊！這麼快。」阿星吃驚得說。

「到底要不要？」

「要，要！」

「下禮拜一下午兩點過來競標。」

「不是用排隊的嗎？怎麼現在用標的！」

「你要就過來。」掛了電話。

阿星轉向老婆說：「夜市的管理委員會叫我們去標攤位。」

「變成用標的哦？」，小兩口不太懂。

「要去嗎？」阿星說。

「去看看吧！」

「不知道標到要多少錢？」

「我們銀行裡還有六、七十萬……」

禮拜一下午兩點，阿星和老婆走進夜市管理委員會辦公室，裡面有二十多個人擠在一間小小的辦公室裏。

阿星對身邊的人說：「借問一下，這裡是標攤位的是不是？」

「是啊。」

「之前說是排隊等，怎麼現在用標的？」

「用標的管理委員會才有得賺，對外不能公開，所以不能明講。」

「原來是這樣！」阿星一直點頭。

「你要出多少？」

「還不知道，以前都沒標過。」阿星傻笑。

「我看可能會過40萬。」

「啊！這麼多。」

「40萬哪算多，不用一年就賺回來了。」

「哦！」阿星又不斷地點頭。

委員會長穿短褲挺個大肚子，叼著煙走進來，站到椅子上，「現在開標的是72號攤位，從10萬塊開始。」

「11萬。」

「12萬。」

「13萬。」

一直很到38萬，喊價開始慢了下來。

「39萬。」

「40萬。」

「40萬5千。」

「41萬。」

「42萬。」

喊到46萬停住。

委員會長站在椅子上,「46萬!46萬!有比是46萬還多的有沒有?」

阿星問老婆:「要不要再加?」

「加啦!你看這邊生意這麼好!」

阿星心跳加速,用力喊出:「47萬。」

「47萬5。」

阿星回頭看了一下,喊47萬5的人眼神堅定,似乎非要不可。老婆搖著阿星的手臂,「快一點,再加,再加啦!」

阿星再次用力喊出來:「49萬。」

「49萬5。」

幹!我一下跳到49萬他還要搶。阿星再看了老婆一眼,老婆對他不停地點頭,「再加!再加!我們還有錢。」

阿星喊:「50萬。」

「50萬5千。」

「51萬。」阿星似乎喊上癮了。

「51萬5千。」

「52萬。」

這時辦公室裏安靜下來,管理委員會長在椅子上大聲

說：「52萬了,52萬5千有沒有?52萬第一次,52萬第二次,52萬第三次,成交!」

所有人慢慢走出委員會辦公室,委員會長說:「喊52萬的過來交訂金,身份證拿來給我登記。」

阿星把身份證拿到委員會長面前,「訂金要交多少?」

「3萬。」

「我身上沒有那麼多。」

「外面有銀行,去領,我等你。」

小兩口到銀行領了3萬塊回來交上訂金。

「下個月一號開始攤子就是你的,這個月23號以前把剩下的49萬繳清,不然訂金沒收,有清楚沒有?」

「哦!清楚。」

晚上回到自己的麵攤開始營業,阿星一直悶悶不樂喝起酒來,這麼多錢砸下去到底對不對?

23號前一天,阿星和老婆去銀行領了48萬用報紙包住往夜市管理委員會走。

阿星走著,內心又不安起來,「這麼多錢投下去,我們就沒剩多少了,這樣到底好不好啊?」

「你沒看到競標那天那麼多人搶,一定沒錯的啦!」

兩人終於把48萬交了。

1號是禮拜五,阿星和老婆一大早就租了小卡車,把麵攤子運到夜市,打掃乾淨,接好瓦斯管,下午4點開始正式

營業。

一個晚上下來,忙得不可開交,以前在家附近的生意從來沒像這裡這麼好過,快把兩口子給累死。

第二天禮拜六,把孩子全都叫到夜市幫忙,生意好到半夜才收攤。

兩天下來,進賬將近1萬,老婆開心死了。

月底結算整個月的進賬將近9萬。夏天一到,生意更好,整整三個月進賬超過45萬。

夜市裡有一個魷魚羹攤位，只賣魷魚羹，不管什麼時候生意都好得不得了。

阿星去吃了兩次，「也沒有特別好吃呀！」，和旁邊賣臭豆腐的攤子聊起來。

「你沒看到她那兩粒奶嗎？每天兩粒奶都露一半，有誰是來吃魷魚羹的！」

「原來是這樣！既然生意可以這麼好，其他的攤子為什麼不露奶？」

「你也要有這個姿色，要敢才行啊！露了以後還要讓其他攤位說三道四的，你可以嗎？」

「我可以！為了有錢賺，為什麼不行？」

「你又沒奶怎麼露，你老婆露還差不多！」

「你說什麼肖話啊！」阿星火大站了起來。

「當我沒說！當我沒說！」賣臭豆腐的趕快回到自己攤位去。

阿星走到魷魚羹攤位再看一次，果然大部分的客人都是男客，每個人吃魷魚羹，眼睛還時不時地飄到老闆娘一對奶子上去。

以前還以為她衣服沒穿好，你爸還不好意思看，原來她是故意穿成這樣給人看，這要有多大的膽量啊！看她四十多歲的女人了，妳老母較好的還真敢！

看著老闆娘脖子上的汗珠滑進乳溝，阿星吞了一下口水。

回到自己攤位，看著自己老婆在煮麵，腦子出現了一絲遐想，馬上說：「不行！做不到，絕對做不到。我牽手如果

穿成那樣,煞世煞景,我不如去一頭撞死了算了!」

這時候,阿星聽到三個年輕人在自己的麵攤子裏說話越講越大聲:

「下禮拜店面就要開張了,你一大堆事情都沒辦好!」

「你們兩個白天都有工作,所有的事都是我一個人做,你們知不知道我一個人為了搞這個店面,每天睡不到五小時!」

「喂!當初就說好了,我們兩個人每天都要上班,店面大部分的事你來做,你拖到上個禮拜才開始,不要說你時間不夠啊!」

「我沒有拖,是裝潢的人在拖,我上個月就找他了,他拖著不來不能怪我啊!」

「那為什麼不趕快找其他人,還等他幹什麼?」

「都跟你說過了,找不到比他更便宜的了!」

「那你沒催他嗎?」

「催了!每次催了就來做一點點,催了就來做一點點,我已經盡力了!你們這樣怪我,我真的很冤枉吔!」

「好了,你盡力了,搞成這樣,那現在怎麼辦?」

「押金不要了,馬上另外找人做!」

「那怎麼行!」

「不然就延後開張吧!」

「那不浪費店面的租金,還過了開張的吉日!」

「不然怎麼辦?這樣不行,那樣也不行,我們店還沒開就吵成這樣了!」

「這樣吧！裝潢師傅的電話給你們，你們自己去跟他說，這樣就知道我不是沒盡力了，好不好？」

「大家一開始就說好開張前的事你負責，你怎麼做不好就推過來啊！」

「電話號碼給我，我來辦，不要再吵了！請人的事辦得怎麼樣？」

「一萬二請不到人啦！」

「沒人來應徵嗎？」

「來了十幾個，不是奇醜無比，就是笨到不能辦事，我想……不加到1萬7請不到人。」

「1萬7就超出預算了！」

「你們一個要胸部大，一個要有經驗的，有這種條件的不會來我們這邊的……」

阿星聽到這裡，對呀！我老婆不能露，可以花錢請人來露啊！我可以登報找一個比魷魚焿老闆娘更大粒的！

阿星隔天真的去登報紙請女員工，一個月兩萬，三十幾個人來應徵，終於出現了一個大奶又年輕的小妹。

大奶小妹叫小虹，每天的工作就是穿著低胸和短裙端麵收盤子。

小虹以前就在電動玩具店打工過，雖然看起來很傻帽，可是卻很適合在夜市裡和客人們撥暖。如果熟客和她豬哥起來，點菜的時候叫她一聲「親愛的」或是纏著她一直聊個不停，她都笑著臉應對得很恰當。

在阿星看來，小虹在夜市這樣的環境，所需的條件算是足夠了。

　　從此，夜市裡生意最好的就屬魷魚焿攤位和阿星的麵攤。

　　原本魷魚焿攤位中上年紀的顧客，好多都跑到阿星的麵攤來光顧。

　　此後，阿星麵攤連淡季都有5萬塊的月收入。

兩年後，秋末。

一天生意不忙的時候，隔壁臭豆腐攤位的老闆過來閒聊，「夜市年底要選委員會長，你要選嗎？」

「選會長？」阿星說。

「每三年選一次，一個攤位有一票。」

「這個⋯⋯委員會長都幹些什麼？」

「每個月收租金和管理費，管夜市清潔，公共廁所的衛生，出租攤位，A錢。」

「A錢？」

「沒錢A的話誰要做？」

「怎麼A？」

「你怎麼這麼笨，都來兩年多了還看不懂！收攤位租金，清潔費，公共廁所的打掃費，攤位出租競標的錢；就像你當初競標攤位的錢，全部是委員會長拿去。你知不知道夜市委員會的條例根本沒有競標的規定！」

「原來是這樣！」阿星恍然大悟。

「怎麼樣，有興趣嗎？」

阿星傻笑，「我不行啦！這種人跟人之間的東西我最不行了，何況我在這邊還是新鳥。」

「我知道最後面那攤賣CD的要出來選，你也出來選的話，大家就有紅包拿！」

「紅包？」

「對啊！有兩個人出來選的話，參選的人就需要買票了，一票三千。」

「不要啦,要選你自己出來選啦,不要把我拖下水!」

當晚,快收攤的時候,臭豆腐攤,魚丸湯攤,皮包攤⋯⋯一共七個攤位的老闆一起走過來。

阿星看他們一起走來的陣勢,開始緊張起來,我平時沒得罪過他們吧?

臭豆腐攤的老闆:「阿星,有事情跟你商量一下。」

阿星:「大家坐啦!坐啦!」

所有人一起坐下後,臭豆腐老闆說:「大家希望你出來選管理委員會會長。」

阿星:「拜託!今天就跟你說過我不要了,拜託你不要害我啦!」

魚丸湯老闆:「阿星,你出來選,算是幫大家的忙。」

阿星:「我對這種事既不內行又沒興趣,你們找別人啦!」

魚丸湯老闆:「你是我們商量好久之後的最佳人選,算是我們拜託你吧!」

阿星臉色很為難,「這到底是什麼狀況?你說你們商量好,就你們幾個人啊?」

「我這樣跟你說吧!我們夜市一共分為三區,前區,中區,後區。你的攤位在夜市的中間段,屬於中區,你算是中區的人。」

「有這樣分啊!我怎麼都不知道。」

「我的攤子在前區,我是前區的人。」魚丸湯老闆說,

「三個區的人一向都相安無事，但是一碰到有利益瓜分的事，三個不同區的人才會明顯得互相疏遠起來。三個區中。後區那些混混最凶最鴨霸，每次開會為了劃分利益的事，有他們在都沒辦法好好開會，老是沒結果，他們總是在會議快結束的時候用嗆聲和威脅的，把好處都分到他們那邊去。前區和中區的代表和大家商量了好久，結論是希望你可以代表前區和中區出來選，因為你是新人，跟大家都不熟，不會偏袒任何人，說話會比較公正。前區和中區每個攤位都說好了，只要你出來選，不用花錢買票，我們全部投你，票數一定蓋過後區，加上你是前區和中區一起推選出來的，自然化解了以往前區和中區的不和，大家反而能夠團結起來，這樣只會有好沒壞。」

　　阿星還是一臉為難，「怎麼擺攤子做生意這麼複雜，這種事我從來沒碰過，也沒有經驗，大家還是找別人啦！一定還有更好的人選。我是那種一看到人多就緊張到說不出話的，你們還是找別人啦！」

　　皮包攤的老闆：「後區已經做了兩屆，我們已經忍了他們六年，你算是幫大家的忙，算是我們拜託你吧！」

　　阿星馬上說，「開什麼玩笑，這麼重要的事哪裡可以用拜託的！你們要去找有能力的人才對，千萬不能找我！」

　　大家想再開口說服阿星，魚丸湯老闆說：「現在已經晚了，大家都忙一天了，我們先讓阿星回去休息，讓他考慮一下。」

　　皮包攤老闆：「也好啦，你好好考慮啦！做委員會長不

但你自己有好處，還能幫得到大家。」

一伙人站起來走出阿星的攤子。

隔天晚上，臭豆腐老闆又來勸阿星。

阿星說得很客氣：「這件事不要再提了，我除了要做生意，還有五個孩子要看，真的沒時間也沒意願。」

又過兩天，有幾個人來阿星的麵攤吃麵，不但不給錢還要收保護費，雙方吵得很大聲，還掀了桌子，臭豆腐攤，魚丸湯攤，皮包攤……一共十幾個前區和中區攤位老闆帶著傢伙圍過來把這幾個流氓趕走，還逼他們把麵的錢付了才讓人走。

阿星兩口子跟大家不斷道謝。

大家各自回到自己攤子，魚丸湯老闆走的時候說：「不用謝了，來到這裡大家就要互相幫忙才對，你也一樣！」

阿星聽了整個臉變綠，照他這麼講，難道這是大家對他設下的圈套，是要我欠大家一個人情，還是給我一個警告？難道選委員會長的事真的推不掉？如果他們再來拜託一次，我還不答應的話，是不是就太不識相了？那他們還會讓我在這邊混嗎？

阿星代表前區和中區出來選夜市管理委員會長的事一傳開，現任的會長又氣又急，就算他要花錢買票也必須買超過半數才能選上，那是一筆不小的數目！

現任會長是後區賣翻版CD攤位的老闆，和周邊幾個攤位

都是好兄弟，都是幫派出身，他們暴力處理事情的作風又開始計劃起來，準備等後天阿星和他老婆收攤回家的半路上堵他，打他幾棍嚇嚇他，叫他好好賣麵就好，其它的事不要管。

第二天早上，CD攤老闆在路邊吃早餐，大口咬著熱狗麵包，因為口中乾澀，竟然一口熱狗麵包卡在喉嚨吞不下去，一口氣透不過來，臉色發白倒在地上。

周圍的人以為他是心臟病發，不明白他躺在地上手指著桌上的豆漿是什麼意思，他只需要一口豆漿就可以把卡在喉嚨的熱狗麵包吞下去。

25分鐘後，救護車來到，CD攤老闆窒息死在去醫院的路上。

當天晚上消息傳遍整個夜市，所有人嘩然。

夜市後區的人收攤後開會，想要出來當委員會長的有好幾個，又要重新「喬」，吵吵鬧鬧搞到凌晨三點還是沒結果，只能先不歡而散。接著又連續吵了一個禮拜，最後竟打了起來，變得水火不容。

三個禮拜後，阿星在前區和中區的全力支持下，正式當選夜市管理委員會會長。

阿星上任後馬上就面對幾個頭疼的問題：委員會賬本上有餘額十九萬，可實際上委員會的銀行賬戶裏剩不到兩千塊。後區CD攤位現在空了出來，可是被混混們霸佔，導致他無法處理攤位出租。

加上後區十二個攤位，中區兩個攤位，前區一個攤位，一

共十五個攤位看阿星是菜鳥,死賴著不交攤位租金和管理費。

後區幾個對會長位置有野心的人,老是沒大沒小過來找阿星鬧,威脅阿星下台。

幾個生意不好的攤子沒事幹,總是來找阿星打小報告,說是非,甚至教阿星該怎麼做。

阿星幾乎快被煩死,壓力大到每天晚上都失眠。

阿星向旁邊臭豆腐攤位的老闆吐苦水,「我想我還是做不來,換人好了!」

「你去找魚丸湯老闆,他在這裡二十多年了,以前還做過兩屆會長,很多人都給他面子。」

阿星去找魚丸湯老闆,把苦水都吐給了他。

魚丸湯老闆,在夜市裡生存了21年,夜市剛建立的第二年他就進來擺攤,賣過刨冰,火鍋,烤肉,現在只做魚丸湯,雖然58歲了,卻有很好的漢草,留個小八字鬍,跟人說話的時候可以很和氣,也可以很草莽,是夜市裡的老江湖。有人叫他鐵釘,也有人叫他釘哥,夜市裡的小孩子都叫他鐵釘伯。

鐵釘聽了阿星一肚子苦水,叫兒子過來接手攤子,「走,到委員會辦公室裡去談。」

兩人進了辦公室坐下,阿星先幫鐵釘點煙,再幫自己點。

「釘哥,我根本做不來,沒這個能力,我想還是換人好了!」阿星皺著眉頭。

鐵釘不跟阿星說換不換人的事,喝了一口茶,說:「委

員會的賬本從來沒有清楚過，每一屆的會長都會貪，接手的會長繼續做假賬，繼續貪，沒什麼大不了的。後區是整個夜市主要的問題，不少後區的人都是黑道出身。霸佔CD攤位，不交租金，威脅你下台應該都是那幾個。中區和前區不交租金的人好處理，他們只是看你菜鳥，能賴就賴。這裡是夜市，不是打領帶上班的辦公室，大家都是粗人，很多人的背景都很復雜，所以不要常常想講道理，因為他們不會跟你講道理，只會佔你便宜。你是會長，你的話就是權威，該給人臉色的時候就要給人臉色，該凶的時候就要凶，不用給人面子，你的權威要樹立起來。在這裡樹立權威不用有道理，但是看起來要有霸氣，要凶，要狠，必要的時候人要壞。老是來找你打小報告說是非的人，聽完了就好了，聽久了就習慣了，這些人不必理他，這種人在社會上會一直存在。

你先去把中區和前區這三個攤子的租金收來，後區那邊我去瞭解一下情況，我們再商量。不要老是想換人，你還這麼年輕，把它當成是磨練，過幾天我再找你。」

鐵釘說完拍拍阿星的肩膀走出委員會辦公室。

阿星傻了，目送鐵釘的背影離開，「啊！就這樣啊？我找你是要你幫我換人啊！」我從來沒想過要當會長，是你們硬把我推上來的，把麻煩全部丟給我，都市裡的人真是奸詐啊！

阿星沮喪得回到自己攤位，一個人坐在角落喝啤酒，心裡還是想著怎麼樣才能換人。

「你是怎麼了？這麼久沒看過你白天就喝酒。」老婆說。

阿星沒說一句話，一連喝了兩支台啤，又開了第三支。

老婆看了又嘮叨起來，「你到底是怎麼了？喝這麼多酒……」阿星聽了更煩，走出麵攤。

「等一下客人就開始多了，你是要去哪裡啊？」老婆在後面叫出來。

阿星走出夜市，到大馬路旁的7-11買了一瓶「三多利」，坐在路邊一台摩托車上喝了起來，一邊喝，一邊嘔氣。

越想越幹，把「三多利」對嘴又灌上三大口，用力將酒瓶丟進一旁的垃圾桶，接著走回夜市。帶著酒氣經過前區不交租金的肉圓攤，越看越不爽，調頭走回肉圓攤站在攤子前面。

鐵釘說該凶的時候就要凶，不用給面子，好！那就板起一臉凶相，「喂！要交租金，不能再拖了。」當下正是晚飯時間，攤子裡已經坐了幾個客人。

肉圓攤老闆一開始不理阿星，但是看他站在攤子前方礙眼，「最近沒錢，我晚一點會交。」說話的時候看都不看阿星。

「上次來你也說晚一點，現在已經夠晚了，把錢交了。」

「我跟你說會交就一定會交，煩不煩啊？」還是不鳥阿星。

「不行，今天一定要交」阿星口氣大了起來。

「沒錢是怎麼交啊？」狠狠得瞪起阿星。

「那是你家的事，現在給我把租金交出來！」阿星把眼神瞪回去。

「我就是沒錢，你想把我逼死啊！」

攤子裏幾個吃肉圓的客人看著他們。

「沒錢就不要在這裡做生意，在這裡擺攤就要交錢，每個人都交，只有你不交，你當你最大是不是？」阿星吼了起來。

肉圓攤老闆也吼了起來，「我就是沒錢不然你要怎樣？」

阿星走到肉圓攤裏面的客人面前，大聲得把他們一個個趕走，「走，走，走，給我全部走！」

所有客人沒付錢，全部走掉。

肉圓攤老闆握著一把菜刀跑過來大喊大叫，「我幹你娘雞巴，你幹什麼！」

老闆娘出來把老闆拉住，對阿星不客氣地說：「好了啦！晚一點等收攤再說啦，我們又不是不交，沒看過你這種人！」

阿星吼得更大聲：「不用來這套！馬上交錢，不然就收攤！」

老闆也大罵起來：「我幹你娘的！你爸讓你死的很難看……」

「來啊！」阿星把肉圓攤的桌子一個一個給掀了。

老闆衝到阿星面前，「你真的想死……」

阿星狠狠瞪著老闆，「我幹你娘的！馬上交錢，不然就砍死我，如果砍不死我，明天換我砍你，我幹你娘雞巴！」

老闆娘跑到兩個人中間，把老闆拉開，對著阿星大罵：「才兩萬八而已，需要搞到這樣嗎？做人就不能通融一下嗎？」

阿星朝老闆娘吼：「我通融妳三次了！把你爸當盤子

啊?馬上交錢,不然離開夜市,不然就砍死我!」

老闆娘:「好啦,交就交啦!你這種人會有報應的!」走去把翻掉的桌子扶起來。」

阿星還是大吼:「不用弄桌子,交了錢才可以做生意!」

老闆娘轉身對老闆大聲說:「去提款機拿錢啦!」

老闆放下手中的菜刀,狠狠瞪了阿星,往夜市外的提款機走去。

老闆娘嘴巴不停得碎碎念,「哪有這種人!人家手頭緊,也不能通融……」

阿星口氣緩和一些,「哭夭啊!你夠了沒有?」

老闆娘嘴巴停不下來,「大家都是擺攤子的,哪有人搞成這樣,你今天做會長就了不起……」

阿星火氣又大了起來,嗓門再次提高,「哭夭啊!妳現在是想再搞一攤出來吵是不是?再不住口,妳交了錢攤位也不租給妳!」

老闆娘的嘴巴還是念個不停,但已經小聲到聽不見。

阿星站在肉圓攤子前面,一臉凶相,手插著腰抽煙,逛夜市的人沒一個敢進到攤子裡面。

10分鐘後,肉圓攤老闆把28張一千塊的鈔票拿給阿星,眼裡還是瞪著阿星。

阿星把錢數了一下,開了一張收據放在攤子上,「以後準時交,大家就不用這麼難看!」

斜對面的魚丸湯攤裡面站的是鐵釘,笑著點頭,不錯嘛!悟性還蠻快的。

阿星再走到中區不交租的衣服攤位,「老闆娘,要交租金了,不能再拖了!」

　　老闆娘不理阿星,一直跟客人介紹衣服。

　　阿星又說了兩次,老闆娘還是裝作沒聽到。

　　阿星把嗓門拉大,敲著攤子上的木板,老闆娘轉過頭來,「你是沒看到有客人啊?」

　　阿星瞪著老闆娘大聲說:「沒交租金不能在這裡擺攤,前面肉圓攤已經交了,今天妳也要交。」

　　老闆娘心裡愣了一下,肉圓攤他搞得定?唬爛!「生意不好沒錢交,過幾天再給你」還擺一副臉色給阿星看。

　　阿星大聲罵出來:「我幹妳娘的!沒交錢就不要在這裡做生意。」正在挑衣服的客人馬上走掉。

　　「喂,不要走啊!這件很適合妳⋯⋯」老闆娘一臉擺爛,「生意都被你趕走了,哪有錢交?」

　　「讓妳拖這麼多次了,已經給足你面子,馬上交錢!」

　　「不然你要怎麼樣?一定要給我難看是不是?」一副你能對我怎樣的嘴臉。

　　阿星拿起一旁撐衣服的竹竿子,把攤子上的衣服撥到地上。

　　老闆娘立刻衝過來要打阿星,阿星用竿子抵著老闆娘身體,讓她沒辦法靠近。

　　老闆娘氣得坐到地上大哭大鬧,「他用棍子打我,你們看,快報警!大家快報警!」

　　阿星:「我兒子已經用手機拍下來了,警察來了也沒

用！」說完繼續拿竿子去撥攤位上的衣服。

　　老闆娘看著地上的衣服，心疼得得哭著說：「我交啦！我交啦！」，慢慢得從口袋裡拿出兩萬八給阿星。

　　阿星：「明明有錢說沒有，搞得大家這麼難看。下個月開始所有人都可以晚交，只有妳不行！」說完寫了一張收據大力拍在攤位上。轉身對兒子說：「都拍到了？」

　　「嗯！」兒子點頭說。

　　「都留著，不可以刪掉！」阿星故意說得很大聲。

　　再走到下一個沒交租金的衣服攤位。

　　「喂！今天要交租金了。」阿星一下就擺出不爽的臉色，要在氣勢上先壓她三分。

　　老板娘是一個七十多歲的白髮老太婆，旁邊還有一個穿著小學制服的孫女。老板娘走到阿星面前很和藹很可憐得說：「再讓我延幾天就好，我標會的錢被人捲走了，孫女上個月學校的午餐錢都還沒交，我們祖孫兩個相依為命，你就算是幫幫我們……」

　　孫女一副可憐的樣子，眼眶充滿淚水，「會長，拜託啦！我們真的有困難，幫幫我們啦！」

　　阿星口氣很硬：「不行！沒交錢去別的地方擺攤，不能在這裡。」

　　老闆娘一邊鞠躬一邊說：「我真的有困難，我的會錢被人家捲走了，拜託！拜托！讓我拜託一次啦！」

　　逛夜市的人都圍過來議論紛紛，「只是晚幾天也不行，這麼沒人情味！」

阿星口氣還是很硬,「每次來都通融妳,今天是第幾次了?每個人流幾滴眼淚就可以不交租金,我這個會長就不用做了是不是!」看一下手錶,「今晚七點半以前,沒把錢交到委員會辦公室,我馬上叫人來收攤子,明天我就可以把攤子再租出去!」

阿星說完就走開,不留在原地跟她耗,一轉身看見鐵釘也在人群堆裡。

鐵釘笑著走過來,兩個人一起走開。

阿星:「我是不是對他們祖孫倆太超過了?」

鐵釘:「你自己覺得呢?」

「都不知道他們說有困難是真的假的?看他們那麼可憐,再不走我都要幫他們出租金了。」

「你會找人收他們的攤子嗎?」

阿星想了一下,沒說話。

鐵釘笑笑,「我看他們祖孫倆演這套戲看過五、六次了。」

阿星看著鐵釘說不出話。

鐵釘:「你放心!夜市裏話傳得很快,她現在應該已經知道你收了肉圓仔和恰查母的租金,知道你不是好惹的,我們到辦公室去泡茶,她很快就會把錢送過來。年紀大是用來讓人家尊重的,她反而用在欺騙人的善心,這種人一點都不值得同情。」

阿星和鐵釘走進委員會辦公室坐下。

鐵釘:「你在肉圓攤收到租金以後,我就一直跟在你後

面看，想不到你連恰查母都有辦法，我真想不到！」

阿星把剛沖好的茶拿到鐵釘面前。

鐵釘喝了一口，再說：「之前你還說做不來，我看你每一攤都處理得很好啊！恰到好處。」

阿星：「要不是喝了酒，還真沒膽子跟肉圓仔在那裡大小聲。」

鐵釘笑了出來。

沒多久，衣服攤位的孫女走進來，拿出一疊鈔票給阿星。

阿星數了鈔票，開一張收據給衣服攤位的孫女。

鐵釘對孫女說：「不要老是哭哭啼啼的裝可憐，會長才來沒多久，但不是傻瓜，不然不會這麼快就當上會長。你們要是再這樣不給他面子，他不會像這次這麼簡單就算了，知不知道？」

「知道。」

鐵釘：「好了，回去幫外婆顧攤子。」

孫女走出辦公室，鐵釘嘆了一口氣，「唉！這個孩子小小年紀就被他外婆教得這麼狡猾，長大以後不知道會變成什麼樣的人？」

阿星：「我現在擔心的是後區那幾個攤位，不知道要怎麼辦才好？」一股壓力又跑出來。

「放心啦！你這麼有潛力，沒問題的！我們都會幫你。代就卜！」

阿星無奈得搖搖頭，「你想我會不會和肉圓仔和恰查母

結下仇恨？」

「不對的是他們，怎麼會結下仇恨？現在中區和前區的人都會服你。」

鐵釘說的沒錯，從此阿星出入夜市，大家都會主動跟他打招呼。
「會長，吃飽了沒？」
「會長，今天這麼早就來！」
「會長，今天這麼晚收攤啊！」
「會長，你兒子長得真帥！」
甚至有人把馬屁拍到老婆身上。
「會娘，妳今天頭髮燙得好漂亮！」
「會娘，妳今天穿這麼好看，是要去相親啊！」
「會娘，妳最近好像比較瘦哦！身材真是越來越好，好到哭爸！」
老婆一下開心起來，但是心中不停地打問號，怎麼大家突然對我們這麼好？

鐵釘來到阿星的麵攤。

阿星看到馬上走出來,「鐵釘哥,裡面坐!」

鐵釘:「我們到辦公室去聊。」

「哦!好。」

兩個人走到委員會辦公室坐下,阿星拿出香菸遞一支給鐵釘,先幫他點上,再點自己的。

鐵釘:「打聽出來了,後區不交租金的十二個攤位,全是夜市後面那間廟口獅頭幫的混混。十幾年前我當會長的時候還沒有這些人,他們是五年前陸續進到夜市的。前會長在的時候,他們沒欠過租金。他們在後區打過其他攤位的人,後區很多攤位都不是很喜歡他們,可是每次夜市開會的時候,他們靠自己強悍和霸道,搶到不少後區的利益,後區的人也很無奈。剛死的翻版CD攤位老闆是這些人的副幫主,現在這十二個攤位裡面,好幾個都想當夜市的會長,互相看不順眼,他們現在自己分裂成兩邊。空出來的CD攤位,也是被他們其中一個人霸佔著。常來找你麻煩,逼你下台的,也確實是他們裡面的人。」

這時候一個人走進委員會辦公室,阿星看他面熟,好像是夜市攤位的人,跟他點了頭說:「什麼事?」

鐵釘:「阿星,我跟你們介紹一下,這是阿忠,我小學同學兼換帖,後區203號攤位的蚵仔煎就是他的,我們夜市裡一共六個蚵仔煎攤位,他的是最有名的!」

阿忠:「好了!不要虧我,一見面就給我膨風,到時候漏氣反而難看。」

看起來鐵釘和阿忠真的很熟，阿星馬上掏出一支香菸給阿忠，「抽菸！抽菸！」幫阿忠點上。

阿忠抽了一口，馬上說：「聽過你的大名，還沒機會跟你認識。」

阿星：「拜託！我的大名，我頭殼大粒才是真的！」

阿忠：「你才來兩年，一天之內收了三個攤子的爛賬，現在大家都知道我們的會長叫吳天星！」

阿星嘆了口氣說：「唉！我從來沒想過要做會長，想不到這個會長這麼難做！」

「好了啦！你做會長是我們要求的。」鐵釘笑著說，「阿忠跟我是換帖，我們一定會幫你的。」轉向阿忠，「你把後區現在的情況跟阿星說一下。」

阿忠：「這十二個攤位不交租金，以前沒發生過，是你上任之後才有的。在夜市這種環境，誰沒有一點黑道背景，但是大家一向忙著賺錢，也相安無事，誰也不會太去管誰是誰。這幾個黑道攤位陸續進來以後，搞得變成常常要以武力解決事情，久了大家都受不了。我們不想動不動就打架，動不動就吵，我相信整個夜市的攤位想法都一樣，包括後區的。不過誰會真正採取行動處理這種事呢？大部分的人還是賺錢第一，能忍就忍，事情越少越好。但如果哪一天，有個恰當的時機出現，大家還是會支持的。」

「阿忠，講重點啦！」鐵釘說。

阿忠：「這十二個攤位為了搶會長的位置，現在分成兩派，一邊五個人，一邊七個人。好幾次我親眼看過半夜收攤

了以後,他們互相談判,吼得大小聲,還打過一次。我想,要不要利用現在這個機會,讓他們自己趕走其中一邊的人,讓他們先少去一半人數,接著我們再想個辦法把另一半的人全趕走。」

阿星:「聽說以前翻版CD攤位的老闆不只是夜市的前任會長,也是他們的副幫主,那他們的幫主呢?」

阿忠:「他們的幫主在夜市後面廟口附近開賭場,賭場賺的比夜市多太多,根本不會有心想管夜市,不然早就插手進來了。」

阿星:「那有什麼辦法讓他們自己趕走另一邊半的人呢?」

阿忠:「三個區之間的摩擦是從選第一次會長的時候累積出來的。上一屆的會長是後區的,上上一介的會長也是後區,前區和中區已經不爽六年了。其實阿星當選會長前的那幾個禮拜後區最可憐,後區的競選代表是他們自己討厭的流氓,後區雖然想要後區自己的人當選,可是不想又是鴨霸的流氓當選,所以那個時候後區的人很頭疼,常常私下偷偷開會,到底要不要投票給自己後區那些流氓。除了後區那些流氓攤位,整個後區的人都陷入兩難,無法決定要投給誰,結果乾脆不投票。

所以我想,不如阿星放話下個月會長不做了,讓大家重選,讓那十二個攤位的人加快挑起相互間的戰火,我在後區鼓動大家投票給他們兩派的其中一派,我也會在一旁煽風點火讓他們打起來,讓其中一邊把另一邊趕走,然後阿星再宣

佈會長還要繼續做下去，直到做滿三年為止。」

阿星想了一下說：「這個辦法如果成功，留下的另一派人還是會像現在一樣，有事沒事來逼我下台怎麼辦？我的問題還不是沒解決。」

鐵釘：「阿忠，有沒有辦法讓他們打起來，他們只要一動手，馬上報警抓人，這樣就可以把他們全弄走。只要他們被判群毆或重傷害，過了這個月15號以後再放出來，也就是過了兩個禮拜的租金期限沒交，等他們放出來以後，他們的攤位已經全都租出去了，到時候阿星立刻卸任，他們再來找阿星理論也沒有用。那個時候夜市沒有會長，他們會去找里長，里長只能依據夜市條例處理，不會幫他們。」

阿忠：「嗯！這個方法的確不錯。阿星，你要做的只有宣佈下個月卸任。」

阿星：「好啦！這個你們比較有經驗，就依照照你們的方法。」

第二天阿星立即宣佈會長下個月不做了，夜市下個月重選會長。

當天晚上，獅頭幫十二個攤子果然聚在CD攤位談判，十二個人分成兩邊大吵大鬧，踢桌子摔椅子差點打起來。

阿忠用手機在對面偷拍了半天，沒打起來很失望。

第二天晚上這些人再次吵吵鬧鬧得談判，就是沒打起來。

但是第三天晚上打起來了，警察15分鐘就到到，把他們全部銬走，隔天整個後區的人開心得差點放鞭炮！

兩天後，這十二個人全部回來做生意，大家嚇一跳！

阿忠一打聽，十二個人被捕後，雙方在警局牢裏居然達成和解，每人交保一萬塊後出獄。

阿忠跑去找阿星和鐵釘，三個人到委員會辦公室裡坐著香菸一根接著一根。

「這十二個人都是二、三十歲的混混，血氣方剛，應該不會這麼快放棄，不會因為被關了幾天就算了。」

阿星滿面愁容，「那接下來怎麼辦？」

大家又沒說話。

過了一會，鐵釘說：「阿忠，你去問一下他們還要不要出來選，我們先看看情況再打算。」

阿忠回到後區他們的攤子晃了一下，和他們聊了幾句，果然和鐵釘說的一樣，仍然要出來選。阿忠故意對他們說：「要選就快決定誰要出來，下個月很快就到了！」

一、兩個攤位推出的代表竟是同一個人！

原來這十二個人在牢房裡說了兩天兩夜，把利益都談好了，誰要選，選上了以後要怎麼分贓都談妥了。

牢房裡不能打架，反而讓他們徹頭徹尾談出了結果。

阿星聽了以後心想：這下完了！說要退又不退，到時候他們不天天來找我麻煩才怪。

阿星坐在自己的麵攤子裡發呆，想著從一開始就不應該答應出來選會長，現在搞得這麼難收山⋯⋯

老婆大叫：「你坐在那邊是幹什麼，客人越來越多了也

不會動！」

　　阿星有氣無力得站起來，走過去端麵。

　　老婆站在攤子後面正切著小菜，一個和尚來到攤子前化緣，老婆不高興地自言自語：「又來了，像月經一樣，一個月來一次，真討厭！」

　　「阿星，拿一百塊出來給和尚，讓他趕快走，不要站在攤子前面擋到客人進出。」老婆對阿星小聲說。

　　阿星從口袋裏掏出一百塊朝和尚走去，把錢放在和尚手中的鉢裡面。

　　「施主，你眉心緊湊，看來最近有很大的壓力。」

　　阿星看著和尚。

　　「要扭轉困境必要先扭轉意志，才能產生沒有阻礙的道路。施主面帶吉星加持，必能逢凶化吉。」

　　阿星合上雙掌，對和尚客氣地說：「拖你的福！拖你的福！」

　　阿星走回攤位對老婆說：「那個和尚好像會看面相！」
　　老婆一邊下麵一邊說：「你給我錢的話我也會看。」
　　「妳什麼時候會的，我怎麼不知道？」
　　「別再那邊哭爸哭母！快點去洗碗，盤子快不夠了！」

　　阿星一邊洗碗一邊想，那個和尚不知道是真和尚還是神棍？不過他講的好像還有些道理，我每天每分鐘老是想下個月一到就完蛋，還不如振作起來好好想個應對的辦法！

　　小虹收了一疊碗盤進來，「老闆，你洗快一點啦！碗快不夠了啦！」，小虹彎下腰把碗盤放下，兩顆若隱若現的大

爆乳一下擠到阿星眼前,阿星忍不住得多看了一眼。小虹早就被客人們叮慣了,對這種事不覺得有什麼,還用肩膀輕輕地撞了阿星一下,撒嬌得說:「洗碗啦!」,轉身走開。

阿星回頭再看了小虹一下,那葫蘆形的身材,超短的迷你裙……凍未條!

阿星閉上眼,內心對自己說:不要亂想!不要亂想!

突然老婆大聲地吼過來:「你是在幹嘛?站著也能睡!客人這麼多手腳不會快一點啊!」

阿星把洗好的碗盤抱到麵攤旁邊放下,看到一桌男客人和小虹不停地聊,不放她走,有的客人還盯著小虹的身體上下看,阿星也再多看了小虹一眼,小虹不單是胸部大,整個身材也辣,說話還夠嗲奶的,說不定……。

10點多,客人漸漸少了,阿星看老婆去洗手間,於是把小虹叫過來說:「想不想加薪?」

「當然想啦!」小虹睜大眼看著阿星。

「後區有兩個人欺負我,幫我報仇我就加妳薪水!」

「我又不能打,怎麼幫你報仇?」

「傻孩子,報仇一定要用打的嗎?有時候說幾句話就行了!」

小虹摸不著頭腦,說:「有這麼厲害?」

「等一下收攤,我叫那兩個人過來喝酒,妳讓他們打架。」

小虹抓抓頭,還是想不通。

「妳知不知道妳什麼最厲害?」

「吃蛋撻，我常常一個人吃十幾個，最多一口氣吃過十六個，還可以再吃兩個便當，我男朋友說我吃蛋撻最厲害！」

「哇幹！妳吃這麼多身材還這麼好啊！」

小虹不好意思起來，「沒有啦！還好啦！」

阿星搖頭說：「年輕人在長的時候吃東西真是驚人！」說完轉向小虹，朝她的腦袋拍下去，「人長得這麼漂亮，卻完全不知道我在講什麼。」接著說，「妳還有一樣比這個更厲害的！」

「哦！是什麼，我怎麼不知道？」

「撒嬌啊！」

「真的假的？」

「我告訴妳，等一下收了攤子以後，我把那兩個欺負我的人帶過來喝酒，妳就跟他們噁奶，對他們放電，讓他們為妳吃醋，為妳打起來。」

「我知道了！你想像王允一樣用美人計讓呂布和董卓反目成仇。」

「對，沒錯！就是像王允一樣。」

「嗯！我懂了。」小虹堅定得說。

「對，很好。這個……王允是什麼人？」

小虹差點跌倒，「老闆～！」小虹叫出來，「你不知道王允是誰還「對」！」

「反正是美人計就對了啦！」阿星說，「不過……那這個……王允到底是誰？」

「是三國演義裡面部署美人計那個人啦!」

「喔!原來是這樣。妳每天上班這麼忙,還有時間交男朋友,居然還這麼上進找得出時間在家裡讀書,想不到我這小小麵攤竟然隱藏了一個人美學問又高的人才,台灣這個社會真是臥虎藏龍呀!」阿星有感而發得說。

「讀個屁啦!我哪裡有時間,我是看連續劇的啦。」

這下換阿星差點跌倒,站穩以後說:「這個……很好!看電視還會挑歷史的節目看,這……不錯,蠻好的……!」

阿星走到後區,找了那十二個攤位裡原本要競爭當會長的兩個人,約他們11點過來喝兩杯,大家聊一下。

11點10分,兩個人走進阿星的麵攤,阿星看攤子已經收拾得差不多,便叫老婆和孩子先回家,他們三個人要喝一杯,再叫小虹拿兩瓶紹興過來。

小虹拿了兩瓶紹興和三個小酒杯來到桌上。

「小虹,妳也坐。」阿星說。

小虹坐在阿星旁邊,「小虹,我跟妳介紹,這位是土龍大哥,這位是阿田大哥,他們是後區賣A片和賣金魚的老闆,以後看到人要叫,知不知道!」阿星說,「土龍,阿田,這是我們小虹,人聰明,手腳又勤快。」

土龍和阿田一直盯著小虹的胸部看,眼睛一點都不客氣。

阿星:「小虹,敬一下土龍哥和阿田哥,把酒倒滿。」

小虹把三個酒杯通通倒滿,雙手舉起杯子,「土龍哥,

阿田哥,我叫小虹,請多多指教,你們隨意我乾杯!」

土龍和阿田開心得笑了起來。

小虹一口氣乾掉一杯高粱,連阿星看了都嚇一跳,說:「小虹,妳……不要喝醉啊,等一下誰送妳回家?」

「我送。」

「不用,我來送。」

土龍和阿田兩個人互相看一下,心裡互相不爽起來,坐下來不到兩分鐘,新仇舊恨很快就挑了起來。

阿星:「你們兩個,人家小虹一個女孩子這麼給你們面子一口氣乾掉,你們也不要在人家面前漏氣嘛!」

兩個人把杯子裡剩的酒全一口氣喝掉,擺出好像很厲害的樣子。

「哇!好酒量。」小虹拍手。

阿田拿出香菸,小虹馬上站起來彎下胸部幫他點煙。

阿田和土龍兩對眼珠子直盯眼前的兩坨肉,倒吸了一口氣。

阿星看在眼裡,離開去拿一包話梅慢慢走回來,在每個酒杯裡都放進一顆。

阿田:「以前經過妳這邊,每次看到妳都覺得妳好漂亮,今天認識妳以後,想不到妳近看比遠看更漂亮一百倍!」

小虹嬌滴滴地說:「沒有啦!是你捨不得嫌棄啦!」

阿星:「你們若是看得起我們小虹,就隨意一下嘛!」

小虹:「那怎麼可以,我是晚輩,還是我敬你們啦!」拿起杯子又乾了半杯。

阿星：「來哦！看誰對小虹的誠意比較多？」

阿田馬上一口氣乾掉一杯。

土龍看了「哼！」一聲，也一口氣乾掉。

小虹拍手，「哇！你們的酒量真好。」

土龍對阿星說：「叫我們來什麼事？」

阿星：「我下個月就要退了，外面謠傳你們兩個都要選，還吵得很不開心。我在任的時候如果夜市裡發生什麼事的話，我這個會長就當得很沒面子。一區只能有一個代表，你們到底是說好了沒有？」

「放心啦！」阿田說，「我會出來選，你放心！」

土龍斜眼看了阿田一下，又不太爽了起來。

阿星在桌子底下輕輕踢了小虹一下，小虹便坐到阿田身邊，「哇！阿田哥，你這麼年輕就做整個南區的代表，英雄出少年吔！」

「少年？」土龍說，「他比我還老。」

「這樣哦！土龍哥，那你幾歲？」

「我27，比他年輕。」

阿田：「你27，我也才29，是比你老多少？」

土龍：「明年就30了，還不老？」

阿田瞪著土龍不說話。

小虹拿起杯子碰了阿田的杯子一下，「阿田哥，我恭喜你成為南區代表！」兩人隨意喝了一口。

小虹：「我最欣賞年輕就做大事的人。」說著動不動就碰一下阿田的胳臂，兩個人有說有笑。

土龍越看越不爽，一臉不是滋味，一個人喝掉好幾杯，阿星不斷幫他把杯子倒滿。

阿田：「小虹，妳有沒有男朋友？」

小虹：「沒有啊！已經一年多了都是自己一個人，每天下班就是回家，都沒有人陪我。」哀怨地說出口，「好無聊噢！」

阿田：「我可以帶妳出去玩啊！」

「真的嗎？那你把手機號給我。」

小虹拿出手機，阿田把號碼告訴了小虹，然後說：「那妳的手機幾號？」

「我不隨便跟人家講我的號碼，你等我電話。」

「那妳要打給我喔！」

「沒問題！阿田哥，來，為我們的友誼乾杯。」

「好，乾杯！」兩人把酒乾掉。

「阿田哥，那你現在有沒有女朋友？」

「沒有，我哪裡有！」

土龍：「他都結婚了，怎麼會有女朋友！」

小虹：「啊—！那我不要，這樣好複雜喔！」挪到土龍旁邊，「土龍哥，那你結婚了沒有？」

土龍沾沾自喜地說：「我沒有結婚，也沒有女朋友。」

「哇！太好了，那你會不會帶我出去玩？」

「這有什麼問題，我…」

阿田這時候已經喝得滿臉通紅，狠狠得對土龍說：「我有沒有結婚關你什麼事？你憑什麼幫我宣傳？」

「你怎麼可以騙小虹，你知不知道這樣騙人是不對的？」

「我對不對甘你什麼事？你是我什麼人，我是騙了你老母啊？」阿田口氣大了起來。

土龍也拉高嗓門說：「要不是我把後區代表的位置讓給你，你今天可以用代表的名義在這邊騙女孩子？」

小虹趕緊說：「啊！代表的位置是你讓出來的喔？」往後挪了一下。

阿田：「什麼你讓給我的？明明是我們講好的，要是跟你競爭起來，你爭得過我嗎？」

「不然你現在是怎樣？」

「你想怎樣？」

「小虹，不要聽他胡說八道，過來我這邊。」

小虹要坐到土龍旁邊，被阿田拉住，「小虹，不要過去，他是個騙子！」

「她自己要過來，你幹什麼拉她！」

「我就是不讓她過去，你想怎樣？」

兩個人站了起來大喊大叫，吵得面紅耳赤。

阿星對小虹使了個眼色，和小虹慢慢退到一旁。

阿田大罵一句：「我幹你娘……」兩個人動手打了起來。

阿星馬上把小虹拉倒攤子外面。

阿田和土龍喝得已經有幾分醉意，打起來完全沒有節制，阿星和小虹在攤子外面看他們打到滾在地上，也不上去勸架。

夜市裡正在收攤的人都跑過來圍觀，阿星看到鐵釘和阿

忠也在人群中，走到阿忠旁邊小聲說：「快點去叫其他10個過來，說他們的人被打了，叫他們帶上傢伙。」

他們的人被打……，阿忠一開始還聽不懂，過了幾秒恍然大悟。

不到兩分鐘其他十個人遠遠跑過來，帶著木棍、鐵鍊、還有帶水果刀的。

阿田抓起地上的折疊椅子，朝土龍頭上狠狠得敲下去，迅速再高高舉起，反覆得敲下去，一直看到土龍趴在地上完全沒有再動，流了一灘血水。10個人衝進麵攤裡，一時說不出話，怎麼自己人打成這樣？其中一個和土龍感情特別好的兄弟叫出來：「我幹你娘的…」，舉起手中的木棍，衝到阿田背後狠狠敲下去，木棍在阿田背上斷成兩節，後面兩派人立刻衝上去互相打了起來，大家手中都有武器，阿星的攤位很快被染成一地血紅。

大約30分鐘後，幾個警察趕到，一看現場還蠻嚴重，又傳呼了另一批警察和救護車過來。

阿星攤位的血堆裏躺著土龍、阿田和另外三個人，阿田的胸口插著一把水果刀。

鐵釘慢慢走到阿星旁邊，用不可思議的眼神看著阿星，說不出話。

阿忠也走上來，「會不會出人命？」

阿星竟然露出一臉凶狠的神色，壓低嗓子說：「這樣更好！全部通緝，他們就不會再回到夜市。」

鐵釘的瞳孔放大看著阿星。

第二天,連報紙都登出來:

台中幫派人物綽號土龍重度腦震盪在加護病房,另一名同是幫派人物綽號阿田心臟遭刺破,送醫後不治。另外三人重傷住院觀察。其他在逃七人全部通通緝…………。

鐵釘坐在阿忠坐在阿忠的攤子裡,看阿忠把報紙緩緩放到桌上。鐵釘慢慢說:「這個阿星,比我想的還厲害,還要狠,我小看他了!」

阿忠:「你看他在我們面前那個憨厚怕事的樣子,是裝出來的?」

鐵釘沒有說話,深沈地看著阿忠。

三天後，阿星把後區十三個空出來的攤位清理乾淨，一個星期內同時招標租出去，進賬572萬。

　　隔天，阿星大擺宴席303桌，夜市休假一天。宴席從夜市前區貫穿中區一直擺到後區，成為夜市有史以來的創舉。慶祝十三個流氓攤位老板離開，阿星同時宣佈不會退下會長的位子。

　　阿星和老婆加上鐵釘和阿忠，四個人以茶假酒，一次敬兩桌，花了兩個小時敬酒152次，敬完303桌。

　　酒席飯後，各區有摸彩，頭獎都是一台50cc的摩托車，每區有三個頭獎。

　　酒席上，阿忠對鐵釘說：「我不太懂！他辦桌幹什麼？我算了一下，十三個攤位標出去的錢，辦桌加摸彩後，他口袋裏滿滿的572萬，現在剩下差不多100萬，不合算啊！」

　　鐵釘：「這就是他厲害的地方，先搞定三個不交租的攤位，再弄走大家討厭的十三個攤位，讓大家知道他有能力又厲害，再用慶祝的名義辦桌加摸彩，讓大家有吃有喝喜上加喜，所有人才會記得他。很明顯他這麼搞是為了下一屆會長的位置鋪路，我真是太小看他了！」

　　「幹！他要敬酒自己去就好了，還拉我們從夜市頭敬到夜市尾，我的腳都快走斷了！」阿忠錘了自己大腿幾下。

　　「這傢伙做的很漂亮！當初要把那十二個攤位趕走時，他和我們是同一條陣線的，現在事情辦成了，抓我們兩個去分享這份光榮，表示他沒忘記我們，這是在告訴你跟我，他

是個有情有義的人，不會忘本。同時告訴大家，他在任期間會有我們兩個老鳥坐陣！」

「你不是說他來我們夜市之前是捕魚的嗎？怎麼這些人情世故他都做得這麼熟練，還做得這麼漂亮，這根本不像個捕魚的嘛！」

鐵釘深深抽了一口菸再吐出來，慢慢說：「我們夜市裡來了一個深藏不露的人。」

一年過去。

在夜市委員會辦公室,阿星、鐵釘、阿忠,和平時一樣抽菸、泡茶、畫虎爛。

阿忠:「我們後區那家臭臭鍋學了你那招,請了兩個辣妹,也穿低胸跟迷你裙。」

阿星:「那生意怎麼樣?」

阿忠:「客人的確多了不少。」

鐵釘:「看來你這招在這裡會慢慢流行起來。」

阿星:「只要可以讓夜市的生意好起來,什麼招都可以用,如果夜市裡有幾家旺的,就能帶動整個夜市的旺氣。」

「阿星!」鐵釘說,「你說你以前是捕魚的?」

「是啊!我11歲就開始就跟我老爸出海捕魚,讀到初中第三年我老爸死了,就剩下我一個人每天出海,後來到台南在路邊擺麵攤,沒多久就來這裡了。」

鐵釘看著阿星說:「但是我看你處理我們夜市的事都很有經驗嘛!」

「我也不知道,每次出事情的時候我壓力都很大,可是到最後,我頭殼就莫名其妙跳出解決的方法。」

鐵釘:「你頭殼跳出來的這些方法還真是讓人出乎意料!」

鐵釘話中有話,可是阿星完全沒感覺到,因為阿星一點都沒說謊。「沒有啦!沒你們幫忙我也處理不來。」阿星傻笑地說。

阿忠往嘴裡又塞了一顆檳榔,「選舉快到了,是時候想

一想要押藍的還是押綠的。」

　　鐵釘帶試探性地說：「雖然夜市歷屆的會長都是泛綠，不過你選哪一邊都不會傷我們之間的和氣。」

　　阿星：「要選總統了？這個和我們有關係嗎？」

　　阿忠：「是選議員和民意代表。」

　　鐵釘：「夜市的會長也算是一隻莊腳，雖然買票的事是由里長在做，可是到競選的前三個月，要讓誰在我們的地盤裡插旗子，要讓哪邊的人進來拉票，讓誰進來做造勢活動，都是你這個會長說了算。當然，按規矩來說，不管你讓誰進來，他們都要付拜碼頭的錢，如果要你幫他們做事的話，那錢就另外算。」

　　阿星：「他們會要我幫忙做什麼？」

　　鐵釘：「進來拉票和造勢的時候，看需不需要你站台，如果有你站台的話，在夜市裡碰到反對黨的攤位，他們也比較不管亂來。或是要你帶動攤子的人參加造勢活動等等，這些都另外算錢。」

　　阿忠吐了一口檳榔汁，再點上一支菸，「怎麼樣，要押那一邊？」

　　「我是台灣人，當然是押綠的！」阿星挺起胸膛看向阿忠和鐵釘。

　　阿忠和鐵釘互相看了一下，笑了起來。鐵釘略帶激動得說：「好兄弟！大家的政治理念還都一樣。」

　　阿星：「如果押錯的話，會有什麼影響？」

　　阿忠：「影響也不是很大，我們夜市裡也不需要造橋鋪

路，用不到政治界的人。」

阿星：「夜市裡面泛藍的有多少人？」

阿忠：「大概三成，大部分都是外省的。」

阿星點頭，「嗯！」

鐵釘：「每到選舉的時候，也是夜市裡大家言語上相互最敏感的時候，不像我們夜市選會長那樣，三區各自的人清清楚楚。還沒讓候選人進來插旗子之前，不要把自己的政治立場表現出來，以免那些政治激進份子聳動起來，傷了大家之間的和氣，接連影響夜市的生意。插旗子的時候，小心不要把旗子插到反對黨的攤子上。你要特別關心反對黨的攤位，時常去噓寒問暖，讓他們覺得你還是一視同仁，仍然重視他們，保護他們，這樣在選舉過後，才會得到他們繼續支持，同時保持夜市的安定。」

阿星看著鐵釘，「哦！還有這麼多要注意的。」

阿忠：「放心，我和鐵釘會幫你的。」

「有什麼問題的話，隨時來問我或阿忠。」鐵釘說。

第一個來拜訪阿星的是民進黨要競選連任的陳百發議員的助理，問阿星可不可以讓他進來插旗子和拉票。

阿星一知道陳議員是綠的，馬上答應。接下來還有國民黨的候選人來投石問路，都被阿星禮貌得回絕。

三個民進黨的候選人都先送上五萬塊的紅包，才派人進來插旗子，阿星特別吩咐他們哪幾個攤子是泛藍的，不要去打擾他們。

競選前兩個月,陳議員請阿星到一家餐廳吃飯,阿星帶上鐵釘和阿忠。一進到餐廳,看見陳議員席開八桌,大部分都是台南縣市一些勞工界的領頭。

阿星坐下後,和坐在他旁邊的一個女人聊起來,阿星看她身穿西裝大概五十多歲了,不管是台語還是國語,講得清晰又得體,不禁和她多聊了幾句。

女子雙手呈上自己的名片,親切地說:「我姓林,是建商的預售經理,現在在高雄市和一家開發商合作,如果你有興趣投資房地產的話,來高雄市看看,我現在手上的這棟是辦公大樓,價錢和地點都不錯,預售期一過馬上會升百分之三十。」

阿星笑笑,「我不懂房地產。」

「沒關係!想投資的話打電話給我,我會好好跟您說明。最近幾年的房價都不錯,比買股票穩定,是投資房地產的好時機。」

上第二道菜的時候,陳議員拿著麥克風說了一些冠冕堂皇的話,然後表明請大家賞臉來的用意,就是希望大家帶動手下的員工,參與他的造勢活動,接著一桌一桌過來敬酒。

阿星小聲地問鐵釘:「怎麼沒說到給多少錢?」

鐵釘也小聲得對阿星說:「看來是沒錢拿,做義務的,吃完飯以後我們回去再說。」

「嗯。」阿星點頭。

離開餐廳後,鐵釘說看來這次陳議員是要大家做沒錢的,

如果要錢的話也不是不可以，私下再跟他談，而且這種事最好是事前說清楚，雙方才不會有疙瘩。

　　阿忠也說雖然自己是挺綠的，可是看台灣這幾十年下來，哪個不是選上以後就變了樣，藍綠都一樣，到頭來還不是為自己。所以他同意鐵釘的說法，如果要錢的話就去跟陳議員說清楚再做。

　　阿星回到家，腦子裏一直在想要不要幫陳議員帶動夜市的人幫他造勢。老婆從廚房走出來，「今天公寓管理委員會來通知單，地下室的停車位租金要漲價，我在電梯裏碰到幾個人都在抱怨，還好我們沒有車，不必去攪和這些事。」

　　阿星：「聽說現在我們的房子漲了幾百萬，是不是真的？」

　　「是啊！這幾年房子都在漲，年初的時候二樓一間三房兩廳賣掉，比我們剛買的時候多了快四百萬。」

　　「那搞地產不比我們擺麵攤還好賺？」

　　「是啊！夜市裡面誰沒有一、兩棟房子在手上出租。」

　　「我以前怎麼沒有注意到這種事！」阿星遺憾得說，「早知道的話也買幾棟房子出租，等房價漲了以後再賣！」

　　「我要照顧攤子，你這個做會長的整天要管夜市的事，哪裡有時間再去搞這個？看市價找房子，買房子，把房子租出去，不用花精神啊？」

　　「如果我們投資上億的房子，那賺得不更多？」

　　「是啊！那也不用擺攤子那麼辛苦了。我們有上億的存款嗎？」

「可以跟銀行借啊！」

「那麼多錢誰要借給你？」

阿星想了一個禮拜，告訴鐵釘和阿忠，自己決定要義務幫陳議員，希望他們兩個也一起幹，當作是為台灣，鐵釘和阿忠當下就答應。

阿星帶動夜市裡泛綠的選民，幫陳議員造勢、站台、揮旗吶喊，在夜市忙裡忙外的，無形中內心浮出了強烈的使命感和優越感。

開票那天，陳議員高票當選，在票數上贏得非常漂亮。阿星和陳議員肩並肩得站在卡車上，穿梭台南市的大街小巷謝票，整個車隊前面還有舞龍舞獅，敲鑼打鼓，熱鬧輝煌。

謝票後，陳議員再擺謝宴請支持他的地方大佬，阿星依然帶上鐵釘和阿忠。到了餐廳，陳議員立刻過去把阿星拉到前面第一桌在他身邊坐下，給足阿星面子。所有人看阿星坐在陳議員身邊，認定阿星在政界必是個有影響力的人。

大家酒過三巡，又開始了台灣的鄉土傳統，推出了卡拉OK，唱到爽死為止。阿星已經喝到滿臉通紅，眼睛半開，把陳議員拉到餐廳門口旁說有話要跟他講。陳議員和阿星互相搭著肩膀，兩個人走起蛇形的路線來到餐廳門口，陳議員拿出香菸給阿星，幫他點上再幫自己點，兩個人稱兄道弟一番後，阿星說：「有好康的要給你，夜市擴建，從南明路一直延伸出去到五通街，市長那邊你去喬，你那一份我從夜市委員會那裡撥給你。」

陳議員：「你現在不要跟我說這個，我會忘記，明天你

跟我的助理約時間,我們再好好談。走,進去繼續喝!」又搭上阿星的肩膀,兩個人再搖搖晃晃得進了餐廳走蛇形回到飯桌。

餐廳門口旁一個女人剛才一直背對著陳議員和阿星,等她轉過身來竟是上次競選前坐在阿星旁邊的林小姐。因為餐廳裡面大家大聲唱著卡拉OK,她走出門口打電話,陳議員和阿星已經喝得搖搖欲墜,沒注意到有人在旁邊;可是剛才阿星和陳議員的對話,她聽得很清楚。

「這個阿星原來是個財政玩家!」林小姐似乎對阿星多了一些想法。

兩天後,林小姐叫她的助理到夜市打聽關於阿星這個人,所聽到的全都是非常正面與輝煌的聲音,搞定不付租金的攤位,趕走夜市十幾個地痞無賴,擺桌303席首創歷年來所有夜市會長的記錄。

兩個星期後,林小姐親自拜訪阿星,兩個人在夜市管理委員會的辦公室裡。林小姐扎起長髮,還是一身西裝。阿星煮水泡茶,兩人寒暄一番後,林小姐轉入正題。

「我現在在幫高雄市的譚議員買一塊地,他需要三個合夥人集資,不要公務員,不要當地人,現在只差一個。這塊地在高雄市議會旁邊,買下後立刻由我的公司蓋成都市公園再賣給高雄市政府,這個案子三個月前在高雄市議會已經通過,蓋好後馬上有錢拿,會長您有沒有興趣?」

阿星沒接觸過這種事,看著林小姐說不出話,林小姐以

為阿星在懷疑她,接著說:「現在只差最後一個合伙人投十二億進去,回報率是百分之260,蓋公園不像蓋大樓,只要九個月就可以完工,完工後一個月內移交高雄市政府就可以拿錢,整個案子從頭到尾預計最久不會超過十一個月。」從公事包裏拿出一疊文件,「這裡是政府的公文、合同、建商的藍圖,你可以找人去核實。機會難得,要不要考慮看看?我把資料留給你。」

阿星徹底傻了,咽一下口水,尷尬得說:「我哪來的十二億,妳找錯人了!」

「你可以拿夜市抵押,我也可以幫你跟銀行貸款,只要你想做,這都不是問題!」

「夜市是台南市政府的,又不是我的,銀行也不可能貸那麼多錢給我啊!」

「這些我都幫你諮詢過了,夜市這片地是政府的,可是攤子是夜市管理委員會的,你是會長,有權拿去抵押,只要你走高雄花旗銀行總行這條路就可以,我認識他們的經理。」

阿星又傻了!這天上掉下來的餡餅,擺在面前的事是真的還是假的?「喝……喝……喝茶!」阿星有點結巴。

又聊了一會,林小姐臨走前請阿星到高雄與譚議員和她建商公司的老闆吃頓飯。

當晚,阿星一個人走出夜市,靜靜地,低頭看著路面走了三個鐘頭,無意間走到台南市公園,看到台南市公園正門的大路燈下,有一塊大理石,上面介紹這個公園是由什麼年份開始興建的,到什麼時候完工,整整七個月的時間。

蓋一個公園真的只要幾個月?如果這件事做成的話,我不就鯉魚躍龍門!

拿夜市去銀行抵押的事沒人知道，這麼大的利益絕對不能曝光，拿到貸款前必須維持夜市會長的身份，必須連任。

　　阿星叫上鐵釘和阿忠到夜市辦公室，和平常一樣抽菸、泡茶、畫唬爛、咘檳榔。

　　哈拉一陣子後，阿星說：「上個禮拜我和陳議員認真地說過了，夜市擴建這件事他答應會全力支持，到時候我們夜市將會是全台南最大的夜市，所有喜歡逛夜市的人加上觀光客和高雄上來玩的，都會被吸引到我們這邊，我們夜市的人潮和生意將會翻倍，所以你們要支持我連任，擴建的事才能夠繼續進行……。夜市還是維持原來的三個區，前面延伸到萬水街的算前區，後面延伸到秀通路的算後區，中區不變；到時候我一個人也忙不過來，請鐵釘擔任前區的區長，每個月薪水兩萬，後區請阿忠做區長，每個月薪水二兩萬，里長那邊如果有必要的話，我會搞定……」

　　阿星一陣長篇大論以後，沒再聊多久便回麵攤準備營業。鐵釘看著他的背影走出辦公室，說：「這個阿星，墊墊吃三碗公半！像李登輝一樣，做台北市長和副總統的時候像個卒仔，一上位就大施其法，呼風喚雨，沒人看得透。」

　　阿忠：「你也不要這麼想，現在夜市的安定和改善，你以前做會長的時候怎麼都沒想到？A錢換了誰誰都會A，他既然能做事就讓他做好了！」

　　「我們在這裡多久了，他才來多久？」阿星能力比自己強，鐵釘越想越不是滋味。

　　「誰有辦法誰去做好了！你想他要是真的把夜市擴大起

來，沒有我們就不行嗎？」

鐵釘吐了一口檳榔汁，說：「不是沒我們不行，是沒有我同意不行！」

「你若是認為自己比他有能力，下一屆出來選就好啦！」

「我是有這麼想。」

「那好，兄弟一場，你出來選的話，後區的選票我負責。話說回來，他那麼有誠意找我們幫忙擴大夜市的事，到底幫不幫？我們早晚要給他一個答覆。」

「幫是可以幫，不過區長絕對不能做。他現在是會長，為了選票會看我們的臉色。我們若是做了區長，變成他的下屬，就永遠要看他的臉色。更何況我還要選下一屆會長，選上了以後要接收他的成果。」鐵釘詭異得笑了一下。

阿忠笑著搖頭，「好，我們是兄弟，聽你的。」

鐵釘又笑了出來，「還有一件事。」抽了一口煙說，「我估計了一下，夜市擴大的計畫如果做起來，買攤子是一筆錢，蓋排水溝是一筆錢，攤位租金增加又是一筆錢，他和里長、鄰長那邊那一筆我們看不到，他和市長那邊又是一大筆，這些好處可是無法計算。他要我們做區長一個月兩萬，一屆三年，三年下來我們一個人才拿72萬，太少了吧！沒有我們兩個識途老馬幫他到處疏通，他的如意算盤可沒辦法進行得這麼順利，再怎麼說他也沒我們資深。」

「那你想怎麼樣？」

「起碼給我們每人三百萬吧！」

阿忠想了一下，慢慢點頭，「那……這話要怎麼跟他

講？」

「我來講就好了。」

隔兩天，三個人回到夜市辦公室。

依然是抽菸、泡茶、畫唬爛、咘檳榔。

鐵釘：「你想擴張夜市的事，我們一定會支持你，也一定會幫你，不過我們對做區長沒興趣，你才來這裡沒多久，很多人都不熟，這方面你可以放心交給我們，我和阿忠一定幫你幫到底。但是要完成這件事可是要花很多精神跟時間，做起來的話我們兩個人就少了很多時間顧攤子。不如你把我們花在做擴大夜市，少了顧攤子生意的錢給我們，我們就可以好好安心幫你。」

阿星聽了以後說：「哎呀！你說的有道理，我都沒想到這點，你們已經幫我不少了，我怎麼能再讓你們少賺錢呢！是我不對，這件事我另外找人幫忙，你放心好了，我絕對不會再這麼自私。」

鐵釘和阿忠都愣住！眼前的阿星到底是真傻還是裝傻？

阿忠趕緊說：「都是好兄弟，沒有什麼自私不自私的，你的事我們很願意幫忙，幫你這期間我們沒時間做生意，你把錢補給我們就可以了，你的事也可以馬上開始進行。」

阿星一副歉意，「兄弟之間搞到要說錢，搞到這麼難看，我真是愧疚，真是失禮！這件事我另外找人做就可以了。」

鐵釘一臉火大，阿忠是滿臉疑惑。

鐵釘氣得站起來走出辦公室，阿忠追出去。

阿星大聲說：「啊現在是怎麼回事？這麼快就走了！」

阿忠追上鐵釘說：「幹！多少錢都不問，他到底是真傻還是裝傻？」

鐵釘一肚子火，腳步越走越快，「他沒錯！」

「什麼！沒錯？」

「一點都沒錯！他這麼聰明的人，不會跟貪的人合作。我們以前幫他是講情，現在一講錢，他馬上不要，立刻切掉。貪是無止盡的，他不放心跟貪的人合作。將來事情要是做起來，他擔心我們看到更多利益還是會忍不住跟他要，沒完沒了，不如現在馬上就切，連我們要多少錢都不問，一問的話就等於交易開始，如果談不攏，大家就難看了。過去我真是太小看他了！」

「那他接下來可以找誰？」

「經過了今天，他不會再找夜市裡的人幫他，夜市裡的人看得懂夜市錢的流向，多少算得出他能拿到多少的利益，加上他才來沒幾年，和這裡的人沒有深交，不知道可以信任誰。」

「難道他一個人做？他一個人做得來嗎？」

「一個人怎麼做得來，他不會一個人做，他想得到辦法的。」

從此鐵釘和阿忠再碰到阿星，連招呼都不打，就像不相識。

阿星找了十個工讀生幫他處理夜市擴張的雜務，人脈疏通的事找陳議員幫忙，由陳議員的秘書和幾個助理出面，自己則拜訪里長和鄰長。

　　夜市擴大興建完成的那一天，阿忠深深體會，如果當初拿了阿星三百萬，現在看到阿星進賬幾千萬，他會不恨自己嗎？他會忍得住不再跟阿星開口多要錢嗎？到時候雙方沒完沒了，會變得極度齷齪。

　　阿星可以一個人請十個工讀生，加上讓陳議員把事情辦起來，阿忠開始佩服阿星，他是個做大事的人！

　　看著報紙和電視新聞採訪阿星，連台南和高雄市長都來道賀。夜市的人潮一下翻了三倍，擠得水洩不通，每個攤位賺錢賺到忙不過來，只有鐵釘一個人坐在自己攤位裏喝悶酒，常常喝到醉倒在自己攤位裡面把客人都嚇跑，也沒有客人敢上門。

　　一個月後，也就是夜市會長重選的前兩個月，阿星以媽祖誕辰和歡迎新攤位加入的名義，又在夜市裡辦桌六百多席，每區摸彩，頭獎仍是一輛50cc的摩托車，每區五個頭獎，再度上報上電視。

　　鐵釘在辦桌那天喝得大醉，大罵阿星，阿星站在大家面前讓他罵，然後笑笑對鐵釘的老婆說：「他只是喝醉了，沒關係！等一下不要讓他開車。」

　　所有人都說阿星大氣，鐵釘太丟臉！

重選會長前兩個禮拜，鐵釘到處造謠攻擊阿星，還花錢為自己買票，夜市一共607個攤位，他買了近400個攤位的票，開票那天他的得票數是129票，氣得當場中風送急診，從此嘴巴歪一邊，右手右腳麻痺，說話的時候眼睛會扎個不停。每當下雨風濕一痛，怨氣衝心，便跑到阿星的攤位破口大罵，罵的時候一邊流口水一邊眨眼睛，看上去及其滑稽，惹得夜市人潮大笑，他竟轉身罵人潮，罵的太激動，二度中風，還是阿星送他去的醫院，從此再也沒臉出現在夜市。

　　阿忠常常到鐵釘家看他，鐵釘每次見人就只知道罵人，久了阿忠也受不了，罵回鐵釘：「鬥不過人家就不要去瞎搞，人生一場本來就是有贏有輸，你看你輸不起把自己搞成像什麼樣子，自己去照照鏡子，輸了不知道要收山，還不停讓自己難看，這都算了，你身邊的人有對不起你嗎？連大嫂都被你罵跑了！要不是你祖上有德，留個孝順的女兒留在你身邊照顧你吃喝拉撒，不然你早就到路邊去要飯了！」

　　鐵釘怒火上腦，一陣暈眩，坐在輪椅上站不起來，拿起身邊的鬧鐘丟到阿忠身上，從此阿忠沒有再來看過鐵釘，可是每個月都拿一萬塊給鐵釘的女兒，要她不要告訴鐵釘。也常常在半夜收攤後去鐵釘的攤位看鐵釘的老婆，總是說：「嫂子，妳就原諒鐵釘，找個時間去看看他吧！」

　　鐵釘的老婆說：「他每次見到我就趕我走，還是你幫我去看他吧！」

　　「我上次說話傷得他太深了，我瞭解他的脾氣，還是不

要讓他再看到我比較好。」

鐵釘的老婆邊說邊哭，鐵釘看所有攤位都已經收攤，四下無人，把手放在她的肩膀上安慰她，慢慢地，上前抱住了嫂子，什麼都沒再做。

嫂子正是最脆弱無助的時候，阿忠內心掙扎了好久，慢慢將她推開，低頭離開。

一個月後，阿忠在半夜收攤後再去看鐵釘的老婆，遠遠看到她和隔壁攤炒米粉的肥七搞上，兩人從攤位後面的小隔間同時扣著自己身上的衣服走出來。

阿忠遠遠站著。

也好！她一個女人孤單無助，總比和老公的兄弟搞上好。慢慢轉身往回走，心中只有對嫂子的體諒和憐憫。

阿星和老婆趁白天孩子都去上課的時候，在房裡放著A片，跟著A片裡面換姿勢，做得喘得要命。

　　阿星擠出痛苦的臉，大叫一聲，接著滿頭大汗倒在床上，「幹！歲數大了真的騙不了人，以前一搞一個多鐘頭，現在不到十分鐘就像頭牛一樣拖不動了。還是做女人比較好命，都不用出力，躺著就可以爽！」

　　這時候嬰兒哭了起來，老婆沒穿衣服就趕緊過去搖籃邊把孩子抱起來，讓孩子含上自己的乳頭，對阿星說：「快去沖奶粉。」

　　阿星也沒穿衣服就走出房，過沒一會拿著奶瓶進來，老婆把奶瓶往手背上滴了兩滴，再把自己的乳頭拿開，把奶瓶塞進嬰兒嘴裡，「把A片關掉，孩子這麼小就讓他聽這個……」

　　「他也聽不懂。」

　　「不好啦！對孩子不好啦！長大以後變豬哥！」

　　阿星聽了趕緊走去把電視機關上。

　　老婆：「下個月房東要來簽合同了，你想這次簽多久？」

　　阿星沒說話。

　　老婆一邊餵著奶一邊說：「跟你說話有沒有聽到，要簽多久？」

　　阿星還是沒說話。

　　老婆轉過來，「你是在想什麼？」

　　「妳有沒有看到夜市旁邊剛蓋好一棟大樓在賣。」

　　「你是說那棟……什麼羅浮宮那一棟？」

　　「是啊，那一棟裡面應該有電梯。」

「那怎麼樣？」

「不然搬到那裡住好了！」

老婆笑笑，「那棟是要賣，不租的啦！」

「不然就買好了。」

「買房子，那很貴的！」

「等過幾個月，高雄公園那筆錢拿到，還怕買不起嗎？買了以後將來還可以留給孩子們住。」

「你真的想買啊？」

「先去看看嘛！」

下午，夜市開始做生意前，兩個人背著孩子去看房子。

房子大樓的銷售小姐很有禮貌的請小倆口坐下，幫他們都倒了一杯茶，「你們是要投資還是自己住？」

「自己住。」阿星說。

「你們的預算是多少？」

「還沒有預算。」

「這樣啊！……我們有兩房一廳的650萬，三房一廳的740萬，四房一廳的……」

「最多是幾間房？」阿星問。

「五房三廳的一千萬。」

「這個好！」

「這個價錢……對你們來說沒問題嗎？」

「沒有問題。」

「你們需要貸款嗎？」

「不用。」

銷售小姐整個臉笑起來,「現在五房三廳的只剩四間,我帶你們去看看。」

看了四間五房三廳的單位,阿星問老婆:「妳喜歡哪一間?」

老婆一輩子沒看過這麼大的房子,小聲得說:「都可以啦!」

銷售小姐:「越高晚上夜景越好,可是冬天風聲會比較大,十二樓的坐東朝西,夏天的時候不會西曬……或是你們可以找風水師來幫你們決定。」

「嗯!這樣也好。」阿星說,「不過都沒認識的。」

銷售小姐:「我有認識兩個可以介紹給你,等一下回到樓下我把他們的電話號碼給你。」

阿星和老婆走出大樓以後,老婆說:「真的要買嗎?」

「這裡環境這麼好,以後每天過個馬路就到夜市,不用收攤了還那麼累還要騎車回家。」

「不過,這麼多錢我們用租的,那些錢省下來,不是還可以花更久!」

「等高雄花園那筆錢拿到了,這一點算什麼。錢是賺不完的,該花就花,不用那麼省。」

風水師要了阿星全家人的生辰八字,看了四間五房三廳的單位後,幫阿星挑了其中一間。阿星為了不要老婆為花錢

買房心疼，自己一個人到預售屋辦公室把房子買下來。

　　第一次和阿星接洽的銷售小姐正在接待其他客人，銷售部的經理自己出來和阿星談，阿星開價800萬，經理從1000萬一點一點慢慢減，說了一個小時，把阿星都說煩了。

　　阿星：「你這樣談法，每次降個一、二十萬，我血壓都要上來了，你根本沒做過大生意，我不想再浪費時間，我出850萬，要就來，不要就算了！」

　　經理：「我是根據現在市場的行情價……」

　　「我幹你娘的！我講最後一次，850萬，要還是不要？」

　　「不是，買房子不是這麼講價的，我們必須考慮地段、年份、行情……」

　　「我幹你娘的聽不懂台灣話！一支嘴像女人一樣不停碎碎念！」阿星罵完站起來就走。

　　經理趕緊追出大樓門外拉住阿星說：「我是想解釋給你聽我們房子的優點……」

　　「你想講，我不想聽，不行啊！你以為你自己很懂很專業是不是，你這是顧人怨！」

　　「請你再進來坐一下啦！」

　　阿星大叫：「你放不放手？」，看經理還是不放手，掏出手機往經理的頭頂敲下去，整個手機在經理頭上散開。

　　幾個夜市的人正要去開攤，從對面跑過來，「會長，什麼事？」

　　「我來這裡看房子不買，他不放我走！」

　　「有這種事！會長，現在要怎麼處理？」

「給你爸好好教訓一頓，綁起來送警察局！」

銷售經理被三、四個人圍起來拳打腳踢，被揍得頭破血流，其中一個人找來一捆鐵絲把他綁起來，送往就近的警察局。

經理雙手被綁在後面，左右兩邊被人架著，頭髮被另一個人緊緊扯住，臉上一路滴著血來到警察局。

一進警局，櫃台警員看了嚇一跳，「哇！流這麼多血，這是怎麼回事啊？」

阿星：「我去看房子，看了不買，他就拉著我不放我走，還用頭把我的手機撞爛。」

櫃台警察問銷售經理：「是不是這樣？」

經理奄奄一息，「我，我……我被打。」

警察：「為什麼被打？」

「我……我，我賣房子被打。」

警察：「語無倫次的！你好好想一下事情發生的經過，我等一下給你做筆錄。」

轉向阿星，「先生，我先給你做筆錄，進來！」

天黑以後，阿星走進自己的攤位，老婆見他進來，一邊下麵一邊說：「還真行！買房子買到帶人去打架！」

「我哪有帶人去打架，是他們在對面看到我被欺負跑過來幫我的。」

「一堆人打一個，叫價還真不錯！」

「哭夭啊！煮妳的麵啦！」灌了一口高粱，往攤子外面走。

「等一下客人就要開始多了，你又要去哪裡啊！」老婆在身後叫了出來。

阿星回頭大罵：「哭天啦！」

禮拜六，一個禮拜中生意最好的一天，阿星的麵攤沒有開張。家裡來了貴客，高雄的譚議員全家到阿星家吃晚飯。

一大早阿星特別囑咐老婆把房子打掃乾淨，做上幾道豐富的拿手好菜，還興奮得說：「高雄投資建設公園的那塊地，要不是譚議員的關係，是有錢也買不到！」

晚上六點半，譚議員一家大小來到阿星家，大家吃吃喝喝，談得非常投機。

小孩子們吃飽了就先離開飯桌到房間裡去玩。

突然房裡傳來一陣孩子的哭聲。

「是誰在哭，我去看看。」阿星的老婆站起來往哭聲走去，一進房門馬上愣住！譚議員的大兒子被打得流鼻血。

老婆趕快拿衛生紙幫他止血，「是誰打的？」

譚議員的小兒子指著自己二兒子，老婆馬上朝老二一巴掌搧下去。

這下兩個孩子哭得像是在比大聲。

大人們聽了全都走到房間去看。

阿星：「現在是怎麼回事？」

老婆氣得說：「阿牛把人家打流鼻血，我給他一個耳光！」

阿牛邊哭邊說：「他說他這關沒過就換我，說話不算話

啦！」手指著電腦遊戲機。

阿星老婆大罵：「不管什麼事都不能打人，不能好好講嗎？跟人家道歉！」

阿牛哭得更大聲，「是他先不對啦！」

阿星走到阿牛面前大聲說：「你道不道歉？」

阿牛一邊哭，一邊用力原地踏步，「這樣不公平啦！不公平啦！」

阿星又一巴掌朝阿牛臉上打下去，把阿牛打得跌到地上。

譚議員馬上跑過去，「好了！好了！這樣就夠了，小孩子玩在一起打架是常有的事。」

阿星再把手舉起來，「幹你娘的，道不道歉？」

譚議員把阿星抓住，「阿星，不要這樣，好好講就可以了。」

譚議員的太太過去拍拍大兒子的背，「好了！做個男子漢不要哭，也沒怎麼樣。」

阿星：「真失禮！我沒有把孩子教好，真失禮！」

「不要這樣講，也沒什麼大不了的，小孩子就是這樣長大的。」譚議員大方得說，「走，我們到外面再喝。」

阿星的老婆又向譚議員的太太不斷道歉，譚議員太太笑著說：「根本沒什麼事，不要緊！不要緊！」

阿星和譚議員回到外面飯桌，譚議員一看客廳牆上掛了一把劍，走過去看了一下，說：「這是古董？」

阿星也走過去，把劍拿下來抽出劍鞘，譚議員看了不到半分鐘酒意完全驚醒，「這支青蛇刻的太美了！這七顆綠寶

石的色澤看起來應該是真的，劍柄和劍鞘雖然褪色，可是劍身還保有原來的光澤，真是難得，太美了！」

「小心點，很利的！」阿星說。

譚議員：「我看這應該是明朝的，我所收集的古董裡面有六把古劍，沒有一支比得上這把。你花了多少錢，可以問一下嗎？」

「這不用錢，海裡撈到的。」

「啊！有這種事，這麼名貴的劍自己跑到你身邊，這是緣分啊！」

「送你啦！」阿星說。

譚議員愣住。

阿星：「我又不懂古董，你有在收集，它跟著你才有價值。」

譚議員心跳加速，說不出話，他知道這把劍價值連城，以他多年玩古董的經驗，這把劍如果真的是明朝的，那可是無價！

「拿去啦！不要客氣。」阿星又說，「我又沒花錢買，不用跟我客氣！」

譚議員睜大眼，依然說不出話，阿星是真的不懂它的價值還是另有目的？就算是另有目的，不管是什麼目的，都是值得的！這麼精緻又完好的古劍，真是可遇不可求啊！

譚議員：「你⋯⋯你不是開玩笑？」

「拿去啦！我掛在這邊好久了，也不會欣賞。」一副無所謂的樣子。

譚議員睜大著眼硬生生地說：「這樣……那……我不客氣了！」

「這就對了，大家是好兄弟，不要那麼計較嘛！」

譚議員握著劍和阿星一起回到飯桌上，「阿星，多謝你！我敬你。」

「不要客氣！不要客氣！來，乾了！」

譚議員一家帶著青蛇劍離開以後，老婆對所有小孩子們說：「全部出來再吃半碗飯！只顧著玩，剛才晚飯都沒好好吃。」

一家人圍著餐桌，孩子們拿起筷子撥著飯入口。老婆：「半碗飯吃完才可以回房間，不然到半夜來跟我說肚子餓。」

阿星喝著紅酒，「還好送了他一把劍才搞定！」，然後看著二兒子說：「以後不管什麼事都要好好講，不可以動手打人知不知道？」說完摸摸兒子的頭，「臉還會不會痛？」

老婆：「我都已經巴過他了你還打他，還打那麼大力，現在知道心疼了！」

「你看譚議員和他太太修養這麼好，我們還動手打人，太失禮了！」

老婆也坐過來摸著二兒子的頭，溫柔得說：「再喝一點湯好不好？」

兒子搖頭。

「那吃飽趕快去刷牙睡覺，媽媽明天買炸雞給你吃好不好？」

二兒子開心得看著媽媽,「好!」
其他兩個兒子也叫出來:「我也要!」
「那吃飽趕快去刷牙睡覺,我等一下看誰不睡覺還在講話就沒得吃,聽到沒有?」
「有!」所有孩子一起說。

阿星最近和老婆總是說沒兩句就吵起來，客人少的時候就離開麵攤，不想和老婆待在一塊。而且這陣子心裡很容易浮躁起來，見到老婆就更躁，常常獨自到夜市南區的一個快炒攤位喝上兩杯。

　　晚上差不多凌晨一點，夜市人潮漸漸清淡，大家沒多久就要收攤。阿星又來到快炒攤位，點了一盤炒羊肉和一瓶高粱，快炒攤位老闆也坐下來。

　　阿星：「來，喝一點。」

　　老闆拿了一個杯子過來，倒上酒和阿星碰了杯子，兩個人隨意了一下就聊起來。

　　沒多久，阿星看老闆站起來開始收攤，「要收了？」站起來掏錢付賬。

　　老闆：「沒人了早點收，看看今晚的手氣怎麼樣！」

　　阿星眼睛一亮，詫異得說：「你都在哪玩？」

　　「廟口附近有一家。」

　　「那裡都玩什麼？」

　　「有骰子和牌九。」

　　阿星有幾年沒碰賭桌了，幾乎沒了賭癮，今晚好像又莫名地懷念起那種骰子扔出手的痛快，還有牌九翻牌時大起大落的刺激。骰子和牌九，那可是搬到城裡之前自己最拿手的，可是……賭博曾經讓自己在貧困中無法翻身。離開賭之後，自己好運不斷，至今賺的錢是越來越多，讓自己活得更像人樣，像個真正的男人，可是……自己又不想那麼早回去看那個三八查某的臉色。嗯……這樣吧！我去看看就好，

不要賭,只是看個爽就好。對!只看不賭,純粹消磨一下時間,等那個三八查某睡了以後就回去。

阿星:「那裡你去多久了?安不安全?」

老闆:「我都去四年多了,絕對安全!他們有固定塞紅包給戴帽子的。」

「我跟你去看看。」阿星語氣更加激動。

「好啊!我跟他們都很熟了!」

老闆很快把攤子收好,阿星跟著他往廟口走去。

那天晚上,阿星到提款機取了三次錢。

那種不把錢當錢,只期待贏的痛快,那種舒適的歸屬感,全都回來了。

以前是幾百幾千的下注,現在有錢了,是幾千幾萬的下,等回報來臨的時候,翻倍的數目看了多麼讓人亢奮,幾乎到了無法喘氣的境界!

城裡賭場的服務和以前港口的截然不同,要吃檳榔、喝酒還是宵夜,都有人幫你跑,借款的金額上千萬都可以,簡直就如同難以形容的法喜充滿。

接下來的日子,阿星是白天睡覺晚上起床,麵攤也沒心思做,老婆一罵就往賭場跑。幾個禮拜以後,他又到銀行領錢,戶頭裡竟然只剩下一千多塊!

怎麼可能!絕對不可能!幾千萬的存款這麼快就沒了?印象中我也贏了不少啊!

阿星要求銀行把取款單調出來看,這些提款單確實都是

自己的筆跡。

回到家一進門就灌酒,老婆看了立刻又開始念,「等一下就要開攤了,你天還沒暗就喝⋯⋯」

阿星不敢讓老婆知道銀行賬戶裏只剩一千多塊,只是喝著高粱沒有出聲。

老婆念了阿星一陣子以後,覺得奇怪,他今天怎麼沒跟我吵,臉色還跟平常不太一樣?

「你今天是怎麼了?」老婆的嘴停了下來。

阿星還是沒說話。

「今天是禮拜五,早一點去攤位準備,你早點過來。」老婆說完就出門往夜市去。

阿星看老婆走出門,心裡還是在想:這下怎麼辦?錢全部都沒了⋯⋯沒關係!!我還是夜市管理委員會的會長,錢再賺就有了,等高雄的公園蓋好,馬上就有好幾億進來,這不算什麼!錢是賺不完的,再賺就有了。我先跟賭場借個五百萬翻本,要是翻本回來的話,輸的就全部回來了,以前又不是沒贏過!更何況,再不用多久,等高雄的錢一進來,這些都不算什麼!

「好!」阿星拿起高粱喝了三大口,精神、志氣、希望、以往的意氣風發通通都活靈活現出來,像個敢死隊踏出大門,朝賭場走去。

賭場老大笑容可掬得看著阿星,「五百萬夠不夠?拿一千萬好了!」

阿星：「不用！我覺得我今天手氣不錯，過不了幾個小時五百萬就還你！」

賭場老大吩咐身邊的手下去後面拿五百萬出來給阿星。阿星簽下欠條，提起一袋子的五百萬現金，睜大眼挑選眼前能夠帶給他幸運的賭桌，全憑感覺，掃了賭場一圈，「就是這桌，賭骰子的這一桌！」

阿星集中意念，勢如破竹，不到兩個鐘頭，贏多輸少，台面上已經多了兩百多萬。

五天後。

譚議員在辦公室裡接到一通電話。

「喂！譚議員，我阿星啦！」

「阿星，什麼時候過來高雄我請你吃飯。」

「譚議員，我現在需要現金週轉，不知道可不可以退股？」

譚議員愣住，好一會沒出聲，「阿星，等公園蓋好，再不用幾個月，你投資的錢是翻倍的滾回來，你真的要退股？」

「不過是錢而已，身外之物。」

「阿星，你要不要再考慮一下？」

「我已經考慮好了。」

「這樣的話……我現在沒那麼多現金，我先給你兩億，下個月再把剩下的七億給你，你看行不行？」

「可以，可以，你現在把錢匯過來。」

「阿星！」

「按怎？」

「是發生什麼事嗎？」

譚議員在電話裡旁敲側擊，花了好久的時間問不出原因，說到最後阿星總是支支吾吾的。

「好吧！既然你這麼堅持，我叫秘書今天就把錢匯過去。」

「多謝！多謝！」

「阿星。」譚議員又說，「我必須先叫律師傳真一些文件讓你簽。」

「應該的，你等一下，我過幾分鐘把傳真機的號碼給你。」

譚議員掛了電話，將近半小時什麼事都不做，只是不斷思考，阿星為什麼要退股？退股的過程和退股後會不會給自己帶來任何的不利。

譚議員拿起桌上的電話，「何秘書，你進來一下。」

何秘書是一個六十多歲的老頭，已經在譚議員身邊幹了十幾年。他一進辦公室，譚議員馬上說：「吳天星要退股！」

何秘書的眉毛向上提了一下。

譚議員：「他也花了不少精力才搭上這個案子，現在要退股，你怎麼看？」

何秘書想了一下說：「可能性太多了，我們沒在吳天星身邊，猜不到。」

「你想他會不會聽到了什麼風聲，像是這塊地或是這個

工程出了什麼問題?」

何秘書搖搖頭,這個案子牽扯的人和過程太多了,無從想起。

「你現在放下手上的工作,馬上去把這個案子的合約、建地、工程,任何和這塊地有關係的事,在一個小時內重新過濾一次。」

何秘書眨了一下眼睛,「一個小時!這個案子牽扯太多了,這麼短的時間……」

「要查得詳細,當然沒那個功夫。如果有什麼狀況的話,大多是意外或是外來的。打幾個電話和有關的人打聽一下,合同和律師、建築公司、中介都打個的電話過去試探一下,看能不能立刻摸索出什麼問題。」

「是。」何秘書說,「台南那邊是不是也打聽一下。」

譚議員:「台南那邊我來。」

一個多小時後,何秘書敲門走進譚議員的辦公室,「高雄這邊都沒問題。」

譚議員:「台南那邊有風聲說吳天星在脫產。」

「脫產?」

「聽說他把夜市會長的職位給賣了,過去一個禮拜每天都從銀行取走數百萬,甚至有上千萬的記錄。我查了台南地方法院和台南警政署那邊,看他們當下是不是在查吳天星,結果沒有。」

「那他是在幹什麼?」何秘書想不透。

譚議員看向窗外想了很久,然後說:「為了預防萬一,讓他退股,叫律師快點和他把退股的文件簽好。」

「好。」何秘書走出辦公室。

譚議員再次走到窗口看向窗外,這塊地是我用太太的名字跟其他人買的……吳天星為了能夠一起合作,花了多少心思,請了多少人吃飯,跑了高雄的銀行多少趟才貸到款,他也算有這個能耐和手腕……好不容易做成了,如果一切程序都沒問題,難道真的是他私人的問題……。

阿星跑到 7-11,用 7-11 的傳真機把退股需要簽的文件都收發處理好。

譚議員看在阿星的贈劍之情,遵守承諾在一個月內把剩下的七億都退給阿星。

錢一到手,阿星越賭越大,幾乎賭瘋了,兩個星期沒離開過賭場,沒睡過覺,兩眼佈滿血絲拼著命把錢全部輸光,再倒欠賭場兩億。

沒把賭債還清,賭場不讓他再賭,這才停住。

從此阿星消失,連家人也找不到。

賭場的人為了追債找到阿星的住處和夜市的攤位,不是恐嚇就是掀攤子,老婆為了躲避追債,連夜市的生意也無法再做下去,帶著五個孩子不停搬家,四處求親戚朋友收留,那種感覺就像天塌下來了一樣。

多少次在夜深人靜的時候,老婆凝視著窗口,想著,只要跳下去一切就可以一了百了,可是看到熟睡的五個孩子,

眼淚硬是往肚子裏吞，又撐過了一個夜晚。

　　阿星在外面流浪了幾個月，實在過不下去了，硬著頭皮回家，才知道老婆已經帶孩子搬走，房子也已經抵押出去。阿星餓到走投無路，幾乎可以去搶。看到路邊的麵攤，再看到麵攤子旁邊一家維修手機的店鋪，玻璃櫥窗上有回收手機的標語，他走進去把手機從口袋裏掏出來。

　　手機店老闆：「800」。

　　「好。」阿星馬上說。

　　「你要不要看看其他的手機，我們有不少新款的二手機都不錯！」

　　「不用了，沒有人會接我的電話。」

　　阿星拿了800塊，立刻走進一旁的麵攤。狼吞虎嚥吃著麵，想起以前全家人一起經營麵攤的光景，眼淚滴進麵湯，一手擦著眼淚，一手吃著麵，麵攤老闆看了他一眼。

　　吃完麵，發現自己掉了一顆牙齒，是不是剛才吃麵的時候掉的？看碗裡沒有牙齒，難道剛才和麵一起吞進肚子裏了？

　　阿星第一次感覺到自己老了、殘了，一切認命了；這悲涼的宿命。

三年過去。

阿星的老婆穿得很樸素破舊，帶著五個孩子走在路上，要去天公廟上香。

「阿爸！」其中一個女兒說。

老婆停下來，「秀美，妳說什麼？」

「阿爸在那裡。」女兒指著剛才經過的小巷口。

「妳看到阿爸？」

女兒點頭。

老婆帶著四個孩子，背上背著一個，折回經過的小巷口，目光朝小巷內看去，一個男人蹲在地上洗碗，再看巷口是一家小吃店。

老婆牽著孩子們走進去，腦子裏一片空白，慢慢走到洗碗工面前。

洗碗工人沒刮鬍子，穿著短褲和塑膠拖鞋，一抬頭，嚇得張嘴合不攏。

「阿星，真的是你！」老婆立刻流下止不住的兩行淚。

阿星看著老婆，再看向孩子。

「阿爸！」秀美又叫了出來。

阿星站起來轉身就跑。

老婆大喊：「阿星！」

阿星沒臉見老婆，更沒臉見孩子，他只有使出全身力氣用力跑，跑開當下，跑開讓自己無地自容的痛苦。

老婆依然大喊：「阿星，事情都過去了，不要走！」

老婆和五個孩子站在原地，看著自己老公，自己的父

親,背對著他們逃得好失落,好狼狽。

老婆緊抓住酸痛、刺痛的胸口,看阿星再一次地消失。

老婆走進小吃店,找到近70歲滿頭白髮的老闆。
「借問一下,幫你洗碗的吳天星在哪裡可以找得到他?」
「他在後面巷子裡洗碗,妳去後面就可以看到他。」
「他跑掉了。」
「跑掉了?」
「他欠妳錢啊?」
「不是,我是他牽手。」
老闆低頭看了一下,「這些都是他的孩子?」
「嗯。」
「我們打烊以後他就睡在這裡,不然妳晚一點再來。他怎麼生了孩子人卻跑掉了?」
「他……我們吵架了。」
「哦,我們十點關門,妳十點再來好了。」
「老闆……」
「又怎麼了?」
「可不可以不要告訴他我會來,我怕他又跑掉。」
老闆看她身旁的孩子,背上還背了一個,「嗯,好!」

晚上,十點。
小吃店打烊,老闆到門口把鐵門拉下來,看到阿星的老婆一個人站在對面,老板向她招手過來。

阿星的老婆慢慢得跑過馬路走來，老闆小聲說：「他人在裡面，我沒有告訴他。」

阿星老婆感激地對老闆鞠躬。

老闆：「好好講，不要再吵了。」

阿星老婆一直點頭。走進去，看到阿星剛躺在一張折疊椅上，蓋上棉被。

老闆在門外把鐵門鎖上，只有這樣，阿星才能過得了羞愧這一關。

老婆走近阿星身邊，阿星以為是老闆忘了拿東西又折回來，轉頭一看。

「阿星！」是女人的聲音。

阿星嚇得從折疊椅上摔下來，一站起來就馬上要往外跑。

「阿星！」

阿星去拉鐵門，可是拉不上去，幹！怎麼鎖起來了。啊！還有後門。再跑到後門去，拉了好久也拉不開，幹！怎麼也鎖了？

老婆看著自己老公在她面前這麼跑，這麼躲，這麼難堪，心酸得閉上雙眼，再度流下兩行直淚。

「阿星，你這樣是在幹什麼？」老婆大聲說。

阿星恨自己，恨當下，憤恨得說：「我沒臉見妳啦！」

「那孩子們呢？」

「孩子也沒臉見啦！」

「難道你要在這裡洗碗洗到死是不是？」

「這不用妳管啦！」

「你是我丈夫，是孩子的阿爸，我不管？」

阿星轉過頭來對著老婆，「妳到底要做什麼？」

「我在天宮廟旁邊租了一間小套房住，跟我回去。」

「我在這裡住得好好的，跟妳回去幹什麼？」

「你是要我給你巴下去是不是？你已經三年不見人影了，要不是秀美看到你，我們什麼時候才能找到你？你很喜歡幫人洗碗嗎？」

「我在這裡有吃有住，有什麼不好？」

「那孩子怎麼辦？」

「孩子妳顧就好了！」

「我現在在我表姐的臭豆腐攤幫忙，孩子一下課就沒大人在家，你叫我一個人怎麼顧？」

兩人好久沒說話。

「走，跟我回去。」老婆的口氣緩和了很多。

「哭夭！就跟妳說不去了。」

兩人又一陣沒話。

「我已經存了兩萬塊，就等你回來我們重新再開一個麵攤子，生活一定會再好起來。」

「兩萬塊是要怎麼開麵攤啦？」

「我現在一個月可以存一千塊。要是在我表姐賣臭豆腐的那個菜市場擺攤，可以跟市場的管理委員會借，利息跟銀行一樣。」

「那妳去做就好了，找我幹什麼？」

「我去做！一邊做一邊帶五個孩子，你是要我一個人累

死啊?」老婆四處看了一下,抓起牆角一隻掃把,朝阿星不停地打下去,「你是不是人!是不是人!……」一邊罵,一邊打,一邊流眼淚。

阿星痛得叫出來,把掃把從老婆手上搶過來,「好了!妳卡差不多叻!」

老婆把掃把再搶過來,瞪著阿星,「跟不跟我回去?」

阿星怕再被打,自己也沒臉還手,破口大聲叫出來:「回去就回去啦!」

兩個人走到門口,老婆把鐵門往上一拉,馬上就拉上去。

「咦!剛才怎麼拉不上去?」阿星看著鐵門納悶。

第二天早上,阿星回到小吃店正要去洗碗。

「阿星,過來一下。」老闆說。

阿星走過來,老闆說:「阿星,你幾歲了?」

「48。」

「我以為你60了,你怎麼看起來這麼老?去把鬍子刮一下。」

「啊?」

「啊什麼!去把鬍子刮一刮。」

阿星刮了鬍子從廁所走出來。

老闆說:「這樣看起來才像48歲。」再說,「你現在48,正是累積一生經驗好好發揮的年紀,下個月去找別的事做,不要在這裡洗碗了。」

「啊?」

「啊什麼！叫你下個月開始另外找事做。」

「不是啊！我在這裡做得好好的……」

「我不是說你做的不好，我是叫你找更好的事做。我以為你跟我差不多年紀，人生做什麼都無所謂了。原來你刮了鬍子以後這麼年輕，48歲正是一個男人好好發揮的年紀。48歲的男子漢，不可以做洗碗工，你做到這個月底就好。」

「老闆，我48了，誰還會請我，我不做洗碗工做什麼？」

「阿星，你要瞭解一件事，不是每個人都可以做大事、賺大錢，但起碼不能做委屈自己的事。你在這裡已經做了一年，再做下去，一習慣了，時間一過你很快就老了，你一輩子就會習慣活在委屈自己的感覺中。」

「老闆，我在這邊沒有覺得委屈自己啊！」

「我問你，一個48歲的正常男人應該是在幹什麼？在公司裡起碼是個主管，不然在外面也起碼要有自己的小生意。就算你不是，但也不能差太多吧！你48歲做一個洗碗工，這不是太離譜了嗎？不管你以前做過什麼，經歷過什麼，男子漢是不看過去，不活在過往，也不陷在當下的不如意。一個男子漢該做當下該做的事。你現在這個年紀，人生也有閱歷了，做事不要再憑感覺、憑喜好，要憑理智。48歲的男人，財富不在銀行，在你人生的閱歷和歷練。」

阿星兩眼無神得看著老闆。

「如果我這邊有10個洗碗工，你還可以當洗碗工工頭，可是我這邊沒有，你另找出路吧！」

到了月底最後一天，老闆拿了一個信封給阿星。

「我多給你一點，希望你好好另謀出路，將來有機會經過這裡的話再進來坐。」

阿星回到家打開信封一看，有10萬塊，他和老婆的眼睛都亮了起來。

老婆：「加上我們有的6萬，一共是16萬，可以開麵攤不用跟管理委員會貸款了！」

阿星：「可是……標攤位的錢呢？」

「對喔！」老婆一下子洩了氣，想了一下說：「這樣吧！我們先不要在菜市場裡面擺攤，在附近找個好地點，先把生意做上，等存夠了錢，再回到菜市場標攤位。」

「嗯，也好，這樣也省下攤位的租金。」

小兩口在離菜市場步行不到10分鐘的地方找了一個定點，一個巷子口的轉角處，重操舊業，做的是附近居民的生意，東山再起。

人要累積的不單是財富
還有內心逐漸的強大
只要內心強大
生命中沒有不能面對的
沒有過不了的關卡

三、高雄

譚議員現在的家庭是二婚。

第一次婚姻有四個孩子,現在四個孩子都在國外讀書。而四個孩子所讀的科目都是譚議員依照他們各別的性格,在進大學的前一年決定好的。

唯一比較頭疼的是三女兒,個性叛逆,高中就換了三所學校,畢業後馬上送她出國和那幫狐朋狗黨隔離,讓她進入二兒子正就讀於洛杉磯的南加大,也安排她和二兒子住一起,這樣二兒子也可以盯住她。

可是萬萬想不到,她在台灣的那群狐朋狗黨裡,竟也有兩個到了洛杉磯,也進了南加大。她第一個學期還沒讀完就跑去墮胎。

二兒子打電話回台灣,「爸,我真的看不住她,我自己的功課已經夠忙了!」

「唉!如果她回台灣的話我也沒時間管她。」譚議員在電話裏說。

「爸,我和大哥打電話商量過,我們想不如把她安排在你身邊做事吧!如果你硬要她讀書,不管是在國內還是國外,依她的個性,你越逼她,她就越叛逆,這樣下去只會毀了她,就算她在美國勉強混出一個文憑,幾年下來你管不到她,等文憑混出來她人也報廢了!還不如讓她在妳身邊,不讀書就早點出來學做事,你也管得到她。如果她將來還要讀

書的話，等過幾年她的心收了再讀也是可以的。」

「我想想看，我是擔心時間久了她就沒心思再回學校了。」

「那也比她整個人報廢了好呀！如果她真的沒有大學文憑，那就走沒有文憑的路嘛，也不是不行。」

「好啦！我再打給你。她在家嗎？我跟她說幾句。」

「她！我四天沒看到她人了，交了一個香港男朋友，好像也交了一個黑人。」

「什麼？黑人……！你有沒有看錯，會不會是晚上太暗沒看清楚？」

「兩個人回來一起洗澡，我看得清清楚楚。」

譚議員提高了嗓子，「一起洗澡！」

「嗯。」

譚議員大叫：「叫她給我馬上回台灣！」

「爸，我沒本事叫她做任何事，我叫她打電話給你，你自己跟她說吧！還有，別說是我說的。」

「我知道啦！」譚議員火大又無奈得掛掉電話。

譚議員在辦公室裡猛抽菸來回走動，「這畜生到底在搞什麼？花妳爸的錢不讀書，連黑人也搞得下去，到時候給妳爸生個像斑馬的孩子出來還像話嗎！」

譚議員在辦公室裏坐也坐不住，乾脆出門出去透透氣。

譚議員回到家後不斷打越洋電話給女兒，打了一個禮拜

還是找不到女兒，於是放下所有工作親自飛到洛杉磯。

到了洛杉磯，譚議員要二兒子開車帶他到處找女兒，二兒子一下課就開車帶譚議員到處找，連續找了三個晚上，最後聽一個台灣同學說，「你們去小東京看看吧！前陣子聽她說過那裡很好玩。」

二兒子和譚議員終於在小東京裏的一個舞廳找到她，硬把她帶回公寓。

三個人在公寓的客廳裡。
譚議員：「妳幾天沒去學校了？」
女兒沒說話，看都不看老爸一眼。
「幾天沒回家了？」
女兒還是沒說話。
「妳知不知道妳的學費一個學期要花我多少錢？」
仍然沒說話。
「妳現在是在浪費我的錢，明天一早跟我回台灣！」
女兒把頭轉過來瞪著他，「我不回去，我不會再用你的錢。」
「可以，妳來這邊的機票是我出的，所以妳先跟我回去，要回來妳自己賺錢再買機票回來，這樣妳在這邊出了事就沒有我的責任。」
女兒依然瞪著老爸不說話，沒幾秒後抓了皮包就往外面走。

二兒子馬上跑去擋在門口，「小茹，他是爸爸，妳不可以這樣，要走也講完話再走。」

譚議員口氣也硬起來，「不是啊！你現在擺這個姿態是給誰看，到底妳是爸爸還是我是爸爸？」

二兒子看了譚議員微微地搖頭，表示不要把情況搞得更糟。

小茹一把火氣走回客廳用力坐下。

三個人好一會都沒說話。

譚議員先開口，「有沒有想過將來要做什麼？」

小茹沒說話。

二兒子：「妳如果不想回台灣沒人可以要妳回去，爸爸既然來了，好好跟爸爸聊一下，爸明早就回去了。」

小茹從包裡拿出香菸點了抽。

譚議員：「這樣說吧！妳喜歡做什麼？」

又沒說話。

二兒子：「她說過喜歡開個服裝雜誌社。」

小茹：「現在不喜歡了。」

二兒子：「那現在喜歡什麼？」

小茹：「喜歡玩車子，開快車。」

譚議員：「那也不錯啊！當賽車手。」

小茹：「不是當賽車手，喜歡晚上在大街小巷飆車。」

二兒子：「那個可以當職業嗎？」

小茹：「幹嘛一定要當職業！」

譚議員：「實際一點，賽車可以當業餘愛好，但是平常

要有正經的事做,有什麼是妳喜歡又可以當職業的?」

「哎呦!你們很煩耶!」

二兒子心平氣和地說:「小茹,爸爸再過幾個小時就要上飛機了,陪他好好聊一下好嗎?」

譚議員:「妳知不知道我一個月賺多少錢?」

二兒子看小茹不說話,於是說:「五、六萬?」

「你們每個孩子在國外,每年花我將近六七百萬。我每個月五、六萬夠你們花嗎?」

小茹終於看了爸爸一眼。

「我要供你們讀書,就必須在外面找外快。」

二兒子:「什麼外快?」

譚議員:「一個政治家有什麼外快,還不是見不得人的外快!」

兩個孩子錚了一下看向老爸。

譚議員:「說實話,我每年賺的錢四分之三是給你們四個孩子在國外花的,四分之一留給我和我現在的家庭用,我不知道我的政治生涯可以維持多久。我現在56歲,我心裡有準備,等我現在兩個小兒子長大以後,可能沒錢讓他們出國讀書了。」接著說,「我跟你媽媽分居了四年才再婚,這四年裏我很努力想跟她和好,可是我們一見面就吵架,到後來我很害怕跟她見面。一直到我發現她跟別的男人同居以後我才交女朋友,又過了一年才再婚。等我結婚沒幾個月後又聽到她和男朋友分手了,也是那時候發現我現在的太太懷孕。一個禮拜以後,我們在台塑牛排慶祝小茹生日,那時候她看

到我又可以跟我好好說話不再吵架,我有半年整個頭腦是空的,都不知道自己在做什麼。」

小茹:「你還愛媽媽嗎?」

「多少年了,我常常想她,可是我努力克制自己不要找她。」

小茹:「有什麼關係!」

「我這代的人跟妳的觀念不一樣,我如果再找妳媽媽,對得起我現在的太太嗎?」

小茹:「不要讓她知道就好了嘛。」

「那我不就傷害了四個人。」

「四個人?」

「我現在的太太、妳媽媽,還有即將要出生的孩子和我自己。」

「你自己?」

「是啊,心中會有內疚。」

「現在三角關係很普遍呀!」

「那是你們年輕人,我們這一代台灣人的情義跟你們是不一樣的。」

「老古板!」小茹說。

「有什麼辦法,我也不想啊!可是做不來。」譚議員說,「聊聊妳的男朋友。」

「我不想聊。」小茹一副很煩的樣子。

「那聊聊學校。」

「不想聊。」

「那妳來這邊沒讀到書，那至少有玩到吧！這裡什麼好玩？」

「我玩的不適合你。」

「那妳喜歡什麼東西？總會有喜歡的東西讓妳想留在這邊吧！」

小茹抽了好幾口菸，才說：「沒有。」

「沒有？」

「這裡沒台灣好玩，大陸人又多，老外很浪漫，可是根本不懂亞洲女人，不能談心。」

「可是我看到很多留美的亞洲女孩子最後都嫁老外。」

「哼！不過是崇洋，沒深度。老外好色，交來玩一玩可以，根本不能談心。」

二兒子：「妳倒是玩得很內行，有多少人嫁了老外以後才看到這點。」

「那是沒深度的人才幹的事！」

二兒子：「那這邊有台灣人，妳怎麼不交台灣人？」

「台灣男人水準太爛。」

二兒子：「那完了，都沒合適的，妳以後只能出家了！」

小茹把打火機往二哥身上一丟，「你出家前我都已經結婚了！」

譚議員：「看妳還是有打算結婚嘛！打算幾歲結婚？」

「哎喲！那還有好久的事，現在不用去想。」

譚議員嘆了一口氣，「我去一下廁所。」站起來走進洗手間。

二哥問小茹：「妳到底喜歡美國還是台灣？」

「當然是台灣。」

「那為什麼不跟爸爸回去？」

「我不想跟他坐同一班飛機。」

二哥睜大眼說：「那妳跟爸說就好了呀！」

「哼！」

過幾分鐘爸爸回到客廳。

二哥：「爸，小茹還是喜歡台灣，你叫她現在馬上跟你回去，她還有好多朋友都沒道別，我想不如你先回去，讓她跟幾個好朋友再聚一下再走，你想這樣好不好？」

「可以。」爸爸說。

二哥：「小茹，妳再待一個禮拜就回台灣好嗎？」

小茹：「兩個禮拜。」

二哥：「爸，兩個禮拜可不可以？」

爸爸：「只要妳答應我不能再懷孕。」

二哥：「當然可以。」

爸爸：「讓她自己說。」

小茹看向一旁，深深得抽了一口菸，不耐煩地吐出來，「可以。」

兩個禮拜後，小茹終於回到高雄。

譚議員要小茹在自己的公司上班，學做事，可是小茹不想每天總是看到爸爸，沒答應。於是譚議員拜託他一個老朋友五星酒店的經理，讓小茹在裡面做事，職位是小茹自己挑

的櫃台接待員。

　　三個禮拜後旅館經理來找譚議員，說小茹在上班時間找不到人，後來發現她和兩個男員工進了一間客房，過了三個小時才出來。旅館經理是不得已為了要找小茹，調了錄影才看到。現在小茹和另外兩個和她開房的男員工他都不能再用了。

　　譚議員花了一個禮拜冷靜，才找小茹談。

　　譚議員的口氣很冷靜，小茹闖禍不是第一次了，「酒店經理是我的朋友，妳要玩也不到外面玩，不留一點面子給我？」

　　「我再找其它的事做就好了嘛！」

　　「我現在是在說妳自私，只想自己，沒給我留面子。」

　　小茹一臉不屑。

　　譚議員一看小茹的態度，換了口氣說：「妳不找男人會死是嗎？」

　　「你夠了沒！」小茹瞪著爸爸說。

　　「我能給妳的都給妳了，能幫妳的都幫妳了，能做的也全都做了。妳是個大人了，會帶給自己什麼後果，從今以後妳自己負責吧！我不會再管妳。天下沒有我這種父親會容忍女兒、幫女兒到這種程度。我也算是個公眾人物，今後妳再出事，盡量別影響到我，不要讓我在報張雜誌上難看。妳可以走了！」

　　小茹氣沖沖得走出房子。

　　譚議員沒再和小茹見過面，可是每隔一陣子都叫現在的

太太發短訊問她最近做什麼，生活得好不好？只要小茹有回短訊，譚議員心裡就會比較安心一點。

　　譚議員的大兒子在德國慕尼黑大學專攻國際商業法碩士學位，畢業歸來。
　　譚議員和前妻到機場接他，第二天三個人在外面一起吃中飯，幫大兒子洗塵。
　　「還是台灣的米好吃！」大兒子說。
　　媽媽：「吃慢一點，不夠再叫。」
　　爸爸：「德國台灣餐廳的菜合不合你胃口？」
　　「他們做的台灣菜已經沒台灣味了！不過我還是常常去，因為沒得選擇。」
　　媽媽溫柔得摸了大兒子的頭，「叫你一年回來一次你又不要。」
　　「沒時間啊！德文實在不好讀，只能用寒暑假趕進度。」
　　爸爸：「你回來前都沒在德國四處走一走，看一看？」
　　「去過柏林一次。」
　　爸爸：「應該叫你到法國和英國看一看再回來，他們現在在歐洲也算是經濟強國。」
　　「這幾年我在德國也能感受到整個歐洲的動向，英國喜歡走在前面，法國善於製造自我利益，每一國的文化不同，作風也不同。」
　　爸爸：「那德國呢？」
　　「德國在經濟和武力上都想統治天下，他們二戰時期的

傲氣一直都在，政、商、工業都帶著唯我獨尊的傲氣。國際商業法主要是分析國際商業局勢，可是我在慕尼黑讀的課程裡，他們把自己德國看為世界第一商業強國的中心，這種氣息很濃厚。」

爸爸：「那他們是怎麼分析台灣的？」

「他們沒仔細看台灣，他們分析整個亞洲商業局勢從八零年代開始，台灣只是亞洲裏面一個隨同亞洲商業運轉的一條小龍，他們當下反而比較注重中國大陸，而台灣仍是中國手上的一個國際商戰和政治牌。」

爸爸：「我們在台灣都知道，現在大陸很多台商的工廠都撤退大陸，大部分轉移越南和南非，他們怎麼看這個動向。」

「他們的看法跟我們不一樣，他們不太看重……或許應該說亞洲金融風暴後不太看得起東南亞的小國，政治歷史對他們的觀點影響很大，人種、文化、歷史上的戰敗國，在他們眼中都起不了太大威脅，他們不太瞭解我們有一句話叫『風水輪流轉』自然界的潛在規律。

我認為商業比政治更直接，直接講利益。我們台灣的中小型企業可以隨時見好就衝，見壞就收，迅速改賺當下時勢動向的生意，迅速創造另一股賺錢的機會。而德國重守，重鑽研，之後才講開發，不是很靈活。孫子兵法講打仗每天的花耗是會把國家拖倒的，所以我認為賺錢不能硬守，商業應當以利益為重，大於品牌和傳承。

以現在的局勢看來，我覺得不能忽視的是『恐怖份

子』，這些人一有恐怖活動就會造成恐慌，導致局勢突然的扭轉，不單影響政治，連商業局勢也……」

媽媽：「好了啦！才回來兩天就好好休息一下，頭腦不要在賺錢的事情上一直轉。」

譚議員不完全同意兒子的看法，可是見他有很多資訊和主見，成熟了很多，不再只是個書呆子，心裡很滿意，再讓他到社會上磨練個幾年，將來必能闖出自己的一片天。

話題轉到媽媽愛聊的，「在德國有沒有對象？」

兒子把筷子放下，表情有點不自在，「有。」

「是同學嗎？」

「嗯。」

「德國人？」

兒子把飯吞下，沒說話。

「什麼時候叫她來台灣玩？」媽媽追著問。

「是……大陸人。」

爸媽的臉拉下來。

媽媽看了爸爸一下，開始有些擔心，怕父子兩人翻臉，馬上笑著說：「大陸人也不錯啊！能夠到德國讀書，一定很優秀！」

爸爸沒表情得問：「她有加入共產黨嗎？」

「沒有，她爸媽有。」兒子看了爸爸的臉色，「爸，我們只是在交而已，還沒定。」

「對啦！」媽媽說，「現在回到台灣了，多認識幾個再做決定！你長得帥，學歷又高，條件這麼好，多看多選擇再

決定。」

爸爸慢慢拿起筷子繼續吃飯。

「爸，我有一件重要的事跟你說。」

「現在還有什麼事比你的終身大事重要？」爸爸說。

「我想再讀書。」

爸媽又愣了一下。

爸爸：「你想再回德國讀書，跟你的女朋友在一起？」

「不是，我想到台北讀書。」

爸爸不是很明白，「你想讀博士做學者？」

「不是啦！我想讀神學，做牧師。」

爸爸睜大眼把嗓門提高：「我們是拿香拜祖先的人你給我說這種話！」

餐廳裏的人都看過來。

媽媽馬上對爸爸說：「小聲點！他現在又還沒去，我們先聽他把話講完。」

兒子喝了一口茶，慢慢說：「爸、媽，我在德國和德國的同學去教會，瞭解了人生真正的意義，我想做真正有意義的事。」

「說說看，什麼是人生真正有意義的事？」爸爸說。

「人生真正的意義是明白我們從哪裡來，將來又要往哪裡去。賺錢是點綴人生的事，不過是一份工作。我有感動，有覺悟，想做神的工作幫助人。」

媽媽：「我們是拿香的，你怎麼會跟人家去教會？」

爸爸：「你如果對這方面有興趣，從今以後到廟裏去聽

講經也可以。」

「一開始我只是想瞭解他們的文化才去教堂看看，後來我學到很多關於人生和苦難的事，於是每個禮拜都去教會上聖經班的課。」

送他去德國讀書，他竟然想遁入空門，爸爸把眼睛深深閉上，差點吐血。

「爸，我在德國已經受洗。」

爸爸睜開眼說：「什麼是受洗？」

「受洗是基督教一個決志入教的儀式，其中一個誡命是不能再拿香。」

爸爸一巴掌往兒子臉上重重地打下去，罵出口：「背棄祖宗，無情無義，這種事你也做得出來！」

整個餐廳的人又全看過來。

爸爸氣得滿臉通紅，瞪住兒子。

連媽媽也不敢再說話。

「你敢做牧師，我就沒你這個兒子！」爸爸大聲說完走出餐廳。

媽媽：「你怎麼會有這種想法呢？連小茹在外面惹事，我都沒看過你爸爸這麼生氣，你知不知道這種事的嚴重性？」

「唉！」兒子嘆了一口氣，「他連讓我好好解釋的機會都不給我。」看向媽媽，「媽，妳放心，爸如果不答應，我決不會做的。」

媽媽沈重地點頭。

譚議員走出餐廳邊走邊罵：「幹你祖嬤！生了四個孩子現在只剩兩個。」。

譚議員和秘書在一家日本料理店的貴賓房裏。

沒多久，兩個黨內元老進來，譚議員和秘書立刻站起來握手迎接。

大家坐下點了菜，寒暄一下子，其中一個黨內元老對譚議員說：「文揚，我們今天早上開過會，希望你能做高雄區的文化部部長，不知道你願不願意？」

譚議員停頓了一下，心裡第一個反應是文化部長沒什麼油水，不過倒是可以作為躍進黨內高層的跳板。

譚議員：「不知道……是要我做多久？」

「先做兩年，等兩年後我們重選時再做決定，當然，到時候你也可以爭取連任。」

「那……現任的黃部長怎麼不做了？」

「他出了一些事，我們不得不要他下台。」

「到底出了什麼事？」譚議員說。

「他兒子吸毒飆車撞了人，明天就要上報了。」

「你是希望在上報之前公佈我上任代位？」

「之前之後都無所謂了！時間這麼近，老百姓心裏清楚得很，最重要是讓人知道我黨是注重品德形象的。什麼家庭出什麼孩子，難免有些老百姓會這麼想，會影響將來的搖擺票。」

譚議員心想，如果我坐上了文化部長的位子，這個不斷出事的女兒再惹事爆光把我扯下台，我不更難看！一時內心糾結，沒有說話。

何秘書看出自己老闆的憂慮，拿出筆在自己的筆記本上寫了幾個字，然後站起來向大家失陪去洗手間，將筆記本打

開放在自己的椅子上才走出貴賓房。
　　譚議員看到何秘書的筆記本在椅子上打開朝著自己,便拿到手上一看,「陳水扁對外公佈與外甥斷絕關係,穩坐台北市長」。心中大驚!

　　陳水扁在任台北市長的時期,他的外甥打著與市長是親戚的名號,在外不斷惹是生非,於是陳水扁公開宣佈與外甥斷絕關係,然後穩坐市長位置一直到上任總統,這不就是在影射自己心中所顧慮的父女關係嗎!!

　　何秘書從洗手間回來,其中一位黨內元老說:「何秘書,你的老闆剛剛答應了,看來你的事務要開始加重了!」
　　何秘書:「太好了!這是高雄百姓的福氣啊!」開心得笑起來。
　　這晚大家喝了好幾盅清酒。

　　吃完飯回家路上,車子裏。
　　譚議員:「何秘書,你把筆記本打開放椅子上是什麼意思?」
　　何秘書笑著說:「我去洗手間帶著筆記本多不方便,裏面記得都是一些瑣碎事,我都不記得有什麼了!」
　　譚議員滿意得點頭。

暑假一到，二兒子和四兒子也回到台灣。

譚議員和他們分別吃飯。二兒子油嘴滑舌、牙尖嘴利，譚議員覺得應該讓他讀法律，這個決定做的自己很得意，他相信二兒子將來必能成為一個出色的律師。四兒子根本還是個孩子，才讀大一，再幾年就能看到他的程度和專長到哪裡。

好不容易安排了四個孩子跟自己聚在家裡一起吃飯。

吃完飯後，帶大家進入他的古董收藏房，炫耀自己最近收集的古董。

大家看了一圈，和一年前相比，收藏房裡多了兩件民初的瓷器，一張民初的地契，「咦，多了一把劍！」小茹說完小心翼翼得拿起來看，「可以抽出來看嗎？」

「可以。」譚議員說。

小茹把劍慢慢抽出來，「哇！這只青蛇真漂亮。」

譚議員得意地說：「我找人鑑定過，這只劍很有可能是明朝的，是人家送的。」

大兒子：「送的？這麼貴重的東西用送的，太離譜了吧！」

二兒子笑著說：「那這個人還有什麼好東西，多去他家幾趟！」

大兒子：「明朝這麼久遠，怎麼可能這麼乾淨，一點都看不出生鏽的痕跡，會不會是仿製品？」

小茹：「爸，從實招來，是怎麼跟人家坳來的？」

譚議員笑了一下，沒再說話。

小茹看著劍感嘆地搖頭說:「就算是仿製品也做得太漂亮了,爸,你真是賺了!」,用手去摸劍身的青蛇,「這隻蛇真是太美了!你看這七顆綠寶石是真的嗎?」

譚議員:「這把劍很利,小心點!」再說,「我找人看過了,這七顆綠寶石是真的。」

「哇!」小茹贊嘆,「爸,這把劍送給我吧!」

「送妳?」譚議員說。

「我太喜歡了!」小茹的眼睛一直盯著劍上的青蛇。

二兒子:「這把劍是無價的,妳好意思跟爸要!」轉向爸爸,「爸,你可不能白白給她。」

大兒子:「等妳結婚了,安定了才給妳吧!」

爸爸:「好!等妳結婚安定了才給妳,不然妳把劍搞丟了怎麼辦!」

小兒子:「爸,不要給她啦!好貴重的古董喔!」

爸爸:「只要妳姐姐能夠好好做人,安安穩穩地過生活,有一個幸福的家庭,我什麼都給。」

小茹的胸口忽然被一陣鋒利的心酸劃過,鼻子酸了一下。

小茹和平常好像有一點不一樣,雖然心還是收不下來,可是玩得沒那麼瘋了。

有一天,媽媽打電話給小茹,「說真的,現在有沒有男朋友?」

「沒有,只有炮友。」

「妳可不可以不要這麼說話？」媽媽的口氣不太高興，「給妳介紹個正經的男朋友要不要？」

「先把照片給我看看，太噁心就不要。」

「妳幾歲了？還看外表啊！」

「那算了！」小茹不太耐煩得說。

「我這裡有照片。」

「用手機拍下來傳給我。」

「我不會用啦！」

「妳的手機是最新型的妳還不會用！」

「好啦！好啦！我找人幫我用。」

第二天下午小茹手機收到了照片，「唷！長得不錯。」脫口而出。

再看媽媽傳來的資料，邊看邊說：「……逢甲商學院碩士，170公分。不夠高！」

小茹和對象見面吃飯。

聊了一會兒，男方說：「妳世面見多了，一個女孩子這樣真難得！可以戒菸嗎？」

「為什麼要戒？」小茹口氣開始不太爽。

「因為對孩子不好。」

小茹喘了口氣，把氣慢慢消下去，「還有什麼，你一次說完。」

「我看妳對自己很大方，我怕我賺的不夠妳花。」

「還有呢?」
「沒有了。」
「那我花我自己的可以嗎?」
「妳一個月賺多少?」
「沒多少,但是銀行裡的存款夠用。」
「這樣對孩子身教不好。」
小茹深思了一下,「你說得對,我會省一點。」

兩人交往一個月後,男方說:「妳可不可以不要罵髒話?」
「憑什麼要遷就你?」
「這樣對胎教不好。」
「嗯……可以。」

又一個月後,「妳可不可以不要說人家八卦?」
「我爽,為什麼不要?」
「將來對孩子的成長環境不好。」
「可以。」

又一個月後,「可不可以少喝點酒?」
「為什麼?」
「妳一喝酒整個人就變得不一樣,將來對胎兒也不好。」
「嗯。」

「小茹最近好像變了!」譚議員的現任太太說。

「有嗎?」譚議員說。

「你沒發現她近兩次來吃飯都沒抽菸,沒喝酒?」

「好像是哦!」

「看來是愛情的力量。」

「是嗎?」

「既然她這個男朋友可以給她好的影響,趕快趁他們現在熱戀中定下來。」

「好是好,但是……會不會太早了?她才二十幾歲。」

「像她這種野貓,就是要快點結婚才能安定下來。」

「嗯,…我找她媽商量看看。」

小茹的媽媽和譚議員談了以後,約小茹在一家咖啡廳見面。

小茹媽媽:「覺得這個男孩子怎麼樣?」

「有點悶。」

「妳自己想不想結婚?」

「想,可是我總是沒辦法確定是不是他。」

「這很正常,妳愛他嗎?」

「算愛吧!」喝了一口咖啡,「可是離結婚是有距離的。」

「妳爸爸擔心的是怕妳太年輕,結的太早。」

「我什麼時候怕過!」

「那妳自己想要的結婚對象是哪一種的?」

「身高最少180，臉要瘦，鼻子要尖的……」

媽媽聽他說了一陣子，「等一下！等一下！」疑惑得說，「妳是在找電影明星還是在找老公？」

「電影明星不能當老公嗎？」

「不行，長得太好看的會常常有女人來倒貼，誘惑太多，你們家庭不會幸福。妳想想看，妳的老公在外面老是面對誘惑，他能撐多久，早晚出事！妳以前也交了不少，對男人有不少經驗了，如果要結婚的話，那種玩玩的日子也該告一段落，進入另一個人生階段。如果妳還不想有那種安定式的生活，我是指內心和日常生活上安定式的幸福生活，那還是先不要結婚，因為妳還沒有準備好。」

「老公沒有帥的嗎？兩個人結了婚不能一起出去玩嗎？」

「老公有帥的，但是是家庭型的帥。結了婚可以一起出去玩，但是有了家庭以後玩的不一樣。」

小茹無法進入媽媽的邏輯。

媽媽看得出來小茹似乎不太能理解，再說：「男人帥的有很多種類型懂不懂？有五官好看的、有斯文型的、粗獷型、才華型、幽默型、成熟穩重型、陽光開朗型的，妳喜歡哪一種的？」

「五官好看加陽光開朗型的。」

「如果一個斯文幽默的，和一個陽光開朗的同時約妳去海邊度假，妳會跟誰去？」

「當然是開朗的。」

「如果他們同時約妳去畫廊看畫展，妳會跟誰去？」

「畫展?當然是斯文幽默型的。」

「為什麼?」

「因為要去做的事情不一樣,和對的人一起去才好玩。」

「一點都沒錯,結婚的生活是一起過安穩、安逸的日子,妳找一個不能過安穩安逸日子的人,怎麼會有幸福呢?」

「可是我還是喜歡帥又開朗的,想和這種人過一輩子,社會上這種狀況不是沒有啊!」

「是!」媽媽很有耐心地說,「沒錯!那妳也要有那個緣分呀。電影明星長得好看,有錢,可是那種環境,家庭幸福的有幾個?」再說,「妳忽略了最重要的東西,結婚是為了幸福!」

「幸福不就是得到妳想要的才是幸福嗎?」

「那個叫心想事成,不叫幸福,完全是兩種東西。我看過不少人得到自己想要的東西之後就後悔。也看過一些人觀念改不過來,一定要等到自己要的那一型,最後等到年華逝去依然是孤獨一個人。這些都是不懂人生,不切實際的人。妳年紀不小了,到了這個年紀應該做不同的夢,不要還活在夢幻中。結婚是為了幸福,要如何才能得到真正的幸福,不是那種不切實際夢幻的幸福。」

「無法跟妳喜歡的那一型人廝守終身,結了婚以後還不是會一直想。」

媽媽笑了一下,「我也經歷過這一段,結了婚以後有一段時期會一直看電影明星,看馬路上的帥哥,像花痴一樣。一直到有一天,妳爸爸做了讓我感動的事,我感受到了真正

的愛情,那種可貴、那種感動和美好。外表帥的男人就變得沒那麼重要了,我們是『真心相愛』,那才是最棒的。從此後再到外面和朋友吃飯逛街,朋友們和往常一樣說這個人帥,那個人醜,我開始覺得好無聊!

帥哥誰都喜歡看,就像男人喜歡看美女一樣,但是把人的外表看得那麼重要,開口閉口就談論人的外表,覺得自己以前好三八,好幼稚!」

「不過我看到帥哥就很開心啊!」

「試試看欣賞這個人的外表,也欣賞這個人的味道、誠意,這個人對人生的努力,對家庭的擔當,對女人的風度。相由心生,試試看妳能不能從這個人的內心看到他是怎麼樣的一個人,那會更有意思。外表不要太差就行了,看人要看一個人的全部,外表以外的東西也要看。妳應該有見過外表不是那麼好看,但是讓妳很傾心的人吧!那是很寶貴的感覺,不要讓這種感覺消失,這種感覺對我來說簡直是『魔力』!」

「魔力?」

「對,魔力!這種魔力比外表還棒,外表是會變的,隨著心態變醜變好,隨著年齡消逝變老。可是魔力如果一直在的話,外表的改變會隨著不同年齡階段,有不同風格的改變,而不是消失,它不會改變你們的愛情;這種魔力可以愈來愈大,讓妳愈來愈幸福。妳需要的是比外表更棒的『魔力』!」

小茹回家後想了很久。

過了三個月後,小茹跟媽媽說:「媽,我想結婚,我找到『魔力』了!」
媽媽雙眼充滿淚水抱住了小茹,「好,太好了!」

結婚前一個禮拜,爸爸帶著青蛇劍來找小茹。
「這是我答應妳的。」爸爸把青蛇劍交給小茹,「它非常名貴,明朝的東西還能保存得這麼好的不多,妳要把它收好。」再拿出一張300萬的支票給小茹,「我祝你們白頭偕老!」
小茹控制不了自己,抱住了爸爸,大聲痛哭起來,「爸,對不起!對不起!」
爸爸抱著小茹,讓小茹在自己身上把衣服哭濕了一整片。

譚議員從來沒對外公佈過自己和女兒斷絕關係。

小茹結婚後，無形中與以往的朋友們漸漸疏遠，無形中留起長髮，一身的男子氣概漸漸消失，流露出了女人味。

　　朋友們覺得她變了，不好玩了，小茹也對以往和朋友們的話題和玩法都失去了興趣；以前小茹和幾個朋友們都是夜貓子，不過她現在漸漸喜歡清晨，喜歡太陽，她覺得日出的陽光照射在她身上帶給她活力。

　　譚議員做了兩年的文化部長，位置就被人取代。文化部部長是他一生最巔峰的政治地位，曇花一現。

　　小茹用爸媽給她的錢開了一家旅行社，第二年就做出名聲，業務急速增長，不得不增加員工人數至56人。

　　第三年旅行社生意更好，人手又不夠，小茹不得不再繼續增加員工；辦公室空間不夠，在找不到更大更理想地點的情況下，小茹果斷決定開設分公司。

　　第四年，小茹在整個高雄市內一共有七家分公司，同年小茹生下一名男胎，常常和老公帶上孩子一起去看爸爸，小茹竟成了譚議員最親近的孩子。

　　大兒子入讀台南神學院畢業，在苗栗鄉下當了牧師。

　　譚議員：「要當牧師也不當個有名的，不在都市裡的大間教會當。我花了這麼多錢培養他，到頭來竟然跑到鄉下去修行。」

　　二兒子在美國讀書讀得很勤奮，也很順利，畢業後在

加州考上律師執照當上律師，也結婚有了家庭，偶爾會打電話給父母，好多年了總是說沒時間回台灣。譚議員無奈得搖頭，「送他出國讀書，想不到把他送走了！」

小兒子大學畢業回到台灣，竟然不工作，和他生母住在一起，在家裡天天上網，媽媽幫他洗衣服，料理三餐。「真是被他媽給廢了！」譚議員又氣又無奈得說。

譚議員多少次對前妻說要讓小兒子出去工作，學會自立。前妻說：「現在社會上大學生一個月賺不到三萬塊，還那麼辛苦，這是在跟乞丐要飯啊！還不如待在家裏，他在家又乖，不會惹是生非，還可以陪我。」

譚議員：「妳真是瘋了！這樣孩子能長大嗎？能成家立業嗎？妳要人家陪妳，妳應該出去交朋友，參加活動學學跳舞、插花什麼的。你準備養他一輩子嗎？妳這樣是在害他。」

「他乖乖的就好了，我又不是養不起。」

「他是人，不是寵物，你讓他吃點苦，做個正常人，做個男子漢好不好？」

「我們兩個人現在相依為命有什麼不好！」

「相依為命？妳現在是住在山裡面還是世界末日了，妳能不能讓他學學過正常生活，讓他出去到社會工作，交女朋友，讓他成家立業？如果妳寂寞，妳也出去找事做，出去交朋友行不行？他雖然乖，可是從小就膽小怕事，讓他出去磨練磨練，不吃點苦怎麼成長，妳把他供奉在家裡孝順他，他怎麼找對相？」

「現在21世紀了，我們兩個人過得開心就好了嘛！」

「妳真是瘋了！」譚議員無法平息自己的火氣。

隔兩天，小茹打電話找媽媽，希望小兒子可以到她開的旅行社上班，學學獨立，學適應社會。。

小兒子到了小茹的旅行社做不到三個禮拜就不去了，理由是：「早上8點就要起床，好辛苦！」。還是媽媽幫他打電話到公司辭職的。

譚議員氣得對小茹說：「妳媽媽真的是把妳弟弟給廢了！本來他剛回國的時候，我看他在國外訓練自己獨立進步了不少，現在被妳媽這麼一搞，整個都前功盡棄，徹底報廢了！」

小茹結婚後為了過上新生活，全心投到旅行社的工作中讓自己忙碌起來，不給自己有時間回到以往鬼混的群體中，忙綠也是個好理由和以往的死黨們疏離。

小茹家庭得意、事業順利，很快又開始砸大錢在網路上擴展旅行社的籃板，她的目標是建立南臺灣最大的網絡購票站。每天開會，參考歐洲與美洲的網站設計、構思、修改企劃案，總是常常忙到晚上8、9點才回到家。

一回家就開心興奮地跑去抱兒子親了又親，老公會馬上把泡好的參茶拿給她喝。

一轉頭見她在沙發上睡著，拉她回臥房，幫她換上睡衣，小茹攤在床上倒頭就睡。

白天事業如日中天，晚上有心愛的小寶貝在家等她，有體貼的老公照顧她，還不時打電話問她：「今晚做了妳喜歡的菜，回來一起吃晚飯嗎？」

「我公司的事做不完吶！」

禮拜六下午5點，小茹回到家馬上又歡天喜地得跑去抱兒子。

老公過來幫她把西裝外套脫掉，「有沒有吃中飯？」

「兩點多吃過了。」

「不要拖這麼晚，小心胃餓壞了，以後禮拜六我和寶貝送中飯過去給妳好不好？」

小茹羞澀得說：「好啊！」

到了禮拜六，小茹在公司開會。

十二點半，老公帶著兒子和午餐盒到公司來，小茹一點半才從會議廳出來和他們進自己辦公室裏吃上飯。

飯盒一打開，都是老公自己做的三菜一湯，有兩樣菜是自己最喜歡的蒸蛋和三層肉，小茹抱著兒子，老公餵小茹吃飯。

吃飽飯後，老公帶拿著空飯盒，抱著兒子走出辦公室，說：「別搞得太累，明天還要去看阿爸。」

等老公和孩子一出了辦公室關上門，小茹馬上把忍住的淚水釋放出來。

擦了眼淚對自己說：「有這麼可愛的孩子，這麼愛我的老公，他對阿爸又這麼好，我還求什麼呢？」心中想把現在的事業緩和下來，不要衝得那麼快，就算沒做到南台灣第一，那又怎麼樣呢？有了這樣的老公和兒子也知足了！」

曾經找到了愛情的魔力，現在又找到幸福的魔力，小茹下定決心，要一生擁抱這個「魔力」。

「梁副理，你進來一下。」小茹對著電話筒說。

梁副理進入小茹辦公室，小茹直接說：「網站的事我已經把框架做的差不多了，接下來你接手。」

梁副理聽了不太明白，董事長一手創下南台灣數一數二的旅行社，每件事親力親為一絲不苟，現在要把這麼重要的網站交給自己？這一點完全不像平時的董事長，可嘴裡還是回應「是！」

小茹：「好好做，接下來你抓緊進度，我不看過程只看結果。」

「黃董，那早上妳說網頁要參考美國Cheaptickets和EZ Ticket的訂購方式，您最後的決定是…？」

「我說了，從現在起你全權接手。今後網站開發案的會議我不再參加，你把報告和進度告訴我就行了。當然，我會隨時抽查進度。」

「是！」梁副理心想，奇怪！早上還抓得那麼緊，現在說放就放。

梁副理一踏出小茹的辦公室，小茹馬上關掉電腦抓上皮包走出公司，心中那種輕鬆和愉悅，啊！好久沒這麼輕鬆開心了！

回到家抱上兒子，再抱上老公，拉老公進了臥房，把窗簾全部拉上……。

老公從沒看過小茹這麼開心、這麼想要，一邊脫著衣服一邊說：「妳怎麼了？」

小茹吻上老公，看著他雙眼說：「不要說話，好好愛我就好！」

小茹在床上，放開來做，盡情地做，盡情得叫，大聲地笑，當幸福的感覺來臨時，它像泉水般從妳心中不停地湧流出來，感染著妳的內心，感染妳的四周，感染妳的生命。

不過，從某個角度看，幸福也有另一種說法，幸福讓人軟弱。

小茹的生活固定朝九晚五，每晚老公做飯的時候她和兒

子一起玩,三個人一起看電視,談論新聞時事,抱著兒子嘻嘻哈哈又過了一天。每個月去看爸爸至少三次,有時候陪媽媽逛街、吃飯、無話不談,工作上的事更放得開,人變胖了一些,臉上的笑容更羞澀了一些。

凌晨3點，老公肚子絞痛到醒，一家人去掛急診。
　　在等醫生的時候，小茹說：「會不會是盲腸炎？」
　　老公：「盲腸炎沒什麼大不了的！」
　　醫生查了又查，不開藥也不讓他走，還驗血，照X光。一個小時後，醫生走出來說：「黃先生，是胃癌晚期！」
　　「怎麼可能？一點預兆都沒有。」老公說。
　　「不然你去別家醫院再檢查看看。」醫生有禮貌得說。
　　小茹和老公的臉沈下來。小茹握住老公的手，在椅子上安靜地坐下來。

　　早上，兩個人都沒上班，再到另一家醫院複診，的確是胃癌，晚期。

　　其實小茹老公的胃癌早有預兆，不過不少人都很能忍，認為沒什麼，到西藥房買點胃藥緩解一下，不要給自己太多工作壓力就好了！

　　不到一個月，老公做了化療和放療，頭髮掉光，瘦了半個人，身體再也撐不住，默默地走了。一切發生得竟是這麼快，這麼突然。

　　小茹哭了一個月，接著每天晚上發呆，這樣過了一年。
　　小茹把思緒和生活重新理過，再把精神投入工作，凡

事再度親力親為,砸大筆錢投入電視廣告,僅僅四個月的時間,小茹的旅遊網站成了「全國」第三大網站,事業開始往北部擴展,在台北開辦了第一家分公司。

媽媽對小茹說:「妳才32歲,應該再找個對象。」

小茹笑著對媽媽說:「好啊!有合適的介紹給我。」

除了媽媽,還有好多人介紹對象給小茹,可是為什麼和別人交往的時候總是會想到亡夫呢?

一直到遇上了他。

小茹在朋友們的鼓吹下,把兒子交給媽媽帶上幾天,和小學同學敏慧參加旅遊團到泰國玩。

在機場集合的時候,敏慧盯上了旅遊團裏一個男生。

敏慧:「喂!妳看那個穿灰色外套的帥哥,氣質不錯,他一個人耶,可能是單身哦!」

小茹:「妳已經是三個孩子的媽了,收斂一點!」

「我是在幫妳看。」

「少來!」

到了曼谷,參觀一大堆古廟的時候,團裏一些老和少的女性都已經開始朝那個帥哥貼過去,敏慧也湊過去和他說上幾句話。

晚上,小茹和敏慧回到旅館房間裏。

「那個帥哥叫趙唯禮,32歲,自己有一間公司,賣汽車零件的,還單身呃!」敏慧說。

「我們今天是去拜佛，妳怎麼那麼不虔誠，心思跑到男人身上去了。」

「拜託！我們是出來玩的，看看風景，交交朋友，妳不要那麼死板好不好？」

小茹無奈，「如果妳老公知道了不氣死！」

「喂！妳想到哪裡，我是幫妳問的好不好！」

小茹笑了出來，「妳還真夠朋友！我怎麼覺得妳剛剛說得自己好陶醉。」

「我哪裡有！」

「敏慧戀愛嘍！」小茹雙手做出擴音器的形狀在房裡出來。

敏慧跳到小茹床上，兩個人揪成一團像孩子一樣鬧了好一陣子。

敏慧坐在小茹床上用手梳著自己的頭髮，「妳別再這樣了！好好找個伴，好好過生活。」

「我沒有排斥呀！」

「妳知不知道妳不太正常。」

「我不正常？」

「妳看到帥哥已經沒有感覺了，這樣正常嗎？」

小茹對自己說：「是嗎？」

旅遊團來到渡假聖地帕塔亞海灘。

自由活動的時候，帥哥身邊又貼了一些女生。

敏慧：「妳看看！這些女人，是來旅遊還是來找男人的，真是不要臉！」說完也想貼過去。

小茹立刻把她拉住，「妳幹什麼？」

「怎麼可以讓這些女人獨享？」

「妳瘋了！我們好好在海灘上玩不好嗎？妳要是真的喜歡他我幫妳要電話，回台灣你們再好好去約會，妳現在像個花癡這樣太難看了。」

「我是幫妳……」

「夠了，不要這麼三八！我要的話我自己會去跟他要，妳不要跟團裏那些花痴一樣，過了幾天回到台灣，在泰國看過什麼、玩過什麼都不知道。」

晚上，在一家餐廳，一邊吃飯一邊看跳泰國舞。

敏慧嘴裡吃著飯，眼裡不時盯著趙維禮。

小茹看敏慧一直這樣，簡直受不了！把手中的叉子用力放到餐桌上，讓敏慧嚇一跳！

接下來敏慧看著小茹走到趙唯禮身邊和她說了幾句話，趙維禮從皮包裏拿出一張名片給小茹，小茹坐回來把名片交給敏慧。

敏慧嚇一跳，「就這樣呀！」

小茹生氣地說：「吃飯，眼睛看前面。」

團裏平時貼在趙唯禮身邊團團轉的幾個花痴一臉不爽，臉上似乎寫著「莫名其妙，哪有這麼搞得！」

回台灣的飛機上，團裏面幾個花痴是趁勝追擊不放過最

後機會,她們來到趙唯禮坐位旁向他討好,要求合照。

「喂!」小茹看敏慧的眼睛一直盯著他們,「結束了好不好?妳就要回到自己的幸福家庭了,把心收一收行不行?這趟旅遊的氣氛都被妳搞壞了!」

「他真的不錯吔!妳考慮一下吧!」

「要不要我過去幫你們牽手成功啊?」

「妳在說什麼啊?我真的是在幫妳看,妳覺不覺得他很像周潤發?」

「對不起!我喜歡劉德華。」

「唉!沒魚蝦也好,湊合用嘛!說不定到頭來可以用得合適。」

飛機抵達高雄機場,敏慧的老公和孩子們來接他們,小茹看了這個全家福的畫面,心中一陣羨慕與心酸。

敏慧的老公開車,先送小茹回家。

小茹下車的時候,敏慧把趙唯禮的名片塞到她手中,「我跟人家說好了,他會打電話給妳,要給自己一個機會喔!」

「喂!妳……」

「好啦!再告訴我感覺如何。」

小茹看著車子開走,眼睛濕潤,「三八……!」

趙唯禮過了一個禮拜後打電話給小茹,兩人約了出來吃飯。

一餐飯下來,小茹對趙唯禮的印象很好,他非常有禮

貌，懂人情世故。兩個人都是做生意的，有不少共同話題。趙維禮會做汽車零件的生意是因為年輕的時候喜歡玩車，這又讓兩個人多了一個話題。

「妳一個女孩子竟然懂這麼多關於車子的事！」
「我也玩過車子。」
「難得！」

兩人交往三個月，趙唯禮開始在週末的時候留在小茹家過夜。

趙唯禮：「妳的孩子一個人太孤單了，我們再生一個好嗎？」把保險套放到一邊。

「那也要結婚以後才生啊！」小茹把保險套拿回來放到趙唯禮手中。

小茹心想：我還沒找到「魔力」。

二個月後，趙唯禮說：「下禮拜六我要回台南老家，帶寶寶跟我去台南玩好嗎？」

小茹看著他雙眼不說話，好久。

趙唯禮不太自在得說：「妳忙的話，以後再去好了。」

小茹沒有在兩個人之間感覺到「魔力」，可是心中很寂寞，雖然不斷懷疑自己到底是不是一時衝動，可是不想再看到周圍朋友們有家而自己沒有，用淒涼的心說：「要去就去吧！」

星期六,趙唯禮開車帶著小茹和寶寶到台南父母家,車子停在父母家門口。

趙唯禮:「會緊張嗎?」

「有什麼好緊張的?」心想我什麼世面沒見過。

見到趙唯禮父母,趙唯禮爸爸是個公務員,媽媽是位退休的耳鼻喉科醫生,話不多,看起來非常和善,很少看到女人上了年紀這麼安靜的。從他們兩老的環境看起來不是什麼大富大貴的出身,可是涵養很好,總是謙虛有禮,不管說台語還是國語,說話雖慢,可是口齒清晰。四個人還有寶寶一起吃趙唯禮媽媽做的飯,兩位長輩總是慈祥地說:「不要客氣!口味吃得慣嗎?」

飯吃到一半,寶寶哭了,趙唯禮的媽媽不慌不忙地說:「讓我抱抱好不好?」

寶寶一到唯禮媽媽的懷裡,被摸了幾下哭聲就越來越小,很快哭聲就停了。

小茹心中愣住,她也不搖寶寶,也不哄,比我還厲害!

「伯母,您吃飯,我來抱就好了。」小茹說。

「沒關係!我再抱一下,現在動他會再哭。」唯禮媽媽說,「他不是餓,只是怕寂寞,沒人跟他說話。摸摸他胸口,再揉揉他耳垂就好了。」

一頓飯下來,大家都沒有談嚴肅的話題。看著兩位長輩,小茹從沒看過內心這麼平靜的一家人。趙唯禮不停幫自己夾菜,小茹輕輕在他腿上拍一下,小聲說:「太多了,吃

不完啦！」

唯禮爸爸說：「妳以前來過台南嗎？」

小茹：「來過，來過好幾次。」

「最喜歡吃台南什麼東西？」

「炒米粉和四神湯。」

「這兩樣東西是道地台南人才懂得吃的，看來妳很內行，不過炒米粉和四神湯有名的有好幾家，口味都不一樣，叫唯禮帶妳多試幾家。」伯父說話的時候總是很平和，「這裡空氣比高雄好，工作累了就多來走走。」

小茹見客廳桌上堆了兩疊書，一堆是醫學的，一堆是關於莊子的，「你們喜歡看書呀？」

唯禮爸爸說：「是啊！不過現在上了年紀，眼睛很快就累。」

唯禮：「他們兩人在家裡話不多，也很少看電視，就是看書、出去買菜和散步。」

吃完飯，唯禮帶小茹和寶寶到台南四處逛了一下，走了幾個名勝景點，再到人多的夜市晃了一下，買了兩件衣服給寶寶，然後回到唯禮父母家又坐了一會。

小茹：「伯母，退休了沒事做會不會難受？」

「我喜歡看書，多看一些書，每個週末孩子們都會帶孫子回來，準備給他們吃的一些菜。台南菜好吃就是事前功夫做得好，肉在前一天先醃好，味道才會好。還有提醒每個孩子、媳婦和孫子的農曆生日，叫他們回來吃豬腳麵線，這樣

一天天很快就過了。」

　　回高雄的時候，唯禮的爸爸從冰箱提出一大包塑膠帶，裡面有好幾盒炒米粉，「這是台南幾家有名的炒米粉，盒子上印有他們的地址，看妳喜歡哪一家，下次回來再去吃。」
　　唯禮的媽媽拿出一個香包，「這個剛剛在城隍廟拜過的，掛在孩子的床頭，他晚上會睡得安穩。」

　　上車後，小茹擦去眼角的眼淚，她找到「魔力」了；不是在趙維禮身上，是在趙維禮一家人身上，那種平凡、安寧和溫馨。

　　回到高雄，唯禮抱著孩子，提著一大包的炒米粉進屋，「今晚要不要在家吃炒……」
　　小茹轉身，柔和地看著趙唯禮雙眼，「我年紀不小了，你想什麼時候結婚？」
　　趙唯禮嚇一跳，停頓了一會，說：「我……我銀行裡只有30萬。」
　　小茹：「我有兩千多萬，夠了！」
　　趙唯禮眼睛又眨了一次，「那……那……」
　　小茹看趙唯禮一時說不出話，他大概一時反應不過來，於是走去幫寶寶換尿布，再去把一盒盒的炒米粉拿出來，「晚上就吃炒米粉吧！我再做個湯。」
　　「那……我請卡桑挑個日子。」

小茹沒有轉身,把冰箱裏做湯的菜拿出來,臉上笑出了甜蜜,眼眶因濕潤而閃閃發亮。

趙唯禮整個晚上腦子是懸空的。
婚禮在高雄舉行,敏慧是小茹的伴娘。
在出席婚禮前,小茹抱著敏慧,「謝謝妳!」,兩個人哭了好久,敏慧趕緊幫小茹補妝。

趙唯禮和前夫的性格不同,他沒有前夫那款體貼,可是能感受到他對自己的關心和尊重。小茹和他常常有不約而同的默契,兩個人話不必多,每當平凡又甜美的一天即將過去,小茹會抱住老公,將自己依偎在他懷裡。

雖然婚後的生活和自己想的不一樣,但是小茹很開心。唯禮有書香門第的味道和沈穩,只要他對自己淺淺的一笑,就常常讓小茹甜到心裡去。受了趙唯禮的影響,小茹漸漸喜歡平靜又不慌不忙的生活步調。再次把事業大權交給梁副理,自己沈浸在美好的生活中,回到朝九晚五的穩定生活,一年後又生下一個孩子,感情更好,難得的是唯禮對兩個孩子從來不曾有過偏袒。

趙唯禮出身台南傳統家庭,婚後小茹配合老公的家族傳統每天做飯。今晚和平時一樣把晚飯做好,一直等到6點半,小茹打唯禮的手機,總是關機。「平常應該一個小時前就到家了,有什麼事也不打個電話回來!」心中有些不滿。

八點半,小茹的手機響起,是老公的來電顯示,「趙太

太是嗎？」

「你是誰？怎麼有我先生的電話？」

「我是交警徐警官，妳先生出了車禍，現在在長庚醫院，請妳過來一趟。」

小茹的心瞬間掉入谷底。

「喂！趙太太，趙太太……」

「他現在人怎麼樣？」

「我不太清楚，他現在在急診室。」

小茹立刻叫媽媽過來看孩子，自己在客廳坐不住來回走動，內心焦灼等不到媽媽來就出門去醫院。

到了急診室櫃台，「小姐，我是病人趙唯禮的太太。」

「妳等一下。」護士小姐開電腦查了一下，電腦顯示趙唯禮已經送到停屍間，於是轉身叫來護士長。

護士長是一位六十多歲的阿姨，她走過來看了一下電腦螢幕，非常老練沒有任何感覺地說：「趙太太，妳先生在停屍間，妳從這邊走過去到地下一樓。」指著走道的另一邊，接著說：「警察在大門右邊的辦公室，妳去跟警察辦一些手續。」

「停屍間？」

「趙太太，很抱歉！我們盡力了。」

小茹突然腿軟，一下從櫃台桌面滑到地面上，坐在地上。

護士長立刻對年輕的護士說：「小芬，把輪椅推過來。」

護士長繞到櫃台前把小茹扶到旁邊的椅子上，「我在這邊做了30多年了，看了很多，妳現在趕快叫家人過來，妳一個人

是處理不了的,如果頭暈就先吊點滴,等心理感覺好一點再去辦手續,千萬不要怕喔!需要我幫妳做什麼就告訴我。」

譚議員在唯禮出殯那天看自己女兒哭到沒有眼淚,她的心像是被一雙決絕的手給撕碎,人生啊!人生!如果這兩個女婿人不好就算了,偏偏他們對女兒好,對自己也孝順,讓人更加痛心,難道這就是天妒嗎?

小茹的媽媽心不解、不甘，拿了女兒的八字給有名的算命師看。

　　算命師看著小茹的八字說：「不應該啊！她命格裏沒有早年喪夫，也沒有剋夫啊！」

　　小茹的媽媽依然不甘，再帶算命師到小茹家看風水。

　　「奇怪！除了大門的方位會讓家中小孩有皮膚過敏，沒有喪夫的格局呀！」

　　再帶算命師去看自己家和小茹夫家的祖墳。「沒沖啊！方位還不錯呀！」

　　小茹請了保姆在家看孩子，再度投入自己旅行社的事業。

　　為了忘卻傷痛，她全心努力做，不停得做，以勞累代替思念來撐過每一天。

　　晚上失眠的時候凝視著安眠藥的瓶子，要不要把它一次全都吞下，那就一了百了！意念瞬間被孩子突來的哭聲打斷，「要是死了，兩個孩子不更苦！」

　　老天有什麼權力如此奪走我的丈夫？有什麼權利摧毀我幸福的生活？我和我兩個丈夫做過什麼傷天害理的事嗎？

　　小茹內心開始不平衡，做事開始不擇手段，心中只有利益，沒有道德，沒有仁義，因為生命對人就是殘酷的，明白之後就照殘酷的規則去玩。

小茹賺了更多的錢，也很捨得花，買房子、買車子、買名牌衣服、包包，這是她的人生享受，大筆賺大手花，面不改色。她看不起能力差的人、笨的人，培養兩個孩子勢利眼，做什麼都必須做到最好，對別人要狠，對自己要更狠。不必對人仁慈，因為這個社會，這個世界是沒有真正的仁慈。沒錢的人不要去接近，因為世界上只有笨的人才會讓自己窮；而表面上有錢的人她更看不起，因為真正有錢的人不會讓別人看出自己有錢；看到幸福開心的人就恨，因為他們根本不懂什麼是真正的幸福，而且這個世界上本就不應該有真正的幸福，因為世上沒有完美和美好。幸福或開心的人最好別得罪她，否則人生馬上悲哀，憑什麼在我面前拿幸福刺激我，這就是你的下場。

　　公司裏一個剛訂婚的女員工，總是炫耀自己手上的訂婚戒指，嘴上不停地提到未婚夫，未婚夫這個怎麼樣，未婚夫那個怎麼！
　　小茹在一次會議上，無故地叫這女員工進會議室當眾羞辱她，從她的工作態度到她失敗的穿著，再把她和公司的合同拿出來，「合同還有一年半到期，這一年半裡我不會讓妳好過！」再對粱副理說，「以後每次開會都給我叫她進來，她要是有遲到早退，有半天沒來上班，或是提早解約，我就拿一千萬出來找律師告妳，告到這一千萬花完為止！妳要想逃出我的魔掌只有移民，看妳這副窮酸樣也沒那個本事移民！」帶著怒火瞪著面前訂婚的女員工。

大家莫名其妙，為什麼董事長要整她，還整得這麼狠？

最後這個女員工開始看心理醫生，吃憂鬱症的藥，婚期延後，不到一個月就徹底受不了沒再來上班了。小茹竟然真的開始告她，賠錢辭職也不行，小茹一告再告，讓她不停得跑法院，誰來求情都沒用，最後乖乖回來上班，樣子已經人不像人鬼不像鬼。小茹每次開會的時候持續叫她進會議室對她當眾羞辱。

旅行社的生意繼續擴大，每年收入上到過億，可是小茹的臉變得越來越醜，眼神猙獰，開始有暴牙，面相開始變樣，處處嘴裡不饒人。

為旅行社推出一個新項目，組團到澳門賭船渡假，等游輪一駛入公海離開港澳管轄海域，賭局就立刻開始，吸引了不少喜歡玩上幾把的遊客參加。

為了勘察賭船上的服務品質，小茹親自參與上賭船的團隊，等游輪駛入公海，所有賭客興致勃勃都圍上賭桌，只有小茹一個人在船上四處游走，留意整艘賭船的服務品質和游客的反應。

再下樓逛進賭場，小茹看自己的游客們在賭桌上廝殺得很過癮，才放心走開，一個人坐到吧台看了一下手錶，上船到現在才過了三個小時，船要再三天才會回到澳門靠岸。

酒保走過來，禮貌得用廣東話說：「小姐，要喝什麼？」

小茹用國語回答：「有什麼喝的？」

酒保立刻改用國語說：「您要酒還是一般飲料？」

「有什麼酒？」

「調酒，葡萄酒，烈酒都有。」

「馬丁尼。」

「好的，馬上來。」

酒保端上一杯青綠色的馬丁尼。

小茹：「你國語講得這麼好，大陸來的？」

酒保笑笑，「台灣。」

小茹有點意外，「台灣人跑到這裡來工作？」

「是啊！聽您口音也是台灣來的？」

「嗯。」

小茹無聊，和酒保多聊了幾句，「怎麼會到澳門工作？」

「我地球跑了半圈，沒錢了，正好到了香港看到廣告，就上船打工咯！」

「你跑了地球半圈，自助旅行啊？」

「嗯，大多是潛水和爬山。」

「哦！我們台灣也有這種人。」

「一般的自助旅行對我已經沒有吸引力，接近大自然才真的好玩。我和這艘船簽約一年，再過九個月我計劃去紐西蘭潛水。」

「我看你25、26歲吧？你家人都不管你啊？」

「讀完書了，該做的事都做了，現在到處玩，花的是自己賺的錢，沒什麼不好啊！」

「你都是一個人這樣到處跑嗎？」

「是啊！有興趣一起去嗎？」

「你是到處跑還是到處泡女孩子？」

酒保微笑了一下，「我們這種人叫冒險家，玩到哪朋友交到哪，和台灣那些教英文的爛老外是不一樣的。兩年前我在泰國認識幾個加拿大人，後來我們一起去潛水，變成好朋友，第二年我去加拿大滑雪還住在其中一個女孩子家，睡她的沙發，這樣妳懂了嗎？」

「嗯，很前衛嘛！」

「做什麼都要找志同道合的人，沒有朋友的話就享受孤單，一個人去玩。」

「享受孤單？」

「是啊！很多人都想要逃避孤單，可是只要懂得面對孤

單，處理孤單，其實一個人可以做好多事。」

孤單是每天晚上籠罩小茹的黑洞，竟然會有人喜歡孤單！

酒保又說：「其實也不難，只要妳能面對內心無聲的安靜，一切都會變得很簡單。」

「世界上還有這種人！」

「越來越多了，我們應該算是社會外的人。」

「那你想這樣過到什麼時候？」

「再過個10年吧！」

「10年！」

「是啊！等大概10年後我爸媽就退休了，到那時候就定下來好好照顧他們，不再到處跑了。」

「那定下來以後做什麼？」

「工作啊！成家啊！」

「你現在幾歲？」

「28。」

「等10年後38。等38歲才結婚，太晚了吧！」

「是這樣定啦！將來會怎麼變誰知道？說不定五年後在什麼地方談了戀愛，就不再跑了也說不定。」

小茹喝了一口馬丁尼。

酒保問：「大家都上桌了，妳不賭啊？」

「我不賭，我陪朋友來。」

「那妳可以去游泳，晚上看看夜景，甲板上的夜景很美。」

「我不喜歡游泳。」

「那……就睡懶覺囉！」酒保笑了一下。

小茹也笑了。

酒保：「妳喜歡看書嗎？」

「看書？」

「我帶了幾本書上船，可以借妳打發時間。」

「你有什麼書？」

「有『聖彼得堡的光輝時期』，講俄國聖彼得堡藝術最巔峰的時期，二戰前後的的歷史背景如何造就了當地的藝術家。

還有『基督山恩仇記』，我看過很多版本的電影，看了書才知道小說比電影精彩一百倍。

還有『追龍』，是說英國傳教士在九龍城寨這個三不管地帶創立教會的故事。

還有一本叫『箴言』，講印度哲學，這本書對人生的痛苦有他的一套看法，還有一些做瑜伽的觀念。」

「借我看看那本講瑜伽的。」

「好，不過妳要等我休息的時間我才能拿給妳，我晚上7點換班，妳7點半到甲板上的咖啡廳等我。」

兩個人聊了好久，聊了他們都去過的國家，也聊台灣，聊旅遊，聊了兩個小時後，小茹才到甲板上去透透氣，然後回到房間，躺到床上。好久沒有這樣徹底不管辦公室裡的工作，可以懶散一下，看看窗外的黃昏，天色漸暗，都懶得去開燈……慢慢睡去。

醒來，把燈一打開，「啊！快9點半了！」

趕緊洗個臉,走到甲板上的咖啡廳,看見那個台灣酒保坐在那裡看書。

小茹走上前去,「對不起!我睡著了。」

「沒關係!我也沒事。請坐!」酒保把書拿給小茹,「妳喝咖啡會不會失眠?這裡的咖啡不錯!」

「你喝得是什麼?」

「低脂拿鐵。」

「等我一下,我去買一杯。」

「讓我買,我有員工價。」酒保說。

小茹笑了笑坐下來,這小男孩蠻有意思的。

酒保回來拿了一杯低脂拿鐵給小茹。

「你站了一天了,累不累?」

「不會,我的班客人不多。」

小茹翻了一下書。

酒保:「說說妳吧!有什麼有趣的事?」

小茹的臉馬上沈下來,立刻又微笑起來,「我平平凡凡的,沒什麼有趣的事。」

「是不說還是沒有啊!每個人都有喜有悲,怎麼會沒有呢!妳高中讀哪裡?」

「宜興女中。」

「那時候做什麼最好玩?」

「翹課,吃大滷麵。」

「那不就有了嗎!大滷麵大不大碗?」

小茹伸手做了一個碗的手勢,「這麼大。」

「哇！這麼大碗，碗有多深？」

小茹又比了一個碗的高度。

「哇－！妳一個人吃這麼大一碗。」

「那時候發育期，誰不能吃。」

「佩服！佩服！」

「除了吃大滷麵、翹課，還幹什麼？去跳舞？」

「我們那時候沒跳舞。」

「看電影？」

「有，那時候港片在台灣非常紅，票價直追西洋片。當時西洋片的票價比國產片貴一半……」

兩個人聊了有一個多鐘頭，再到甲板上散步。

「妳看！」酒保指著海岸，「這邊是香港，這邊是九龍，那裡是澳門。」

小茹看著岸上五顏六色的燈光，脫口而出：「真美！」

吹著舒服的海風，邊走邊聊。

「妳結婚了嗎？」

「嗯。」

「幾個孩子？」

「兩個。」

「多大了？」

「都在上小學。」

「那還是寶貝的年紀，真好！」

「第一次做媽媽是什麼感覺？」

「沒什麼感覺，不過是人生要走的過程。」小茹不是很

想去聊家庭的事。

「老公做什麼？」

小茹的微笑漸漸消失，「他……車禍，走很久了。」

「對不起！」酒保感到非常失禮。

「沒關係！」

兩人突然安靜了一會。

「晚了，我回房了，下船前把書還給你。」

「嗯，好。」

第二天下午，小茹四處閒逛，又走到吧台。

酒保看到小茹，高興地說：「妳好！」

小茹笑著說：「又過一天了！」

「又離我下船的日子接近一天了，人生有盼望真好！」

小茹聽了非常驚訝！「你上船後都沒下過船嗎？」

「下過一次，不過船上包吃包住，為了省錢，我都留在船上。」

兩人又聊了好久，小茹才離開吧台，走到甲板上吹海風。

酒保換班後，和平時一樣回房換上便服，拿著書到甲板上的咖啡廳，不過一雙眼睛總忍不住朝咖啡廳的門口看去。

八點多，天色已暗，小茹走進咖啡廳，見到酒保朝他走過去。

酒保站起來把一旁的椅子拉開，「請坐！我請妳喝咖啡。」

小茹坐下後，酒保再說：「要不要試試維也納咖啡，是

我咖啡中的第二最愛？」

「好。」

兩個人似乎有說不完的話題，喝了咖啡，再到甲板上散步，看夜景，吹著海風。

兩人聊到快半夜，酒保送小茹到房間門口，居然緩慢地靠近小茹，在她嘴唇上輕輕得親了一下。

小茹沒有避開。

小茹走進房後心裡覺得莫名奇妙，難道是「魔力」？不可能，他只是個孩子！但是我為什麼不躲開呢？

第二天早上。

小茹剛剛刷完牙就有人來敲門。

走去開門，是酒保！

酒保說：「我請妳吃早餐！」

「進來等我一下。」小茹說。

酒保進小茹房裡等了沒幾分鐘，兩人一起出了房門來到餐廳。

吃完早餐，小茹說：「我要回房查一下公司的email。」

「我到甲板上等妳。」

「不用很久，到我房裏等我一下。」

回到房裏小茹看了email，回了兩封郵件，把電腦蓋上，兩人走到房門口正要出去，酒保再度靠近小茹，輕輕抱住她，兩人深深吻起，一切都是那麼得自然。

酒保脫去小茹的衣服,「不要這樣!」小茹不是很想要,可是酒保蘊藏已久的情慾已經收不住,將小茹整個抱起,抱到床上,兩人的情慾已經無法澆熄,不斷燃起。

　　兩人的呼吸漸漸平息後,小茹挺著兩個乳房坐在酒保身上,「你多久沒做了?」
　　「兩年。」酒保說,「妳會回來看我嗎?」
　　小茹笑著,「你要我來看你嗎?」
　　「我又走不開,不然我去高雄找妳。」
　　「你知不知道我幾歲?」
　　「32?」
　　「我43。」
　　「那要趕快抓緊時間愛了!」
　　小茹笑著在酒保額頭上拍了一下,「小屁孩!」

　　酒保正在吧台幫客人調酒,賭船緩慢地靠近澳門碼頭。
　　小茹臉色出現久違多年的清新和愉悅,來到吧台,「快靠岸了!」把自己的名片遞給酒保。
　　「我還怕下船前見不到妳。」酒保也遞了一張小紙條給小茹,「這是我的email和Skype,還有我台北家的地址。」
　　小茹把紙打開看:

『　余國豪

機：xxxxxxxxxx
Email：xxxxxxxxxxxxx
Skype：xxxxxxxxxx
台北市北投區 xxxxxxxxx

人生真好，可以自由奔放
戀愛真好，可以勇往直前
愛得猶如不曾受過傷害
舞得如同沒人一旁觀看　　』

小茹傻住！
　　緊握了酒保在吧台上的雙手，然後放開，往下船的方向走去，差點流下眼淚，可是忍住吞了回去，笑了一下對自己說：
　　「小屁孩，愛做夢！」

小茹在禮拜五一大早上了飛往澳門的飛機,回程是禮拜天下午。

隔天早上,小茹和余國豪在賭船客房裡的床上,裸露地看著對方,互相有說不完的話。到了中午,余國豪去值班,下班後兩人一起在甲板上喝咖啡,看夜景,聞海水的味道。

禮拜天下午小茹下船前,國豪拿了兩千塊港幣給小茹,「機票的錢。」

小茹:「留著吧!你在存錢。」

「我還付得起,拿著!」

小茹接過鈔票,心中一道甜美滑過。

小茹每個月飛澳門上船看國豪一次,有時候兩次,這樣大半年過去,直到國豪還剩一個多月就滿一年的合同。

國豪和小茹滿身大汗在床上,國豪下床到衣櫥裏拿出一朵紅玫瑰,忽然跪在小茹面前說:「我們的感情經過八個月的試煉,我只有更愛妳,請嫁給我,跟我一起四處去旅行!」

小茹收起雙腿抱在胸前,將下巴輕輕靠在膝蓋上,笑著流下眼淚,柔和地說:「我不想再結婚了!」,擦去眼淚,「花我收下!」拿過國豪手中的花。

第二天早上,國豪叫了早餐進房,兩人吃完早餐,在床上又一次纏綿。

國豪走出房間,過了幾分鐘回來,手中又是一朵紅玫瑰,把衣服脫下和床上的小茹一樣完全赤裸,雙手將紅玫瑰

握在胸前,再一次跪在小茹面前說:「我下個月就要下船了,有好多選擇,我想選擇和妳一起好好過日子,帶妳四處去旅行,妳不嫁給我,我會得憂鬱症的,請妳嫁給我吧!」

小茹再一次流下眼淚,把花收下,拉起國豪,「你只是個孩子,我怎麼能嫁給你呢?傻孩子!」吻上國豪。

國豪終於在賭船上做滿整整一年,下了船回到台灣,為了能常常見到小茹,在高雄租了房子,在健身房當教練。

小茹怕國豪捲入自己剋夫的詛咒,試圖和他疏遠,但總是敗給自己。

週末的時候,國豪帶小茹到台灣各地爬上、滑水、泡溫泉、看夕陽,這種遠離人世的生活,小茹從來沒想過生命可以這麼過。

又一年過去,國豪開始帶小茹出國去接近國外的大自然,泰國、巴里島、韓國。小茹沒讓國豪知道自己是十幾家旅行社的老闆,年收入以億計算,她跟著國豪過得很省,從沒想過自己在國外可以住汽車旅館、吃路邊攤、吃罐頭,這種旅遊方式讓她有一種從沒有過的踏實愉悅感。從曼谷到普吉島坐的是沒有冷氣的夜班公車,兩人在公車上蓋著外套相互握著手睡著。靠在國豪的肩膀上,一下沒了事業上攪盡心思的牽絆,不必擔心別人會看到他們姐弟戀而津津論道,只有完全依靠國豪、依偎國豪、愛國豪。

第二年，兩個人旅行跑得更遠，到澳洲、紐西蘭、希臘。回台灣後，小茹開始不化妝，穿牛仔褲上班，不拘小節。

「法國南部有一個酒莊，在招今年整個夏天收成葡萄的農工，一星期做五天，包吃包住，每個星期付一千八百塊法郎。走吧，跟我去浪漫！」

小茹沒有說話，過了一會才提起笑臉，「瘋啦！那麼久不上班，我回來以後不就沒工作了。」

國豪摟住小茹的腰，「人生苦短，能去的時候不去，以後可能就沒機會去了。」

「回來以後沒收入怎麼辦？」

「那就嫁給我吧！我來賺錢，妳洗衣煮飯帶兩個孩子就可以了，賺夠了我們再出去玩，等兩個孩子再大一點，就可以帶他們一起去。」

難道我不想嗎！看著窗外無邊際自由的藍天。天哪！再這樣下去就跳不出來了。再和他瘋最後一次，回來以後，這次一定要和他徹底斷開。

「到了那裡做的是什麼工作？」小茹問。

「採葡萄，釀酒。」

「好，走吧！」

國豪開心地跳起來，抱住小茹，親了又親。

法國南部的夏天非常炎熱，但晚上睡在酒莊的地窖裏裡面非常涼爽，不過是和一大批工人睡在一個大地窖裡，沒有隱私。

　　於是國豪和一些不住地窖的工人一樣，租了一個房車，和其他住房車的工人們在酒莊旁的一條河邊紮營。

　　小茹的體力沒有國豪好，只做上午，下午的天氣非常炎熱，小茹在河邊洗衣服，晾好衣服後就在房車裏睡午覺，醒來後拿水去葡萄園給國豪喝，然後回房車裡看書、上網。黃昏一到，再到葡萄園和國豪一起到酒莊，和其他工人一起吃飯，過得是法國農家生活。

　　晚上是一天最精彩的時候。在河邊紮營的有拉丁人、吉普賽人、非洲人。每個房車前都會生一團火，國豪牽著小茹到處串門子。拉丁人彈著小吉他，請國豪他們喝自己釀的酒。吉普賽人擺出很多小攤子，賣很多小茹從沒看過的手制項鍊、手鐲、耳環，這些項鍊和手鐲上的雕刻非常獨特，像是地球上還沒被發現的部落文明，還有撲克牌算命。黑人的嗓門很大，音色非常低沈渾厚，他們大多是從非洲來的，說著法語，喝酒、唱歌，有些黑人會吹口琴；喝醉酒打架的也都是黑人。

　　回到房車裏，小茹躺到床上，再一次把自己完全地交給國豪，和國豪慢慢地合為一體。

　　每個星期五發薪水，星期六國豪和小茹會到鎮上的餐廳

吃飯。

「這裡的麵包真好吃！」小茹說。

「喜歡就買一些帶回去好了。」

再和小茹去逛市場，幫小茹買了一頂草帽和一件洋裝。

看了一場電影後，夕陽西下，兩人才搭公車回酒莊。

才兩個月下來，兩個人都曬得好黑，十足像田野工人，雖然雙手都長滿了繭，可是心中沒有任何負擔，累了就睡，醒了就工作，經常做愛，心裡是這麼得輕鬆，恨不得一生就這麼過！

小茹幾乎是活在天堂。不必用腦，不必和人比較，不須要看不起人，也不須怕被人論道。每天都笑，精神上的荼毒不斷地釋放掉。在這裡，只有日出而作，日落而息，只有愛情，除了台灣兩個孩子，所有的東西，事業，產業，她都可以為這樣的愛情放棄。

小茹和國豪在一番纏綿後，走出房車和國豪泡入一旁河水，把清透的河水由頭頂淋下，小茹內心輕鬆自在地像隻麻雀，在藍天裡拍動飛翔，這裡真的是天堂嗎？

兩人從河裏走上岸，國豪拿出一個戒指，再度在小茹面前跪下。

小茹終於止不住眼淚，笑得對國豪輕輕地說：「你就是不死心是嗎？」

國豪跪著不說話，小茹看著他好久、好久，終於伸出左手，讓國豪把戒指在無名指戴上。

國豪開心大叫，抱起小茹在原地不停地得打轉。
　　身後泡在河裡的一家墨西哥人看了笑著拍手祝賀，國豪再次抱起小茹，猶如新婚一樣進了房車。

炎夏將過。

小茹和國豪在房車裏睡到一半，突然覺得全身冰涼，一下驚醒，是淹水！

外面的狂雨打在房車屋頂上，響聲四起。

國豪走出房車一看，河水漲潮，兩人很快把錢、護照和幾件衣服打包，走出房車。

國豪去拍他們幾個鄰居的房車，大家大喊大叫地走出來。

河水持續高漲，大家往酒莊撥水走去，半路上見到葡萄園的工頭拿著手電筒照過來。

工頭撥水來到大家面前說：「幫我把今天採的葡萄搬到上游，1個人500法郎。」

國豪把背包交給小茹，「我們的錢和護照都在裡面，妳拿好，我去搬葡萄。」

小茹馬上拉住國豪，「太危險了！你看房車全部都浮起來了，而且這麼黑雨又大，很多東西都看不到！」

「他給500塊啊！沒事的，好幾個墨西哥人也去，工頭也有手電筒。妳跟其他人到酒莊去等我，酒莊二樓淹不到。」

國豪轉身和工頭還有幾個墨西哥人往葡萄園走去，小茹不安得看著國豪的背影，消失在黑暗中。幾個墨西哥婦女過來拉上小茹的手一起往酒莊走去。

晨曉，小茹和幾個墨西哥婦女看河水退潮，一起下樓到河邊找人。

一路上的濕泥巴裏還看到不少鐵釘，非常危險！

幾個墨西哥婦女們在河邊看到自己的男人，跑過去抱在一起。

　　小茹對墨西哥男子說：「國豪？國豪？」

　　墨西哥男子對自己的女人說了一些西班牙話，這些婦女們的臉色變得很難看，然後過來抱住小茹，一直拍小茹的背。

　　小茹把墨西哥婦女的手撥開，又對墨西哥男子說：「國豪？國豪？……國豪呢？……」

　　這時酒莊的工頭走過來，用帶著法語腔的英文對小茹說：「我非常抱歉！國豪被漂浮的房車撞到，沖到河裡，我們在下游找到他，他已經斷氣。」

　　小茹恍惚了一會，不願意相信，「帶我去看他。」那絕不是國豪。

　　工頭帶小茹到下游，走了一個多小時，看到國豪的屍體，全身浮腫得像隻豬公，一身死白，要不是看到身上被撐裂的衣服，還無法斷定是國豪。

　　小茹走到國豪身邊，跪下來慢慢地說：「我那麼愛你，都跟你說不要結婚了，你看現在變成這樣……」說著說著變得語無倫次，整個人傻掉，工頭把她拉起來，背上她帶回酒莊。

　　過了一天，酒莊老闆的太太來問小茹，國豪要火化還是運回台灣？

　　小茹傻看著她沒有說話，像是不知道怎麼回事。

　　5天後，國豪的父母和大哥到了法國，將國豪的屍體就

地火化,帶上小茹和國豪的骨灰一起回到台灣。

　　到了台北中正機場,國豪的大哥對小茹說:「國豪email跟我說過,很快要跟妳結婚了,我們真的很高興見到妳。回高雄好好過日子,我相信國豪要看到的是健康、開朗的妳,跟他一樣。」

　　國豪的大哥送小茹回到高雄,見她家裡有兩個孩子和她媽媽在,才放心折回台北。

　　小茹每天都在發呆,一個月後發現自己懷孕,才放聲大哭出來。

　　哭了一天後,整個人就回復了意志。

　　媽媽對小茹說:「把孩子拿掉吧!這樣對妳比較好。」
　　小茹:「我怎麼捨得呢!又不是養不起。」
　　「小孩子生出以後,看了不更難過嗎?」
　　「不會啦!多一個也不多不少。三個男人對我都好得沒話說,這是他們留給我最好的禮物。」
　　媽媽嘆了一口長氣,慢慢轉身走開。

　　上天要妳喝三碗苦湯,就一口一口慢慢地喝,把它一碗一碗喝完。

　　小茹看著窗外的藍天,當我覺得現在好苦、好想你,可是想到我們的美好,就夠了!

上天給人最好的恩惠是
每天早晨醒來,都可以放掉過去的不幸
只留下美好
每一天都是新的開始
當你懂的那天起,祂便不斷在你裡面賜福

國家圖書館出版品預行編目

福爾摩沙傳奇：護主 / 翊青著. -- 臺北市：
獵海人, 2024.11
　　面；　公分
　　ISBN 978-626-98460-5-4(平裝)

863.57　　　　　　　　113010170

福爾摩沙傳奇
——護主

作　　者／翊青
出版策劃／獵海人
製作銷售／秀威資訊科技股份有限公司
　　　　　114 台北市內湖區瑞光路76巷69號2樓
　　　　　電話：+886-2-2796-3638
　　　　　傳真：+886-2-2796-1377
網路訂購／秀威書店：https://store.showwe.tw
　　　　　博客來網路書店：https://www.books.com.tw
　　　　　三民網路書店：https://www.m.sanmin.com.tw
　　　　　讀冊生活：https://www.taaze.tw

出版日期／2024年11月
定　　價／420元

版權所有・翻印必究　All Rights Reserved
Printed in Taiwan